As Lendas do
Rei Arthur
e seus Cavaleiros

As Lendas do Rei Arthur e seus Cavaleiros

Sir James Knowles

PÉ da letra

The Legends of King Arthur and his Knights

Os direitos desta edição pertencem à
Editora Pé da Letra
Rua Coimbra, 255 - Jd. Colibri - Cotia, SP, Brasil
Tel.(11) 3733-0404
vendas@editorapedaletra.com.br / www.editorapedaletra.com.br

Esse livro foi elaborado e produzido pelo Sr. Aranda Estúdio:

Tradução e Coordenação Fabiano Flaminio
Autor Sir James Knowles
Diagramação Adriana Oshiro
Revisão Larissa Bernardi

Impresso no Brasil, 2022

Dados Internacionais de Catalogação na Publicação (CIP)
Câmara Brasileira do Livro, SP, Brasil

Oscar Bertani Garcia - CRB-8/8043

Knowles, Sir James
As lendas do Rei Arthur e seus cavaleiros / Sir James Knowles ; tradução Fabiano Flaminio. Cotia, SP : Pé de Letra, 2022.
304 p. : il.; 16 x 23 cm

Título original: The Legends of King Arthur and his Knights
ISBN: 978-65-5888-611-2

1. Literatura Inglesa. 2.Rei Arthur. 3. Crônicas arthurianas. I. Flaminio, Fabiano. II. Título.

CDD 823

Índices para catálogo sistemático:
1. Literatura inglesa 823

ÍNDICE

PARA ALFRED TENNYSON,
DOUTOR EM DIREITO CIVIL.
Poeta Laureado

Esta tentativa de uma versão popular das
Lendas do rei Arthur é, por sua permissão,
dedicada como um tributo ao mais sincero
e caloroso respeito

PREFÁCIO À OITAVA EDIÇÃO

Os editores me pediram que autorizasse uma nova edição, em meu próprio nome, deste pequeno livro – há muito tempo esgotado – e escrito por mim há 35 anos, sob as iniciais J. T. K.

Ao atender a este pedido, gostaria de dizer que o livro agora publicado é apenas uma reimpressão, palavra por palavra, do meu esforço inicial para ajudar a popularizar as Lendas do rei Arthur.

É pouco mais do que um resumo da versão de Sir Thomas Malory, tal como foi impressa por Caxton – com algumas adições de Geoffrey de Monmouth e outras fontes – e um esforço para organizar os muitos contos em uma história mais ou menos consecutiva.

O principal prazer que me veio dela foi, e é, que ela começou para mim uma longa e íntima amizade com Lord Tennyson, a quem, com sua permissão, eu a dediquei antes de conhecê-lo pessoalmente.

JAMES KNOWLES.

Adendo da Senhora Knowles

Em resposta a um desejo amplamente expresso de uma nova edição deste pequeno livro – há alguns anos esgotado – uma nova edição foi preparada.

Em seu prefácio, meu marido diz que a intimidade com Lord Tennyson foi o principal prazer que o livro lhe trouxe. Foi-me pedido para fornecer mais alguns detalhes sobre este ponto, que pode ser interessante, e sinto que o melhor seria acrescentar alguns trechos de uma carta escrita por ele a um amigo, em julho de 1896.

"QUERIDO -,

"Estou *muito* feliz que vocês aprovem meu pequeno esforço para popularizar as Lendas do Rei Arthur. Tennyson tinha escrito seus primeiros quatro "*Idylls of the King*" ("Idílios do Rei") antes do aparecimento de meu livro, o que aconteceu em 1861. De fato, foi em consequência dos primeiros quatro "*Idylls*" que procurei e obtive, embora ainda um estranho para ele, dedicar meu empreendimento a Tennyson. Ele foi extremamente gentil comigo – e declarou "as Lendas de Arthur poderiam ter umas 40 edições" – quando o conheci pessoalmente, ele me falou muito sobre as Lendas e Arthur, e atendeu prontamente à minha urgência, retomando seu projeto abandonado de tratar todo o assunto do rei Arthur.

Ele discutia e redescobria, a qualquer momento, a forma como isso poderia ser feito – e o Simbolismo, que desde seu primeiro tempo, o tinha assombrado como o significado interior a ser dado a ele, o trouxe de volta ao Poema em sua forma alterada de imagens separadas.

"... Ele costumava dizer, com frequência, que era inteiramente meu trabalho reavivar seu antigo plano, e acrescentou: 'Eu sei mais sobre Arthur do que qualquer outro homem na Inglaterra, e acho que você é o segundo neste posto'. Quando escrevi um artigo (na forma de uma longa carta) no *Spectator* de janeiro de 1870, ele pediu para reimprimi-lo, e o publicou com os *Idylls* coletados.

Durante anos, enquanto seus rapazes estavam na escola e na faculdade, eu agi como seu amigo confidencial nos negócios e em muitos outros assuntos, e suponho que ele me falou mais sobre si mesmo e sua vida do que qualquer outro homem vivo agora sabe".

ISABEL KNOWLES.

CAPÍTULO I

A profecia de Merlin e o nascimento de Arthur

O rei Vortigern, o usurpador, sentou-se em seu trono em Londres, quando, de repente, em um certo dia, chegou correndo um mensageiro sem fôlego, e gritou:

— Levanta-te, Senhor rei, porque o inimigo chegou; até Ambrosious e Uther, em cujo trono estais sentados – e vinte mil com eles – e eles prometeram através de um grande juramento, Senhor, matar-te, antes que este ano acabe; e mesmo agora marcham em direção a Ti como o vento norte do inverno por amargura e pressa.

Ao ouvir essas palavras, o rosto de Vortigern empalideceu e, levantando-se em confusão e desordem, ele mandou chamar todos os melhores artífices, artesãos e mecânicos, e ordenou-lhes veementemente que construíssem imediatamente, no mais distante oeste de suas terras, um grande e forte castelo, para onde ele poderia fugir em busca de refúgio e escapar da vingança dos filhos de seu mestre.

— E, além disso! – gritou ele – que o trabalho seja feito dentro de cem dias a partir de agora ou, certamente, não pouparei vida entre todos vocês.

Então, todo o grupo de artesãos, temendo por suas vidas, descobriu um local adequado para a construção da torre e, avidamente, começou a construir as fundações. Mas, tão logo as paredes foram erguidas, todo o trabalho foi sobrecarregado e desmoronou, nenhum homem percebendo como, por quem, ou por quê. A mesma coisa aconteceu novamente e, mais uma vez, todos os trabalhadores, cheios de terror, procuraram o rei e se jogaram a seus pés, suplicando-lhe que interferisse e os ajudasse, ou que os livrasse de seu trabalho terrível.

Cheio de raiva e medo, o rei chamou os feiticeiros, e aconselhou-se com eles a respeito do que estas coisas poderiam ser, e como superá-las. Os feiticeiros fizeram seus encantamentos e, no final, declararam que nada além do sangue de um jovem nascido sem pai mortal, manchado nos alicerces do castelo, poderia fazer com que ele ficasse de pé. Os mensageiros foram enviados imediatamente por toda a terra para encontrar, se fosse possível, tal criança. E, quando alguns deles desceram a rua de uma certa aldeia, viram um bando de rapazes brigando, e os ouviram gritar a um deles:

— Avante, moleque! – avante! Filho de nenhum homem mortal! Vai, encontra teu pai, e deixa-nos em paz.

Os mensageiros olharam com firmeza para os rapazes e perguntaram quem ele era. Um disse que seu nome era Merlin; outro, que seu nascimento e parentesco não eram conhecidos por nenhum homem; um terceiro, que só o malvado demônio era seu pai. Ouvindo tais coisas, os oficiais apreenderam Merlin, e o levaram diante do rei.

Porém, assim que foi levado ao rei, perguntou por que razão estava sendo arrastado para lá.

— Meus feiticeiros – respondeu Vortigern – disseram-me para procurar um homem que não tivesse pai humano, e para polvilhar meu castelo com seu sangue, para que ele pudesse ficar de pé.

— Ordene a esses feiticeiros – disse Merlin – que venham diante de mim, e eu os condenarei por tal mentira.

O rei ficou surpreso com suas palavras, mas ordenou aos feiticeiros que viessem e se sentassem diante de Merlin, que gritou para eles:

— Como não sabeis o que dificulta a fundação do castelo, aconselhastes o meu sangue para que lhe desse um cimento, como se isso fosse útil; mas, dizei-me agora, o que há debaixo daquele chão, pois algo há, certamente, que não permitirá que a torre fique de pé?

Com estas palavras, os feiticeiros começaram a temer, e não deram resposta. Então, disse Merlin ao rei:

— Peço, Senhor, para que os trabalhadores possam ser ordenados a cavar no fundo do solo até chegarem a uma grande piscina de água.

Isto foi feito, e a piscina foi descoberta muito abaixo da superfície do solo.

Então, voltando-se novamente para os feiticeiros, Merlin disse:

— Digam-me agora, falsos bajuladores, o que há debaixo daquela piscina?

Entretanto, eles ficaram em silêncio. Então, ele disse ao rei:

— Ordene que esta piscina seja drenada e, no fundo, serão encontrados dois dragões, grandes, que agora estão dormindo, mas que, à noite, acordam e lutam, e rasgam um ao outro. Em sua grande luta, todo o solo treme e, assim, as torres são derrubadas, nunca encontrando fundações seguras.

O rei ficou espantado, mas ordenou que a piscina fosse imediatamente drenada; e, no fundo da piscina, eles descobriram os dois dragões adormecidos, como Merlin havia declarado.

Mas, Vortigern sentou-se à beira da piscina até à noite para ver o que mais poderia acontecer.

Então, aqueles dois dragões, um branco e o outro vermelho, levantaram-se e aproximaram-se um do outro, e começaram uma luta dolorosa, lançando chamas. O dragão branco tinha a vantagem, e perseguiu o outro até o final do lago. E ele, por dor, voltou-se contra seu inimigo, e renovou o combate, forçando-o a se retirar. No entanto, no final, o dragão vermelho estava pior, e o dragão branco desapareceu, nenhum homem sabia para onde.

Quando a batalha terminou, o rei desejou que Merlin lhe dissesse o que significava aquilo, e ele, transbordando em lágrimas, gritou a profecia que predizia a vinda do rei Arthur.

— Ai do dragão vermelho, que figura a nação britânica, pois seu banimento será rápido; seus buracos à espreita serão tomados pelo dragão branco - o saxão que tu, ó rei, chamaste para a terra. As montanhas serão niveladas como os vales, e nos rios dos vales correu sangue; as cidades serão queimadas, e as igrejas colocadas em ruínas; até que os oprimidos se unam e prevaleçam contra os estranhos. Pois um Javali da Cornualha se levantará e os rasgará, e pisoteará seus pescoços sob seus pés. A Ilha estará sujeita a seu poder, e ele tomará as florestas da Gália. A casa de Rômulo o temerá – todo o mundo o temerá – e seu fim ninguém saberá; ele será imortal na boca do povo, e suas obras serão alimento para aqueles que lhes disserem.

— Mas, quanto a ti, ó Vortigern, foge tu dos filhos de Constantino, pois eles te queimarão em tua torre. Pois tua própria ruína foste a traição ao pai deles, e trouxeste os pagãos saxões para a terra. Aurelius e Uther estão agora mesmo sobre ti para vingar o assassinato de seu pai; e a ninhada do dragão branco devastará teu país, e lamberá teu sangue. Descobre algum refúgio, se quiseres! Mas quem poderá escapar da desgraça de Deus?

O rei ouviu tudo isso, tremendo muito; e, condenado por seus pecados, nada disse em resposta. Só apressou os construtores de sua torre de dia e de noite, e não descansou até ter fugido para lá.

Enquanto isso, Aurelius, o rei legítimo, foi saudado com alegria pelos britânicos, que afluíram ao seu estandarte, e pediram para serem conduzidos contra os saxões. Mas ele, até que matasse Vortigern, não começaria outra guerra. Ele marchou, portanto, para Cambria, e ficou diante da torre que o usurpador tinha construído. Então, gritando a todos os seus cavaleiros:

— Vingai-vos daquele que arruinou a Grã-Bretanha e matou meu pai e vosso rei.

Ele correu com muitos pelas muralhas do castelo. Mas, sendo empurrado para trás uma e outra vez, por fim, pensou em fogo, e ordenou que tochas ardentes fossem lançadas no prédio, por todos os lados. Eles logo encontraram um combustível adequado, enfureceram-se, incendiaram a torre e Vortigern dentro dela.

Então, Aurelius voltou sua força contra Hengist e os saxões, derrotando-os em muitos lugares, enfraquecendo seu poder por uma longa temporada, para que a terra tivesse paz.

Sem demora, o rei, fazendo muitas viagens, restaurando igrejas arruinadas e criando ordem, chegou ao mosteiro perto de Salisbury, onde estavam enterrados todos aqueles cavaleiros britânicos que haviam sido mortos pela traição de Hengist. Pois, em tempos anteriores, Hengist havia feito uma solene trégua com Vortigern, para se encontrar em paz e estabelecer os termos em que ele mesmo e todos os seus saxões deveriam partir da Grã-Bretanha. Os soldados saxões carregaram sob suas vestes, cada um deles, uma longa adaga e, a um dado sinal, caíram sobre os britânicos, e os mataram, até o número de quase quinhentos.

A visão do lugar onde os mortos jaziam moveu Aurelius à grande tristeza, e ele pensou em como fazer um túmulo digno para tantos nobres mártires, que haviam morrido ali por seu país.

Quando consultou muitos artesãos e construtores, ele foi, por conselho do arcebispo, até Merlin, e lhe perguntou o que fazer.

— Se quer honrar o lugar de sepultamento destes homens – disse Merlin – com um monumento eterno, manda buscar a Dança dos Gigantes, que está em Killaraus, uma montanha na Irlanda; pois ali há uma estrutura de pedra que nenhum destes tempos poderia levantar sem um perfeito conhecimento das artes. São pedras de tamanho e natureza maravilhosas, e se puderem ser colocadas aqui como estão ali, neste lugar de terra, permanecerão para sempre.

Com estas palavras de Merlin, Aurelius desatou a rir e disse:

— Como é possível remover pedras tão vastas de uma distância tão grande, como se a Grã-Bretanha, também, não tivesse pedras adequadas para o trabalho?

— Peço ao rei – disse Merlin – para não dar gargalhadas vãs; o que eu disse é verdade, pois essas pedras são místicas e têm virtudes curativas. Os gigantes de outrora as trouxeram da costa mais distante da África, e as colocaram na Irlanda enquanto viviam naquele país. Sua concepção era para banhos, para uso em tempo de doença grave, pois, se colocassem os doentes na água, isso certamente os curaria, como também os feridos em batalha.

Quando os britânicos ouviram isto, resolveram mandar buscar as pedras, e fazer guerra ao povo da Irlanda se tentassem detê-los. Assim, quando escolheram Uther, o irmão do rei, para seu chefe, quinze mil homens partiram, e foram para a Irlanda. Lá, Gillomanius, o rei, resistiu ferozmente, e só depois de uma grande batalha os britânicos puderam se aproximar da Dança dos Gigantes, cuja visão os encheu de alegria e admiração. Mas, quando tentaram mover as pedras, a força de todo o exército não foi suficiente, até que Merlin, rindo de seu fracasso, criou equipamentos de inteligência maravilhosa, que as derrubaram com facilidade, e as colocaram nos navios.

Quando trouxeram o conjunto para Salisbury, Aurelius, com a coroa sobre sua cabeça, manteve por quatro dias a festa de Pentecostes com pompa real; no meio de todo o clero e do povo, Merlin ergueu as pedras e as colocou ao redor do sepulcro dos cavaleiros e barões, como estavam nas montanhas da Irlanda.

Depois, o monumento foi chamado de "Stonehenge", que fica, como todos os homens sabem, sobre a planície de Salisbury até os dias de hoje.

Logo depois, Aurelius foi morto por envenenamento em Winchester, e ele também foi enterrado sob da Dança dos Gigantes.

Ao mesmo tempo, surgiu um cometa de tamanho e luminosidade surpreendentes, lançando uma nuvem de fogo em forma de dragão, de cuja boca saíram dois raios, um se estendendo sobre a Gália, o outro terminando em sete raios menores sobre o mar irlandês.

A partir desse fenômeno, um grande pavor caiu sobre o povo, e Uther, marchando para Cambria, contra o filho de Vortigern, ficou muito perturbado imaginando o que isso poderia significar. Então, Merlin, sendo chamado diante dele, disse:

— Oh, perda poderosa! Oh, Grã-Bretanha atingida! Ai de nós, o grande príncipe desapareceu! Aurelius Ambrosius está morto, cuja morte será nossa também, a menos que Deus nos ajude. Apressa-te, portanto, nobre Uther, para destruir o inimigo;

a vitória será tua, e tu serás rei de toda a Grã-Bretanha. Pois a estrela com o dragão ardente significa a ti mesmo; e o raio sobre a Gália retrata que terás um filho, o mais poderoso, a quem todos esses reinos obedecerão.

Assim, pela segunda vez, Merlin predisse a vinda do rei Arthur. E Uther, quando foi feito rei, lembrou-se das palavras de Merlin, e fez com que dois dragões fossem feitos em ouro, à semelhança do dragão que ele havia visto no céu. Um deles, ele deu à Catedral de Winchester, e o outro, levava consigo para todas as suas guerras, sendo chamado de Uther Pendragon, ou a cabeça do dragão.

Quando Uther Pendragon passou por toda a terra, e a colonizou – e até viajou por todos os países da Escócia, e domou a ferocidade daquele povo rebelde – ele veio a Londres, e lá ministrou a justiça. Aconteceu um grande banquete e uma grande celebração que o rei fez na Páscoa, e vieram muitos outros condes e barões, Gorloïs, Duque da Cornualha, e sua esposa Igerna, que era a beleza mais famosa de toda a Grã-Bretanha. Logo depois, sendo Gorloïs morto em batalha, Uther determinou-se fazer de Igerna sua própria esposa. Porém, ela estava fechada no alto castelo de Tintagil, na costa mais distante da Cornualha – então, o rei mandou chamar Merlin, para aconselhar-se e pedir sua ajuda. Isto, portanto, Merlin lhe prometeu com uma condição - que o rei entregasse a ele o primeiro filho nascido do casamento.

Quando Uther, portanto, se casou, Merlin veio ao castelo, um certo dia e disse:

— Senhor, agora tu deves prover o alimento de teu filho.

E o rei, consentindo, disse:

— Seja como quiserdes.

— Conheço um senhor teu nesta terra - disse Merlin – que é um homem verdadeiro e fiel; que tem o alimento da criança.

Seu nome é Sir Ector, e ele tem posses justas tanto na Inglaterra como no País de Gales. Quando, portanto, a criança nascer, que ela seja entregue a mim, em segredo, no portão de saída, e eu a entregarei aos cuidados deste bom homem.

Assim, quando a criança nasceu, o rei pediu a dois cavalheiros e duas damas que a levassem, envolta em um rico pano de ouro, e a entregassem a um homem pobre que eles deveriam encontrar no portão dos fundos. Assim, a criança foi entregue a Merlin, que havia tomado o disfarce de um homem pobre, e foi levada por ele a um santo sacerdote e batizada pelo nome de Arthur. Em seguida, ela foi levada à casa de Sir Ector, e nutrida pela própria esposa dele. Na mesma casa, Arthur permaneceu em privacidade por muitos anos, nenhum homem sabia onde ele estava, exceto Merlin e o rei.

Sem demora, o rei foi agarrado por uma febre demorada, e os pagãos saxões, aproveitando a oportunidade, voltaram do mar, e se inundaram de terra, desperdiçando-a com fogo e espada. Quando Uther soube disso, caiu em uma fúria maior do que sua fraqueza poderia suportar, e ordenou a todos os seus nobres que viessem diante dele, para que os repreendesse duramente por sua covardia. Jurou que ele mesmo, embora deitado, os levaria adiante contra o inimigo. Depois, exigindo que se fizesse uma cela em que ele pudesse ser carregado – pois estava muito cansado e fraco para montar – partiu rapidamente com todo seu exército contra os saxões.

Mas, quando souberam que Uther vinha em uma maca, desprezaram lutar com ele, dizendo que seria uma vergonha para homens corajosos lutar com um meio-morto. Então, eles se retiraram para sua cidade e, como que por desdém, deixaram os portões bem abertos. Uther, imediatamente, ordenou que seus homens atacassem a cidade, sem perda de tempo, chegando aos portões. Quando os saxões perceberam seu erro, arrependidos, correram para a defesa. A batalha durou até à noite, e começou novamente no dia seguinte. Quando seus líderes Octa e Eosa foram mortos, os saxões viraram as costas e fugiram, deixando aos britânicos o triunfo completo.

O rei sentiu uma alegria tão grande que agora até se sentava em sua maca sozinho, e dizia, com um rosto risonho e alegre:

— Eles me chamavam de rei meio-morto, e assim era; mas a vitória para mim, meio-morto, é melhor que a derrota e a melhor saúde. Pois, morrer com honra é muito melhor do que viver sem ela.

Entretanto, os saxões, embora derrotados, ainda estavam prontos para a guerra. Uther os teria perseguido; mas sua doença já havia avançado tanto que seus cavaleiros e barões o impediram de viver tal aventura. No momento em que o inimigo tomou coragem, e decidiu destruir a terra, descendo à mais vil traição, resolveu matar o rei por veneno.

Para isso, assim que ele adoeceu em Verulam, os saxões envenenaram furtivamente uma fonte de água límpida, de onde ele costumava beber diariamente; e assim, no dia seguinte, ele foi levado com as dores da morte, como também uma centena de outros depois dele, antes que a vilania fosse descoberta e pilhas de terra jogadas sobre a fonte.

Os cavaleiros e barões, cheios de tristeza, foram até Merlin para sua ajuda, para saber a vontade do rei antes de morrer, pois ele já estava sem palavras.

— Senhores, não há remédio – disse Merlin – e a vontade de Deus deve ser feita; mas sedes todos amanhã diante dele, pois Deus o fará falar antes de morrer.

Assim, no dia seguinte, todos os barões, com Merlin, ficaram à beira do leito do rei; e Merlin disse a Uther:

— Senhor, será teu filho Arthur o rei de todo este reino depois de teus dias?

Então, Uther Pendragon se virou para ele, e disse, na audiência de todos eles:

— A bênção de Deus e a minha estarão sobre ele. Peço-lhe que reze por minha alma e, também, que reclame minha coroa, ou perca toda minha bênção – e, com essas palavras, ele morreu.

Todos os bispos e o clero se reuniram, e grandes multidões choraram a morte do rei; levando seu corpo ao convento de Ambrius, enterraram-no perto do túmulo de seu irmão, sob a Dança dos Gigantes.

CAPÍTULO II

O Milagre da Espada e da Pedra – A Coroação do rei Arthur – A Espada Excalibur – A Guerra com os Onze Reis

Arthur, o príncipe, tinha sido alimentado todo esse tempo na casa de Sir Ector, como seu próprio filho, e era honesto, alto e bonito, estando com quinze anos de idade, grande em força, gentil e bem-sucedido em todos os exercícios próprios para o treinamento de um cavaleiro.

Mas, ele ainda não sabia de seu pai; pois Merlin havia tratado de tal maneira que ninguém, exceto Uther e ele mesmo, sabia algo a seu respeito. Por isso, muitos dos cavaleiros e barões que ouviram o rei Uther falar, antes de sua morte, e chamar seu filho Arthur de seu sucessor, ficaram muito admirados; alguns duvidaram, e outros ficaram insatisfeitos.

Sem demora, os chefes dos senhores e príncipes definiram, cada um, sua própria terra e, levantando homens armados e multidões de seguidores, determinaram que cada um ganhasse a coroa para si mesmo; pois diziam em seus corações:

— Se existe algum filho como aquele de quem este feiticeiro forçou o rei a falar, quem somos para que um rapaz imberbe tenha domínio sobre nós?

Assim, a terra permaneceu por muito tempo em grande perigo, pois cada lorde e barão buscava apenas sua própria vantagem; e os saxões, cada vez mais audaciosos, degradavam e dominavam as cidades e vilas em todas as partes.

Então, Merlin foi até Brice, o Arcebispo de Cantuária, e o aconselhou a exigir que todos os condes e barões do reino, e todos os cavaleiros viessem até ele, em Londres, antes do Natal, sob pena de maldição, para que conhecessem a vontade dos Céus a respeito de quem deveria ser rei. Isto, portanto, o arcebispo fez e, na noite de Natal, foram reunidos em Londres todos os maiores senhores, barões e cavaleiros; e muito antes do dia, eles rezaram na Igreja de St. Paul, e o arcebispo suplicou aos Céus por um sinal sobre quem deveria ser o rei legítimo de todo o reino.

Enquanto rezavam, avistaram no pátio da igreja, colocada diretamente diante dos portões da igreja, uma enorme pedra quadrada com uma espada enfiada no meio dela. E, na espada, em letras de ouro, estava escrito:

"Aquele que puxar a espada desta pedra será o legítimo rei da Grã-Bretanha".

Neste momento, todo o povo ficou curioso; quando terminaram de rezar, os nobres, cavaleiros e príncipes correram avidamente para ver a pedra e a espada; e, imediatamente, foi estabelecida uma lei para que quem puxasse a espada fosse reconhecido imediatamente como rei da Grã-Bretanha.

Sendo assim, muitos cavaleiros e barões puxaram a espada com todas as suas forças, e alguns deles tentaram muitas vezes, mas nenhum conseguiu agitá-la ou movê-la.

Quando todos haviam tentado, em vão, o arcebispo declarou que o homem que os Céus haviam escolhido ainda não estava lá.

— Mas, Deus - disse ele – sem dúvida, o fará conhecido antes de muitos dias.

Assim, dez cavaleiros foram escolhidos, sendo homens de alto renome, para vigiar e guardar a espada; e foi feita a proclamação através de toda a terra de que, quem quer que fosse, teria permissão e liberdade para tentar tirá-la da pedra. Entretanto, embora grandes multidões viessem, tanto nobres como pessoas simples, por muitos dias, nenhum homem conseguia mover a espada um fio de cabelo de seu lugar.

Na véspera do Ano Novo, um grande torneio seria realizado em Londres, planejado pelo arcebispo para manter juntos senhores e comuns, para que eles não se afastassem nos tempos conturbados e incertos. Sir Ector, pai adotivo de Arthur e possuidor de muitos bens perto de Londres, chegou ao torneio. Com ele estavam seu filho, Sir Key, recentemente nomeado cavaleiro, para participar da disputa, e o jovem Arthur, também para testemunhar todos os esportes e lutas.

Enquanto cavalgavam em direção às rixas, Sir Key percebeu, de repente, que estava sem sua espada, pois a havia deixado na casa de seu pai; então, voltando-se para o jovem Arthur, pediu que ele voltasse e a buscasse para ele.

— Eu voltarei com boa vontade – disse Arthur; e cavalgou rapidamente em busca da espada.

Mas, quando chegou à casa, encontrou-a trancada e vazia, pois todos tinham saído para ver o torneio. Zangado e impaciente, ele disse para si mesmo:

"Vou cavalgar até o adro da igreja e levar comigo a espada que está enfiada na pedra, pois meu irmão não irá para a luta sem uma espada neste dia.

Então, ele cavalgou e chegou ao adro. Desmontou de seu cavalo, amarrou-o ao portão, e foi para o pavilhão, que ficava perto da pedra, onde deveriam estar os dez cavaleiros que a observavam e guardavam; no entanto, não encontrou lá os cavaleiros, pois todos tinham ido ver a disputa.

Sendo assim, ele pegou a espada pela bainha, e leve e ferozmente a tirou da pedra, pegou seu cavalo e cavalgou até chegar a Sir Key e lhe entregou a espada. Assim que Sir Key a viu, ele soube que aquela era a espada da pedra e, cavalgando rapidamente até seu pai, gritou:

— Veja, senhor, aqui está a espada da pedra, portanto, sou eu quem deve ser o rei de toda esta terra.

Quando Sir Ector viu a espada, voltou com Arthur e Sir Key ao adro da igreja. Sir Key jurou contar a verdade sobre como ele tinha conseguido arrancar a espada e, então, confessou que o feito era obra de seu irmão, Arthur, que a trouxe até ele. Sir Ector, voltando-se para o jovem Arthur, perguntou-lhe:

— Como conseguiste a espada?

— Senhor – disse ele – eu te direi. Quando voltei para casa para buscar a espada de meu irmão, não encontrei ninguém para entregá-la a mim, pois todos estavam fora para os jogos. No entanto, eu não queria deixar meu irmão sem espada e, pensando nisso, vim aqui ansiosamente buscá-la, e a tirei da pedra sem nenhum esforço.

Então, disse Sir Ector, muito admirado e olhando com firmeza para Arthur:

— Se isto for assim, és tu quem deverás ser rei de toda esta terra – e Deus assim o fará – pois ninguém, senão aquele que deveria ser o legítimo Senhor da Grã-Bretanha, poderia, alguma vez, tirar esta espada daquela pedra. Mas, permita-me, com meus próprios olhos, ver-te colocar a espada de volta em seu lugar e puxá-la para fora novamente.

— Isso não é nenhum mistério – disse Arthur; e, imediatamente, a colocou na pedra.

Sir Ector puxou-a ele mesmo e, depois dele, Sir Key, com todas as suas forças, mas ambos falharam. Então, Arthur, estendendo sua mão e agarrando-a pela bainha, puxou-a facilmente, de uma só vez.

Sir Ector caiu de joelhos diante do jovem Arthur, e Sir Key com ele, e logo o homenagearam como seu soberano senhor, mas Arthur gritou:

— Ai de mim! Meu querido pai e meu irmão, por que ajoelhais assim para mim?

— Não, meu senhor Arthur – respondeu Sir Ector – não temos nenhum parentesco de sangue contigo, embora eu pouco pensasse sobre isso. Entretanto, sempre foste um filho adotivo meu.

Sendo assim, ele lhe contou tudo o que sabia sobre seu nascimento, e como um estranho o havia entregado, com uma grande soma de ouro, para ser educado e alimentado como seu próprio filho e, depois, desapareceu.

Quando o jovem Arthur ouviu falar disso, caiu sobre o pescoço de Sir Ector, chorou, e fez grandes lamentações:

— Por ora – disse ele – perdi em um dia meu pai, minha mãe e meu irmão.

— Senhor – disse Sir Ector – quando fordes feito rei, sede bom e gracioso conosco.

— Se não for – disse Arthur – eu não seria filho de nenhum verdadeiro homem, pois tu és a quem, em todo o mundo, mais devo; e minha boa dama e minha mãe, sua esposa, sempre me guardou e sustentou como se eu fosse seu próprio; assim, se for da vontade de Deus que eu seja rei daqui em diante, como tu dizes, deseje-me o que quer que queiras e eu o farei; e Deus me livre que eu falhe nisso.

— Só te peço – respondeu Sir Ector – que faças de meu filho, Sir Key, teu irmão adotivo, senescal de todas as terras.

— Isso será feito – disse Arthur – e jamais outro ocupará esse cargo, salvo teu filho, enquanto ele e eu vivermos.

Sem demora, eles deixaram a igreja e foram até o arcebispo para dizer-lhe que a espada havia sido retirada. Quando ele viu a espada nas mãos de Arthur, marcou um dia e convocou todos os príncipes, cavaleiros e barões para se encontrarem novamente na Igreja de St. Paul e verem a vontade dos Céus realizada. Assim, quando se reuniram, a espada foi recolocada na pedra, e todos tentaram, do maior ao menor, movê-la; mas lá, diante de todos, ninguém podia tirá-la, a não ser Arthur.

Assim, houve uma grande confusão e disputa, pois alguns gritavam que era a vontade dos Céus, e, "Viva o rei Arthur", mas muitos outros estavam cheios de ira e diziam: "O que! Dar o antigo cetro desta terra a um menino nascido ninguém sabe como?" E a contenda cresceu muito, até que nada pôde ser feito para pacificar sua fúria. O encontro foi interrompido pelo arcebispo e adiado até a Candelária, quando todos deveriam se encontrar novamente.

Quando chegou o dia da Candelária, Arthur, sozinho, novamente puxou a espada, embora mais do que nunca tenha vindo para conquistá-la; e os barões, muito zangados, postergaram até a Páscoa. Entretanto, como ele havia feito antes, assim o fez na Páscoa, e os barões ainda mais uma vez conseguiram atrasar até Pentecostes.

O arcebispo, vendo plenamente a vontade de Deus, convocou, por conselho de Merlin, um bando de cavaleiros e os colocou sob o comando de Arthur para mantê-lo em segurança até a festa de

Pentecostes. Na festa, quando Arthur, sozinho, moveu a espada, o povo gritou: "Viva o rei Arthur! Não teremos mais demora, nem nenhum outro rei, pois assim é a vontade de Deus; e mataremos quem resistir a Ele e a Arthur"; todos se ajoelharam de uma só vez, e gritaram pela graça e perdão de Arthur, que por tanto tempo havia sido afastado de sua coroa. Então, ele os perdoou doce e majestosamente; e, tomando na mão a espada, ofereceu-a sobre o altar-mor da igreja.

Solenemente, ele foi nomeado cavaleiro pelo cavaleiro mais famoso ali presente, e a coroa foi colocada sobre sua cabeça; tendo prestado juramento a todo o povo, senhores e comuns, de ser um verdadeiro rei e tratar com justiça até o fim de sua vida, ele recebeu homenagem e honras de todos os barões que detinham terras e castelos da coroa. Depois, fez de Sir Key Alto Comissário da Inglaterra. Depois disso, com toda sua corte e um grande cortejo de cavaleiros e homens armados, viajou para o País de Gales, e foi coroado novamente na velha cidade de Caerleon.

Enquanto isso, aqueles cavaleiros e barões que o haviam afastado tanto tempo da coroa, reuniram-se e seguiram para a festa da coroação em Caerleon, como se fosse para fazer-lhe uma homenagem; comeram e beberam as coisas que lhes foram servidas no banquete real, sentados com os outros no grande salão.

Depois do banquete, quando Arthur começou, de acordo com o antigo costume real, a conceder grandes dádivas e feudos a quem quisesse, todos se levantaram e recusaram, com desprezo, seus presentes, clamando que não aceitariam nada de um menino imberbe, de origem simples ou desconhecida, mas, em vez disso, lhe dariam golpes duros de espada entre o pescoço e os ombros.

Começou, assim, um tumulto mortal no salão, e todos os homens presentes se prepararam para lutar. Porém, Arthur saltou como uma chama de fogo contra eles; todos os seus cavaleiros e barões desembainharam suas espadas, correram atrás dele e iniciaram uma dura batalha; logo, os favoráveis ao rei prevaleceram, arrastando os rebeldes do salão e da cidade, fechando os portões atrás deles; e o rei Arthur quebrou sua espada sobre eles em sua ânsia e fúria.

Entre os contrários a Arthur estavam seis reis de grande renome e poder, que mais do que todos se enfureceram contra o jovem e determinaram destruí-lo, a saber, o rei Lot, rei Nanters, rei Urien, rei Carados, rei Yder e o rei Anguisant. Estes seis, portanto, unindo seus exércitos, cercaram a cidade de Caerleon, de onde o rei Arthur os havia expulsado tão vergonhosamente.

Após quinze dias, Merlin entrou subitamente em seu acampamento e perguntou-lhes o que significava aquela traição. Ele lhes contou que Arthur não era um aventureiro do povo, mas o filho do rei Uther, a quem eles estavam obrigados a servir e honrar. Alguns dos reis, ao ouvirem Merlin, se maravilharam e acreditaram nele; mas outros, como o rei Lot, riram de suas palavras, e zombaram dele como um conjurador e feiticeiro. Mas, foi acordado com Merlin que Arthur deveria sair e falar com os reis.

Então, acompanhado pelo arcebispo, por Merlin, Sir Key, Sir Brastias, e por uma grande comitiva, Arthur foi ao portão da cidade. Ele não os poupou em seu discurso, falou como rei e chefe, dizendo--lhes claramente que os faria curvar-se diante dele, a menos que eles escolhessem fazer-lhe uma homenagem; assim, eles se separaram em grande ira, cada lado armando-se às pressas.

— O que farão? – disse Merlin aos reis – o melhor seria que segurassem as mãos, pois, mesmo que fossem dez vezes mais, não prevaleceriam.

— Devemos ter medo de um leitor de sonhos? – disse o rei Lot em desdém.

Com isso, Merlin sumiu e foi até o rei Arthur.

Então, Arthur disse a ele:

— Preciso de uma espada que castigue terrivelmente estes rebeldes.

— Venha comigo - disse Merlin – pois há uma espada que eu posso conseguir para ti.

Eles cavalgaram naquela noite até chegar a um belo e amplo lago onde, no meio dele, o rei Arthur viu um braço levantado, vestido de samito branco, e segurando uma grande espada.

— Veja! Essa é a espada de que falei – disse Merlin.

Em seguida, sob o luar, eles viram uma donzela flutuando no lago.

— Que donzela é essa? – disse o rei.

— A dama do lago - disse Merlin – pois sob este lago há uma rocha, e sobre a rocha, um nobre palácio, onde ela habita, e ela virá em direção a ti, em breve, pedir-lhe-ás a espada com cortesia.

Então, a donzela veio ao rei Arthur, e o saudou, e ele a saudou em resposta, e disse:

— Senhora, que espada é essa que o braço segura acima da água? Eu gostaria que fosse minha, pois não tenho espada.

— Senhor rei - disse a dama do lago – essa espada é minha, e se me deres em troca um presente sempre que eu pedir, tu a terás.

— Pela minha fé – disse ele – eu te darei qualquer presente que pedires.

— Bem – disse a donzela – vai para aquela barcaça, e rema até a espada, e leva-a contigo, e eu te pedirei meu presente quando for o momento certo.

Então, o rei Arthur e Merlin amarraram seus cavalos a duas árvores e entraram na barcaça; quando chegaram à espada que a mão segurava, rei Arthur pegou-a pela bainha e a levou consigo, e o braço e a mão desapareceram debaixo d'água; os dois voltaram para terra, e cavalgaram novamente para Caerleon.

No dia seguinte, Merlin ordenou ao rei Arthur que atacasse ferozmente o inimigo; e nesse meio tempo, trezentos bons cavaleiros do reino passaram para o lado dos rebeldes. Então, ao amanhecer, quando acabavam de sair de suas tendas, Arthur caiu sobre eles com força e poder. Sir Badewaine, Sir Key e Sir Brastias mataram à direita e à esquerda, maravilhosamente; Arthur enfureceu-se como um jovem leão, e atacou com sua espada, e fez prodígios de armas, para alegria e admiração dos cavaleiros e barões que o viam.

Então, rei Lot, rei Carados e o rei dos Cem Cavaleiros – que também cavalgava com eles – atacaram o rei Arthur por trás; mas Arthur, voltando-se para os seus cavaleiros, lutou bravamente, até que seu cavalo foi derrubado. O rei Lot cavalgou furiosamente para cima dele, e o abateu; mas, levantando-se imediatamente e, montando seu cavalo, ele sacou sua espada Excalibur, a qual havia ganhado de Merlin e da dama do lago que, brilhando como a luz de trinta tochas, cegou os olhos de seus inimigos. Assim, ao partir novamente sobre eles, com todos os seus cavaleiros, Arthur os fez recuar, e os matou em grande número. Merlin, com suas artes, dispersou fogo e fumaça negra sobre eles. Então, todo o povo comum de Caerleon, vendo-os ceder, levantou-se com um só acorde, correu contra eles com paus e lanças, perseguiu-os por toda parte, e matou muitos grandes cavaleiros e senhores. O restante deles fugiu. Assim, rei Arthur venceu sua primeira batalha e envergonhou seus inimigos.

Mas os seis reis, ainda zangados, prepararam-se para uma nova guerra e, juntando a si outros cinco, juraram que, tanto para o bem quanto para o mal, manteriam uma aliança até que destruíssem o rei Arthur. Então, com uma hoste de cinquenta mil cavaleiros armados e dez mil a pé, eles se prepararam e logo atraíram rei Arthur do país do norte para o castelo de Bedgraine.

Porém, seguindo um conselho de Merlin, Arthur pediu ajuda ao rei Ban, de Benwick, e ao rei Bors, da Gália, propondo que viessem ajudá-lo em suas guerras, prometendo, em troca, ajudá-los contra o rei Claudas, seu inimigo. Ao que aqueles reis responderam que realizariam alegremente, e pouco depois vieram a Londres com trezentos cavaleiros, bem-dispostos, tanto para a paz como para a guerra, deixando atrás de si um grande exército do outro lado do mar, até que consultassem o rei Arthur sobre a melhor maneira de dispersá-lo.

Merlin concordou em ir ele mesmo buscar o exército, por mar, conduzindo dez mil cavaleiros ao Norte, até a floresta de Bedgraine, onde os alojou, em segredo, em um vale.

Então, pelo conselho de Merlin, quando souberam para que lado os onze reis iriam cavalgar e dormir, Arthur e os reis Ban e Bors, se prepararam para a luta, tendo ainda apenas trinta mil homens, contando com os dez mil que tinham vindo da Gália.

— Agora, cumprireis meu conselho – disse Merlin – gostaria que o rei Ban e o rei Bors, com toda a sua comunhão de dez mil homens, se embrenhassem neste bosque, antes da luz do dia, e que não se mexessem até que a batalha seja travada. E tu, senhor Arthur, na primavera do dia, atraí o teu exército diante do inimigo e se mostre na batalha para que eles possam ver, imediatamente, todo o teu exército, pois eles serão mais apressados e resistentes quando virem que só tens vinte mil homens.

A isto, todos consentiram de coração, e foi feito como Merlin havia planejado. Assim, no dia seguinte, quando as tropas viram umas às outras, os homens do norte ficaram muito animados ao encontrar tão poucos liderados contra eles.

Em seguida, rei Arthur deu o comando a Sir Ulfius e Sir Brastias para levarem três mil homens armados e começarem uma batalha. Assim, eles se lançaram ferozmente sobre o inimigo, matando-os à direita e à esquerda.

Quando os onze reis viram um grupo tão pequeno fazendo atos tão poderosos, ficaram envergonhados e os atacaram ferozmente em troca. Então, o cavalo de Sir Ulfius foi morto debaixo dele; mas, mesmo a pé, ele lutou contra o duque Eustace e o rei Clarience, que o atacaram gravemente, até que Sir Brastias, vendo seu grande perigo, partiu em socorro, ferindo o duque com sua lança. Neste momento, rei Clarience virou-se contra Sir Brastias e, furiosamente, ambos caíram ao chão, atordoados, com os joelhos de seus cavalos sendo cortados até o osso. Em seguida, veio Sir Key, o senescal, com seis companheiros, e fez maravilhas, até que os onze reis derrubaram Sir Griflet e Sir Lucas, o mordomo. Quando Sir Key viu Sir Griflet sem cavalo, cavalgou contra o rei Nanters e o aniquilou, levando seu cavalo até Griflet; com a mesma lança, Sir Key derrubou o rei Lot e o feriu completamente.

Vendo isso, o rei dos Cem Cavaleiros correu até Sir Key e o derrubou, pegou seu cavalo e o entregou ao rei Lot. Quando Sir Griflet percebeu o infortúnio de Sir Key, colocou sua lança em punho, cavalgou em direção a um poderoso homem de armas, cortou-lhe a cabeça e levou seu cavalo diretamente a Sir Key.

A batalha estava crescendo perigosamente e ambos os lados lutavam com raiva e fúria. Sir Ulfius e Sir Brastias estavam desmontados, em grande perigo, sujos sob os pés dos cavalos. Então, rei Arthur correu como um leão no meio de todo o *mêlée* e, destacando o rei Cradlemont, do norte do País de Gales, o feriu pelo lado esquerdo e o derrubou, pegou seu cavalo e o levou, com pressa, até Sir Ulfius, dizendo:

— Pegue este cavalo, meu velho amigo, pois você tem grande necessidade de um, e cavalgue ao meu lado.

Neste momento, viu Sir Ector, pai de Sir Key, ferido pelo rei dos Cem Cavaleiros, no chão, e seu cavalo sendo levado ao rei Cradlemont. Encheu-se de fúria e, com sua espada, feriu o rei Cradlemont sob o capacete, arrastou a espada para o pescoço do cavalo e matou-o, atirando o rei ao chão.

A batalha era tão intensa que sua fúria e sons ressoavam pela água e pela madeira, de modo que os reis Ban e Bors, com todos os seus cavaleiros e homens armados, emboscados, tremeram, preparando-se para a luta.

Quando o rei Arthur viu a fúria do inimigo, encoleirou-se, agitou-se e dirigiu seu cavalo para a direita e para a esquerda, e não descansou até ter matado vinte cavaleiros. Ele feriu também o rei Lot tão profundamente que este deixou o campo e, em grande dor, gritou aos outros reis:

— Sigam o meu plano, ou seremos destruídos. Eu, o rei dos Cem Cavaleiros, rei Anguisant, rei Yder e o duque de Cambinet levaremos quinze mil homens e faremos um circuito, enquanto isso, vós realizareis a batalha com doze mil. Então, vindo de repente, cairemos ferozmente sobre eles, por trás, pois, de outra forma, jamais ficaremos contra eles.

Então, Lot e quatro reis partiram com seu pelotão para um lado, e os outros seis reis montaram suas fileiras contra o rei Arthur e lutaram longa e firmemente.

Entretanto, os reis Ban e Bors, com todo o seu exército fresco e ansioso, se encontraram cara a cara com os cinco reis e sua tropa quando chegaram por trás, e começaram uma luta frenética, com a quebra de lanças, o confronto de espadas e a matança de homens e cavalos. Sem demora, o rei Lot gritou com grande consternação:

— Que os Céus nos defendam de nossa morte e das feridas temíveis; nosso perigo cresce muito, pois lá vem um dos reis mais veneráveis e os melhores cavaleiros do mundo.

— Quem é ele? – disse o rei dos Cem Cavaleiros.

— É o rei Bors, da Gália – respondeu o rei Lot – e maravilho-me muito como ele pode ter vindo com todo seu exército para esta terra sem o nosso conhecimento.

— Aha! – gritou o rei Carados – eu o combaterei se vós me socorreis quando houver necessidade.

— Continua a cavalgar – disseram eles.

Então, o rei Carados e todas as suas tropas cavalgaram suavemente até chegarem ao rei Bors e, então, ambas as tropas, estimulando seus cavalos a sua maior rapidez, apressaram-se. O rei Bors se encontrou com um cavaleiro, e o atingiu com uma lança, de modo que ele caiu morto sobre a terra; depois, desembainhando sua espada, ele fez proezas tão poderosas que todos que o viram, contemplaram-no com admiração. Sem demora, o rei Ban também saiu ao campo com todos os seus cavaleiros, e acrescentou ainda mais fúria, som e massacre, até que, longamente, ambas as tropas dos onze reis começaram a tremer e, arrastando-se como um só corpo, prepararam-se para enfrentar o pior, enquanto uma grande multidão já fugia.

Então, disse o rei Lot:

— Senhores, devemos tomar ainda outros meios, ou pior perda ainda nos espera. Não vedes o que perdemos na espera dos cavaleiros a pé? Portanto, é meu conselho afastar nossos cavaleiros a pé de nós, pois é quase noite, e o rei Arthur não ficará para massacrá-los. Assim, eles podem salvar suas vidas nesta grande floresta. Então, reunamos em um grupo todos os cavaleiros que restarem, e quem quebrar a fileira ou nos deixar, que seja imediatamente morto por aquele que o vir, pois é melhor matarmos um covarde do que através de um covarde sermos todos mortos. O que acham? – disse o rei Lot – respondei-me, todos vós, reis.

— É bem-dito – responderam todos eles.

E, jurando que nunca falhariam uns com os outros, remendaram e acertaram suas armaduras e seus escudos, e pegaram novas lanças e as colocaram firmemente contra suas coxas, esperando. E, nenhum ataque poderia sacudi-los. Eles se agarraram com tanta força que quando o rei Arthur os viu, enfureceu-se.

— Enfim - gritou ele – não posso culpá-los, por minha fé, pois eles fazem como os homens corajosos devem fazer, e são os melhores lutadores e cavaleiros, da maior proeza, que eu já vi ou de quem ouvi falar.

E, assim, disseram também os reis Ban e Bors, e os elogiaram por seu nobre cavalheirismo.

Neste momento, surgiram quarenta cavaleiros nobres da tropa do rei Arthur, e pediram para que ele os autorizasse a quebrar o inimigo. Quando lhes foi permitido, eles cavalgaram com suas lanças sobre as coxas e apressaram seus cavalos. Então, os onze reis, com um grupo de seus cavaleiros, correram com as lanças, tão rápido e poderosamente para confrontá-los; e quando se encontraram, suas lanças e armaduras se tocaram com um estrondo poderoso, e tão feroz e sangrento foi esse encontro que nunca houvera tanta notícia cruel, raiva e feridas. Naquele mesmo momento, o rei Arthur e os reis Ban e Bors cavalgaram ferozmente, mataram à direita e à esquerda, até que seus cavalos ficassem ensanguentados até os tornozelos.

Enquanto a matança, o barulho e os gritos estavam em seu auge, de repente, desceu através da batalha, Merlin, o feiticeiro, montado em um grande cavalo preto. Ele se dirigiu ao rei Arthur e gritou:

— De sessenta mil vós partistes, mas restam apenas quinze mil homens vivos. Não está na hora de parar esta matança? Deus não está contente com o fato de nunca terdes terminado e, desta vez, os reis não serão totalmente derrubados. Mas, se cairdes mais sobre eles, a sorte deste dia virará, e ireis até eles. Retirai-vos, Senhor, portanto, para o vosso alojamento, e ali descansai, pois hoje obtivestes uma grande vitória. E a partir de agora, por muitos anos, esses reis não te perturbarão. Portanto, eu te digo, não os temais mais, pois agora eles estão doridos, e nada lhes resta senão sua honra; e por que os matarás para tomar isso?

Então, disse o rei Arthur:

— Tu dizes bem, e eu tomarei teu conselho.

Assim, ele gritou:

— Ho! Para que a batalha cessasse. E, recolhendo todo o despojo, ele o deu não entre suas próprias tropas, mas aos reis Ban e Bors e a todos os seus cavaleiros e homens de armas, para tratá-los com maior cortesia.

Então, Merlin despediu-se de Arthur e dos outros dois reis, e foi ver seu mestre, Blaise, um ermitão sagrado, morando em Northumberland, que o havia alimentado durante toda a sua juventude. E Blaise ficou contente em vê-lo, pois havia um grande amor entre eles; Merlin contou-lhe como o rei Arthur acelerou a batalha, e como ela havia terminado; contou-lhe os nomes de cada rei e cavaleiro que estava lá. Então, Blaise escreveu a batalha, palavra por palavra, como Merlin lhe disse; e da mesma forma, todas as batalhas dos dias do rei Arthur, Merlin fez com que Blaise, seu mestre, as registrasse.

CAPÍTULO III

A Aventura da Besta Procurada – Rei Arthur conduz os saxões para fora do reino – As Batalhas da Floresta de Celidon e Badon Hill

O rei Arthur recebeu a notícia de que Ryence, rei do norte do país de Gales, estava fazendo guerra contra o rei Leodegrance de Camelgard; o que o deixou indignado, pois gostava bastante de Leodegrance, e odiava Ryence. Então, ele partiu com os reis Ban e Bors e vinte mil homens para Camelgard, onde resgatou Leodegrance, matou dez mil homens de Ryence e o colocou em fuga. Leodegrance fez uma grande festa para os três reis, e os tratou com todo tipo de alegria e festa que pudessem ser concebidos. E lá, rei Arthur teve a primeira visão de Guinevere, filha de Leodegrance, com quem se casará, como será dito mais adiante.

Os reis Ban e Bors se despediram, e foram para seu próprio país, onde o rei Claudas havia feito grandes estragos. Arthur gostaria de ter ido com eles, mas os reis recusaram, dizendo:

— Não, não ireis neste momento, pois ainda tendes muito a fazer nestas terras vossas; e nós, com as riquezas que aqui ganhamos por vossos dons, contrataremos muitos bons cavaleiros e, pela graça de Deus, suportaremos a malícia do rei Claudas; e se tivermos necessidade, enviar-vos-emos um pedido de socorro; e do mesmo modo, se tiverdes necessidade, mandai chamar-nos, e nós não nos demoraremos.

Quando os dois reis partiram, Arthur cavalgou até Caerleon, e lá encontrou sua meia-irmã Belisent, esposa do rei Lot, enviada como mensageira, mas, na verdade, ela vinha para espiar seu poder; com ela estavam um nobre séquito e seus quatro filhos – Gawain, Gaheris, Agravaine e Gareth. Mas, quando viu rei Arthur e sua nobreza, e todo o esplendor de seus cavaleiros e serviço, ela desistiu de espioná-lo como inimigo, e contou-lhe as tramas de seu marido contra ele e seu trono. E o rei, não sabendo que ela era sua meia-irmã, fez-lhe uma grande corte; estando cheio de admiração por sua beleza, amou-a fora de medida, e a manteve por uma longa temporada em Caerleon. Por isso, seu marido, o rei Lot, era mais do que nunca inimigo do rei Arthur, e o odiava intensamente.

Naquela época, o rei Arthur teve um sonho estranho, o que lhe causou grande inquietação no coração. Ele sonhou que toda a terra estava cheia de muitos grifos e serpentes ardentes, que queimavam e matavam o povo em todos os lugares; e então ele mesmo lutava contra as pragas, as quais o feriram quase até a morte, mas ele, finalmente, as venceu. Quando acordou, Arthur se sentou com grande peso de espírito e melancolia, pensando no que este sonho poderia significar, no entanto, como não conseguia entender o que poderia ser, para se livrar de todos os seus pensamentos a respeito, ele se preparou para ir caçar, com uma grande companhia.

Assim que estava na floresta, o rei viu um grande corço diante dele, e impulsionou seu cavalo, cavalgando muito avidamente atrás dele e perseguindo-o até que seu cavalo perdesse o fôlego e caísse morto debaixo dele. Então, vendo o corço fugir e seu cavalo morto, ele sentou-se junto a uma fonte e caiu novamente em pensamentos profundos. E, enquanto estava sentado ali, sozinho, pensou ter ouvido o barulho de cães de caça, como se fossem trinta e, olhando para cima, viu em sua direção a besta mais estranha que já havia visto ou ouvido falar, que corria em direção à fonte e bebia da água. Sua cabeça era como a de uma serpente, com o corpo de um leopardo e a cauda de um leão; as patas pareciam como as de um veado; e o barulho estava em sua barriga, como se fosse o latido de trinta cães de caça. Enquanto bebia, não havia barulho dentro dela; mas, assim que terminava, o som ficava ainda mais intenso.

O rei ficou espantado com tudo aquilo; porém, cansado, adormeceu e foi acordado por um cavaleiro a pé, que disse:

— Cavaleiro, cheio de pensamento e sonolento, diz-me se viste uma besta estranha passar por aqui?

— Tal besta eu vi – disse o rei Arthur ao cavaleiro - mas que agora está, no mínimo, a duas milhas de distância. O que farias com essa besta?

— Senhor – disse o cavaleiro – eu a segui por muito tempo, e matei meu cavalo, e gostaria de ter outro para prosseguir minha busca por ela.

Naquele momento, veio um soldado da cavalaria com outro cavalo para o rei, o qual, quando o cavaleiro viu, pediu muito para que lhe fosse dado.

— Pois eu segui esta busca – disse ele – por doze meses e, ou a alcançarei, ou sangrarei do melhor sangue do meu corpo.

Era o rei Pellinore que, naquela época, seguia a Besta, mas nem ele, nem o rei Arthur se conheciam.

— Senhor cavaleiro – disse o rei Arthur – deixe essa missão e permita-me tê-la, e eu a seguirei por outros doze meses.

— Ah, tolo – disse o cavaleiro – teu desejo és totalmente em vão, pois nunca será alcançada, a não ser por mim, ou por meus parentes mais próximos.

Com isso, ele começou a montar o cavalo do rei, e montou na sela, gritando:

— Muita gratidão, este cavalo agora é meu!

— Bem – disse o rei – podes tomar meu cavalo pela força, e eu não direi não; mas até provarmos se tu ou eu somos melhores a cavalo, eu não descansarei satisfeito.

— Buscai-me aqui – disse o cavaleiro – sempre que quiserdes, e aqui, junto a esta fonte, me encontrareis – e, assim, ele passou adiante em seu caminho.

Então, sentou-se o rei Arthur em uma profunda reflexão, e mandou que seus lacaios fossem buscar mais um cavalo, o mais rápido que pudessem. Quando o deixaram sozinho, Merlin apareceu, disfarçado de uma criança de quatorze anos, e saudou o rei e lhe perguntou por que ele estava tão pensativo e tenso.

— Posso muito bem estar pensativo e tenso – respondeu ele – pois aqui mesmo, agora, eu tive a visão mais estranha da minha vida.

— Isso eu conheço bem – disse Merlin – assim como tu e todos os teus pensamentos; mas tu és tolo em pensar, pois isso em nada melhorará. Também conheço teu pai e tua mãe.

— Isso é falso – disse o rei Arthur – como deves saber? Teus anos não são suficientes.

— Sim – disse Merlin – mas sei melhor do que tu como nasceste, e melhor do que qualquer homem vivo.

— Não acreditarei em ti – disse o rei Arthur, e ficou irado com a criança.

Então, Merlin partiu, e voltou à semelhança de um homem velho, de oitenta anos de idade; e o rei ficou contente com sua vinda, pois parecia sábio e venerável. Então, o velho disse:

— Por que estás tão triste?

— Por diversas razões – disse o rei Arthur– pois vi coisas estranhas hoje e, neste momento, havia aqui uma criança que me disse coisas além de seus anos para saber.

— Sim – disse o velho homem – mas ela disse a verdade, e mais, ela teria dito se o tivesses permitido. Mas eu te direi por que estás triste, pois fizeste uma coisa, recentemente, pela qual Deus está descontente contigo, e que tu sabes, em teu coração, embora nenhum outro homem possa saber.

— O que és tu – disse o rei Arthur, começando a ficar pálido – que me dizes estas notícias?

— Eu sou Merlin – disse ele – e eu era ele à semelhança da criança, também.

— Ah – disse o rei Arthur – tu és um homem maravilhoso e temeroso, e eu lhe perguntaria e lhe diria muitas coisas hoje em dia.

Enquanto conversavam, vieram com cavalos para o rei, e assim, o rei Arthur, montando um, e Merlin, outro, cavalgaram juntos para Caerleon; e Merlin profetizou a Arthur sobre sua morte e, também, predisse seu próprio fim.

Rei Arthur, tendo dispersado e subjugado completamente aqueles reis que haviam atrasado sua coroação, concentrou toda sua mente em derrubar os pagãos saxões que ainda, em muitos lugares, estragavam a terra. Chamando, portanto, seus cavaleiros e homens de armas, ele cavalgou com todas as suas tropas para York, onde Colgrin, o saxão, jazia com um grande exército; e lá ele travou uma batalha poderosa, longa e sangrenta, e a levou para a cidade, a qual sitiou. Então, Baldulph, irmão de Colgrin, veio secretamente com seis mil homens para assaltar o rei Arthur e levantar o cerco. Mas, Arthur estava ciente da presença dele, e enviou seiscentos cavaleiros e três mil a pé para cair sobre ele em seu lugar. Assim o fizeram, encontrando-o à meia-noite, e os derrotaram totalmente, até que fugiram para sempre. Mas Baldulph, cheio de tristeza, resolveu compartilhar o perigo de seu irmão; por isso, raspou a cabeça e a barba, e se disfarçou de bobo, passando pelo acampamento do rei Arthur, cantando e tocando harpa, até que, aos poucos, se aproximou das muralhas da cidade, onde logo foi reconhecido, e foi arrastado por cordas até a cidade.

Sem demora, enquanto Arthur vigiava a cidade, chegou a notícia de que seiscentos navios haviam desembarcado incontáveis saxões, sob o comando de Cheldric, na costa leste. Naquele momento, ele levantou o cerco e marchou direto para Londres, e lá aumentou seu exército, e pediu conselhos aos seus barões sobre como expulsar os saxões da terra, para sempre.

O sobrinho de Arthur, Hoel, rei dos Armoricanos Britânicos, veio com uma grande força para ajudar o rei Arthur, com muitos barões, cavaleiros e combatentes, subiu rapidamente até Lincoln, a qual os saxões sitiavam. E lá, ele travou uma feroz batalha, fez um massacre doloroso, matando mais de seis mil homens, até que o pelotão principal deles fugiu. Mas, Hoel os perseguiu até a floresta de Celidon, onde, abrigando-se das flechas entre as árvores, eles fizeram uma barricada e, por bastante tempo, se defenderam corajosamente. Sem demora, Hoel ordenou que todas as árvores naquela parte da floresta fossem cortadas, não deixando abrigo ou emboscada; e, com seus troncos e galhos, fizeram uma poderosa barricada, que fechou os soldados e dificultou sua fuga. Após três dias, levados quase à morte pela fome, eles se ofereceram para abrir mão de suas riquezas de ouro e prata, e para partir imediatamente em seus navios vazios; além disso, propuseram prestar tributo ao rei Arthur quando chegassem a sua casa.

A oferta foi aceita e Hoel permitiu que partissem. Porém, quando estavam há algumas horas no mar, eles se arrependeram da fuga vergonhosa e trouxeram seus navios de volta. Desembarcando em Totnes, devastaram toda a terra até o Severn, e, queimando e matando de todos os lados, dobraram seus passos em direção a Bath.

Quando o rei Arthur ouviu falar de sua traição e de seu retorno, queimou em raiva e, então, fez o poderoso juramento de não descansar até que tivesse destruído completamente aqueles inimigos de Deus e do homem, e os tivesse enraizado para sempre para fora da terra da Grã-Bretanha. Em seguida, marchando com seus exércitos para Bath, gritou-lhes:

— Já que estes impiedosos e detestáveis pagãos desprezam sua fé em mim, eu, para manter a fé em Deus, a quem jurei acalentar e defender este reino, vingarei agora, hoje, sobre eles, o sangue de todos os que mataram na Grã-Bretanha!

Da mesma forma, depois dele, o arcebispo, sobre uma colina, gritou que todos deveriam lutar tanto por seu país quanto pelo Paraíso:

— Pois quem – disse ele – for morto nesta guerra santa, os anjos o receberão imediatamente; pois a morte, nesta causa, será penitência e absolvição por todos os pecados.

Com estas palavras, todo homem, de todo o exército, se enfureceu e marchou apressadamente para encontrar aqueles selvagens.

Rei Arthur, vestido com armaduras, brilhando com ouro e joias, e usando um capacete com um dragão dourado, pegou um escudo pintado com a semelhança da bem-aventurada Maria. Depois, cingindo a Excalibur e levando na mão direita sua grande lança Ron, ele colocou seus homens em ordem e os conduziu contra o inimigo, que se posicionava para a batalha na encosta de Badon Hill, em uma forma de cunha, como era costume. E eles, resistindo a todas as investidas do rei Arthur e sua tropa, fizeram uma defesa robusta e, à noite, deitaram-se sobre a colina.

Mas, no dia seguinte, Arthur guiou seu exército mais uma vez ao ataque e, com feridas e massacres como nenhum homem jamais havia visto, ele conduziu os pagãos passo a passo diante dele, para trás e para cima, até ficar com todos os seus cavaleiros mais nobres no topo da colina.

E, então, os homens o viram, "vermelho como o sol nascente", erguer sua espada e, ajoelhando-se, beijar a cruz nela gravada; em seguida, depositando todo poder e a força da irmandade sobre o inimigo, como leões rugindo por suas presas, como uma manada espalhada ao longo das planícies, cortaram até que não puderam mais cortar por cansaço.

Naquele dia, o rei Arthur, sozinho, com sua espada Excalibur, matou 470 pagãos. Colgrin e seu irmão Baldulph, foram mortos.

Em seguida, o rei mandou Cador, duque da Cornualha, seguir Cheldric, o líder, e o resto de suas tropas, até os extremos. Ele, portanto, perseguiu-os e os matou sem piedade. E, embora eles se arrastassem com corações trêmulos para se abrigar nos enclaves do bosque e nos covis das montanhas, mesmo assim, não encontraram segurança, pois Cador os matou, um a um. Por último, ele matou o próprio Cheldric, e fez reféns para a rendição dos demais.

Enquanto isso, o rei Arthur se afastou de Badon Hill e libertou seu sobrinho, Hoel, dos escoceses e pictos, que o sitiaram em

Alclud. Quando os derrotou, em três dolorosas batalhas, ele os conduziu diante de um lago, que era um dos mais maravilhosos lagos do mundo, pois era alimentado por sessenta rios, tinha sessenta ilhas, sessenta rochas e, em cada ilha, sessenta ninhos de águias. Mas, rei Arthur, com uma grande frota, navegou pelos rios e os cercou no lago por quinze dias, de modo que muitos milhares morreram de fome.

Rapidamente, o rei da Irlanda veio com um exército para ajudá-los; mas Arthur, voltando-se ferozmente contra ele, o derrotou e o obrigou a recuar aterrorizado para sua terra. Então, ele perseguiu seu propósito, que era destruir a raça dos pictos e escoceses, que tinham sido um tormento incessante para os britânicos por sua maldade bárbara.

Tão amargamente, portanto, ele os tratou que, finalmente, os bispos daquele país miserável e o clero reuniram-se, juntaram todas as relíquias sagradas e foram ao rei para rogar misericórdia por seu povo. Assim que estavam diante dele, caíram de joelhos e, piedosamente, suplicaram-lhe que poupasse os poucos sobreviventes e lhes concedesse qualquer canto da terra onde pudessem viver em paz. Quando Arthur os ouviu e soube que os havia punido completamente, consentiu ao pedido deles e retirou suas tropas, evitando novos massacres.

Então, ele voltou ao próprio reino, e foi a York para o Natal. Lá, com alta solenidade, observou aquela maré sagrada; e, passando para ver a ruína das igrejas e casas, que a raiva ou os pagãos haviam destruído, ele as reconstruiu, e restaurou a cidade a seu antigo estado feliz.

Certo dia, enquanto o rei estava sentado com seus barões, entrou na corte um escudeiro, a cavalo, carregando um cavaleiro ferido, e disse ao rei que, na floresta, havia um cavaleiro que tinha erguido um pavilhão junto à fonte:

— Matou, meu senhor, um valente cavaleiro, cujo nome era Nirles; por isso te rogo, senhor rei, que meu senhor seja sepultado, e que algum bom cavaleiro possa vingar sua morte.

Nesse momento, um escudeiro chamado Griflet, que era muito jovem, sendo da mesma idade do rei Arthur, pediu ao rei, por todo o serviço que havia prestado, que lhe desse o título de cavaleiro.

— Tu és muito jovem e terno de idade – disse o rei Arthur – para tomar uma responsabilidade tão alta sobre ti.

— Senhor – disse Griflet – suplico-te que me faças cavaleiro.

E Merlin também aconselhou o rei a atender o pedido.

— Bem – disse Arthur — que assim seja – e o nomeou cavaleiro imediatamente.

Então, ele lhe disse:

— Já que eu te concedi este favor, tu deves, por tua vez, conceder-me um presente.

— Seja o que for, meu senhor – respondeu Sir Griflet.

— Prometei-me - disse o rei Arthur – pela fé de vosso corpo, que, quando tiverdes combatido com este cavaleiro na fonte, voltareis para mim imediatamente, a menos que ele vos mate.

— Prometo – disse Sir Griflet.

Pegando seu cavalo às pressas, ele vestiu seu escudo, pegou uma lança e cavalgou até chegar à fonte, ao lado da qual viu um rico pavilhão, e um grande cavalo, bem selado e arreado, e sobre uma árvore perto dali, pendurado, um escudo de muitas cores e uma longa lança.

Em seguida, Sir Griflet bateu no escudo com a ponta de sua lança e esse caiu no chão. Naquele momento, um cavaleiro saiu do pavilhão e disse:

— Cavaleiro justo, por que derrubaste meu escudo?

— Porque – disse Griflet – gostaria de combater contigo.

— Seria melhor não – respondeu o cavaleiro – pois tu és jovem e, recentemente, te tornaste um cavaleiro, e tua força é pequena em comparação à minha.

— Por tudo isso – disse Sir Griflet – eu lutarei contigo.

— Estou totalmente relutante – respondeu o cavaleiro – mas, se for preciso, lutarei.

Então, eles afastaram seus cavalos e, correndo juntos, o estranho cavaleiro quebrou a lança de Sir Griflet em pedaços, e o feriu através do escudo e do lado esquerdo, e quebrou sua própria lança no corpo de Sir Griflet, de modo que o bastão ficou preso ali, e Sir Griflet e seu cavalo caíram. Mas, quando o estranho cavaleiro o viu caído, ficou muito triste e desceu às pressas, pois pensou que o havia matado. Então, ele soltou seu capacete e lhe deu ar, e cuidou dele até que voltasse de seu desmaio e, deixando o bastão de sua lança em seu corpo, colocou-o sobre o cavalo, e o recomendou a Deus, e disse que ele tinha um coração poderoso, e que se ele vivesse, provaria ser um bom cavaleiro. E assim, Sir Griflet cavalgou até a corte, onde foi curado e sua vida foi salva.

Naquele mesmo tempo, chegaram diante do rei doze anciãos, embaixadores de Lucius Tiberius, Imperador de Roma, e exigiram que Arthur homenageasse César por seu reino, ou então, disseram eles, o imperador destruiria tanto ele quanto sua terra. O rei Arthur respondeu que não devia nenhum tributo ao imperador, nem lhe enviaria nenhum; mas disse:

— Em um momento justo lhe pagarei seu devido tributo – com uma lança afiada e uma espada; e pela alma de meu, pai esse tributo ele me tirará, quer ele queira ou não.

Então, os embaixadores partiram irados, e o rei Arthur ficou tão bravo quanto eles.

No dia seguinte, o rei mandou levar seu cavalo e sua armadura secretamente para fora dos muros da cidade antes do nascer do sol da manhã seguinte e, levantando-se muito antes do amanhecer, pegou seu escudo e sua lança, e pediu que seu mordomo ficasse até que ele viesse novamente; mas ele o proibiu de levar a Excalibur, pois ele a tinha dado para a segurança de sua irmã, a rainha Morgan le Fay. E, enquanto o rei cavalgava num ritmo suave, ele viu três vilões perseguindo Merlin, correndo para atacá-lo e matá-lo. Batendo os pés em seu cavalo, ele correu em direção a eles e gritou com uma voz terrível:

— Fujam, vilões, ou tenham suas mortes!

E eles, assim que perceberam um cavaleiro, fugiram com a pressa das lebres.

— Oh, Merlin – disse o rei – aqui tiveste sido morto, apesar de teus muitos ofícios, se eu não tivesse conseguido chegar.

— Não é assim – disse Merlin – pois quando eu quisesse, eu poderia ter me salvado; mas tu estás mais perto de tua morte do que eu, pois, sem ajuda especial dos Céus, tu cavalgas agora em direção à tua sepultura.

Enquanto falavam assim, eles chegaram à fonte e ao rico pavilhão armado ao lado, e viram um cavaleiro sentado numa cadeira, armado, na abertura da tenda.

— Senhor cavaleiro – disse o rei Arthur – por que razão estás aqui? Para disputar com qualquer cavaleiro que passe por aqui? Em caso afirmativo, eu te aconselho a desistir dessa intenção.

— Essa intenção – disse o cavaleiro – tenho seguido e seguirei, se alguém disser que não, ou aborrecer-se, que seja ele quem me corrija.

– Eu vou corrigir-te – disse o rei Arthur.

— E eu defenderei meu propósito – respondeu o cavaleiro.

Então, o cavaleiro montou seu cavalo e se preparou. Um contra o outro, eles se encontraram com tanta força que as duas lanças se dividiram em pedaços. Então, o rei Arthur sacou sua espada, mas o cavaleiro gritou:

— Façamos mais um golpe de lança, com elas afiadas.

— Eu faria, com boa vontade – disse o rei Arthur – mas não tenho mais lanças.

— Eu tenho lanças suficientes – respondeu o cavaleiro, e chamou um escudeiro, que trouxe duas novas e boas lanças.

Então, esporeando seus cavalos, eles correram com todas as suas forças, e cada um quebrou sua própria lança. O rei novamente colocou sua mão em sua espada, mas o cavaleiro gritou mais uma vez:

— Não, mas permaneças por um tempo; vós sois o melhor combatente que eu já conheci; pelo amor de cavaleiro, façamos mais uma vez um combate.

Então, mais uma vez, eles se golpearam com toda sua força e, desta vez, a lança do rei Arthur tremeu, mas o cavaleiro se manteve inteiro e dirigiu tão furiosamente contra o rei que tanto seu cavalo quanto ele foram atirados ao chão.

Nesse momento, o rei Arthur ficou furioso, desembainhou sua espada e disse:

— Eu te atacarei agora, senhor cavaleiro, a pé, pois a cavalo eu perdi a honra.

— Eu estarei a cavalo – disse o cavaleiro.

Mas, quando viu o rei vir a pé, desceu de seu cavalo, achando vergonhoso ter uma vantagem tão grande.

E, então, começaram uma forte batalha, com muitos golpes e pancadas dolorosas. Cortaram com suas espadas de tal forma que os fragmentos de sua armadura voaram pelos campos, e ambos sangraram tanto que todo o chão ao redor era como um pântano de sangue. Assim, lutaram longa e poderosamente e, sem demora, depois de um breve descanso, caíram novamente, e rolaram juntos pelo chão. Finalmente, suas espadas se enfrentaram furiosamente, e a espada do cavaleiro quebrou a do rei em duas.

Então, o cavaleiro disse:

— Agora estás em meu poder salvar-te ou matar-te. Rende-te, portanto, como derrotado, e um cavaleiro renegado ou, certamente, morrerás.

— Quanto à morte – respondeu o rei Arthur – seja bem-vinda quando vier; mas quanto a render-me a ti, como um renegado por causa deste pobre acidente sobre minha espada, eu teria morrido mais do que envergonhado.

Assim dizendo, ele saltou sobre o cavaleiro, pegou-o pelo meio, atirou-o ao chão e arrancou-lhe o capacete. Mas, o cavaleiro, sendo um homem enorme, lutou e golpeou num frenesi até que derrubou o rei, e arrancou seu capacete, golpeado sua cabeça.

Nesse momento, Merlin disse:

— Cavaleiro, segure sua mão, pois se matares aquele cavaleiro, colocarás todo esse reino em maior perda e dano do que jamais esteve; pois ele é um homem de maior adoração do que imaginas.

— Quem é ele, então? – gritou o cavaleiro.

— Arthur Pendragon! – respondeu Merlin.

Então, ele o teria matado por temor de sua ira, mas Merlin lançou um feitiço sobre o cavaleiro, de modo que ele caiu subitamente em um sono profundo. Depois, levantando o rei, ele pegou o cavalo do cavaleiro para si e cavalgou.

— Ai de mim – disse o rei Arthur – o que fizeste, Merlin? Mataste este bom cavaleiro com teus feitiços? Nunca viveu um cavaleiro melhor; eu preferia perder meu reino por um ano do que tê-lo matado.

— Não tenhas medo – disse Merlin – ele está mais inteiro e sadio do que vós, e está apenas dormindo, de onde acordará dentro de três horas. Eu te disse que ele era um cavaleiro, e como tu estavas perto da morte. Não vive um cavaleiro melhor do que ele em todo o mundo e, doravante, ele te fará um bom serviço. Seu nome é rei Pellinore, e ele terá dois filhos, que serão homens valentes, inigualáveis. Um será chamado Percival, e o outro, Lamoracke, do País de Gales.

Sendo assim, eles cavalgaram até Caerleon, e todos os cavaleiros sofreram muito quando ouviram falar da aventura em que o rei colocou em risco sua própria vida. No entanto, não podiam esconder sua alegria de servir a um chefe tão nobre, que arriscou a própria vida como o cavaleiro mais humilde de todos eles.

CAPÍTULO IV

Rei Arthur conquista a Irlanda e a Noruega, mata o gigante do Monte de São Miguel e conquista a Gália – As Aventuras de Sir Balin

Estando agora a terra da Grã-Bretanha em paz, e muitos grandes e valentes cavaleiros nela dispostos a participar de quaisquer batalhas ou aventuras que pudessem surgir, o rei Arthur resolveu seguir todos os seus inimigos até suas próprias costas marítimas.

Rapidamente, ele montou uma grande frota e, navegando primeiro para a Irlanda, travou uma batalha em que encaminhou miseravelmente o povo do país. O rei da Irlanda também foi feito prisioneiro, e ele forçou todos os condes e barões a prestaram-lhe homenagem.

Tendo conquistado a Irlanda, Arthur foi em direção à Islândia, e a subjugou. Porém, com o inverno se aproximando, voltou para a Grã-Bretanha.

No ano seguinte, ele partiu para a Noruega, de onde, muitas vezes, os pagãos haviam descido para as costas britânicas; Arthur estava determinado a dar uma lição terrível àqueles selvagens e fazer com que seu nome lhes fosse temível.

Assim que chegou, Riculf, o rei, com todo o poder daquele país, encontrou-o e lhe deu uma batalha; mas, após o poderoso massacre, os britânicos tiveram a vantagem, e mataram Riculf e uma multidão incontável além dele.

Tendo derrotado-o, incendiaram as cidades, dispersaram o povo do campo e perseguiram a vitória até colocar toda a Noruega, como também Dácia, sob o domínio do rei Arthur.

Tendo castigado aqueles pagãos que durante tanto tempo tinham assediado a Grã-Bretanha e colocado seu jugo sobre eles, Arthur viajou para a Gália, estando firmemente decidido a derrotar o governador romano daquela província, e assim começar a concretizar as ameaças que ele havia enviado ao imperador por meio de seus embaixadores.

Assim que chegou às margens da Gália, veio a ele um compatriota que lhe falou de um gigante amedrontador na terra da Bretanha, que havia matado e devorado muitas pessoas, e que havia vivido por sete anos apenas com crianças pequenas.

— De tal forma – disse o homem – que todas as crianças do país foram destruídas e no outro dia ele se apoderou de nossa duquesa, enquanto ela saía com seus homens, e a levou para seu alojamento, em uma caverna de uma montanha. Embora quinhentas pessoas a seguissem, não podiam lhe dar nenhuma ajuda ou resgate, mas a deixaram gritando e chorando lamentavelmente nas mãos do gigante; e, senhor, ela é a esposa de teu primo Hoel, que é de tua parentela próxima; portanto, como tu és um rei legítimo, tem piedade desta senhora; e como tu és um valente conquistador, vinga-nos e livra-nos.

— Esta é uma grande maldade de que falais – disse o rei Arthur. —Digas-me, agora, bom companheiro, tu podes levar-me a esse gigante?

— Sim, senhor! – respondeu o homem – eis que ali, onde vires dois grandes fogos, lá o encontrarás, e mais tesouros também do que em toda a Gália.

Então, o rei se afastou de sua tenda e, chamando Sir Key e Sir Bedwin, pediu que eles preparassem cavalos, para que, depois de uma longa viagem, ele montasse uma peregrinação com eles ao de Monte São Miguel. À noite, eles partiram e cavalgaram o mais rápido que puderam, até chegarem perto do Monte. O rei ordenou aos dois cavaleiros que o esperassem no pé da colina, enquanto ele subia sozinho.

Então, ele subiu a montanha até chegar a uma grande fogueira. Lá, ele encontrou uma viúva triste, retorcendo as mãos e chorando miseravelmente, sentada junto a uma sepultura recém feita. Saudando-a, o rei Arthur perguntou por que ela fazia tão pesadas lamentações.

— Senhor cavaleiro – disse ela – fala suavemente, pois ali está um demônio que, se ouvir tua voz, virá e logo te matará. Ai de mim! O que fazeis aqui? Cinquenta homens foram impotentes para resistir a ele. Aqui jaz morta minha senhora, a duquesa da Bretanha, esposa de Sir Hoel, que foi a mais bela senhora do mundo, suja e vergonhosamente massacrada por aquele demônio! Não te aproximes muito, pois ele venceu e aniquilou quinze reis, e fez para si uma túnica de pedras preciosas, bordadas com suas barbas; mas, se és forte e queres falar com ele, ali, no grande fogo, ele está no jantar.

— Bem – disse o rei Arthur – vou cumprir o meu dever, por todas as tuas temíveis palavras.

E assim foi até o cume da colina, e viu onde o gigante estava sentado, jantando, roendo um membro de um homem e assando seu corpo enorme junto ao fogo, enquanto três donzelas giravam três espetos nos quais estavam, como cotovias, doze crianças recém-nascidas.

Quando o rei Arthur viu tudo isso, seu coração sangrou de tristeza, tremeu de raiva e indignação; depois, levantou sua voz e gritou:

— Deus, que empunha todo o mundo, dá-te vida curta e morte vergonhosa, e que o diabo tenha tua alma! Por que mataste aquelas crianças e aquela bela dama? Levantas e te preparas para perecer, gulosa e demoníaca criatura, pois hoje morrerás pelas minhas mãos.

Então, o gigante, furioso com aquelas palavras, se levantou, e agarrando um grande bastão, feriu o rei, e golpeou a coroa de sua cabeça. Mas, o rei Arthur o feriu com sua espada tão poderosamente que todo seu sangue jorrava em riachos.

O gigante, uivando de grande angústia, jogou fora seu bastão de ferro, pegou o rei em ambos os braços e se esforçou para esmagar suas costelas. Mas, Arthur lutou e se contorceu para que o gigante não pudesse segurá-lo firmemente; e, enquanto lutavam ferozmente, ambos caíram, rolando um sobre o outro, tombaram – lutando, e lutando, e lutando freneticamente – de rocha em rocha, até chegarem ao mar.

Enquanto se rasgavam, lutavam e tombavam, o rei batia no gigante com sua adaga, até que seus braços endureceram ao redor do corpo do rei Arthur e, gemendo horrivelmente, ele morreu. Logo, os dois cavaleiros vieram e encontraram o rei preso nos braços do gigante, muito tênue e cansado, e o soltaram de suas garras.

Então, o rei pediu a Sir Key:

— Corta a cabeça do gigante e coloca-a na ponta de uma lança, e leva-a para Sir Hoel, e diz a ele que seu inimigo está morto, depois, deixa-a presa ao portão do castelo, para que todo o povo a contemple. Subi a montanha e trazei meu escudo e minha espada e, também, o grande bastão de ferro que ali vereis; e quanto ao tesouro, encontrareis ali riquezas para além da contagem, mas tomai tudo o que quiserdes, pois se eu tiver sua túnica e o bastão, não desejo mais nada.

Os cavaleiros pegaram a túnica e o bastão, como o rei havia ordenado, e levaram o tesouro para si, tanto quanto puderam carregar, e voltaram para o exército. No entanto, quando este ato foi notado no exterior, o povo veio em multidões para agradecer ao rei, que lhes disse "para dar graças a Deus, e para dividir os despojos do gigante entre eles igualmente". E o rei Arthur desejava que Sir Hoel construísse uma igreja sobre o monte e a dedicasse ao Arcanjo Miguel.

No dia seguinte, toda a hoste se mudou para o país de Champagne, e Flollo, o tribuno romano, retirou-se antes deles para Paris. Mas, enquanto ele se preparava para reunir mais forças dos países vizinhos, o rei Arthur veio de surpresa e o sitiou na cidade.

Depois de um mês, Flollo – cheio de tristeza pela fome de seu povo, que morria às centenas, dia após dia – chamou o rei Arthur, e desejou que os dois lutassem; pois ele era um homem de grande estatura e coragem, e achava-se seguro da vitória. Este desafio, o rei Arthur, cansado do cerco, aceitou com grande alegria, e mandou dizer a Flollo que ele iria encontrá-lo onde quer que ele designasse.

Fazendo uma trégua de ambos os lados, eles se reuniram no dia seguinte, na ilha, onde todo o povo também estava reunido para ver o combate. E, enquanto o rei e Flollo cavalgaram para suas posições, cada um estava tão nobremente armado e sentado tão poderosamente sobre sua sela, que nenhum homem podia dizer de que lado a batalha iria ser ganha.

Quando eles se saudaram e se apresentaram um contra o outro, com suas lanças no alto, esporaram seus cavalos e começaram um encontro feroz. Mas o rei Arthur, carregando sua lança com mais cuidado, golpeou a parte superior do peito de Flollo e o atirou de sua sela para a terra. Então, desembainhando sua espada, ele gritou para que Flollo se levantasse, e correu sobre ele; mas Flollo encontrou-o com sua lança, e furou o peito do cavalo do rei Arthur, derrubando tanto o cavalo quanto o homem.

Os britânicos, quando viram seu rei no chão, romperam a trégua e caíram sobre os gauleses. Quando estavam prestes a romper as barreiras, precipitando-se sobre as linhas de ataque, o rei Arthur se levantou é, guardando-se com seu escudo, correu sobre Flollo. Eles renovaram o assalto com grande raiva, estando muito atentos à morte um do outro.

Flollo, aproveitando sua vantagem, deu ao rei Arthur um enorme golpe no capacete, que o derrubou e derramou seu sangue.

Então, quando o rei viu sua armadura e escudo vermelhos com sangue, ficou inflamado de fúria e, levantando a Excalibur, com toda sua força, bateu diretamente através do capacete de Flollo, e o feriu; Flollo caiu para trás, rasgando o chão com suas esporas, vencido.

Assim que esta notícia se espalhou, os cidadãos correram todos juntos e, abrindo as portas, entregaram a cidade ao conquistador.

E quando ele percorreu toda a província e reduziu todos os lugares à sujeição, o rei Arthur, então, voltou à Grã-Bretanha, e manteve sua corte em Caerleon, com um estado maior do que nunca.

Sem demora, convidou todos os reis, duques, condes e barões que lhe deviam homenagem, para que o tratassem de maneira real, e se reconciliassem com seu governo. E nunca houve uma cidade mais apta e agradável para tais festividades. Pois, de um lado ela era banhada por um rio nobre, para que os reis e príncipes dos países além-mar pudessem navegar convenientemente até ela; e do outro lado, a beleza dos bosques e prados, e a imponência e magnificência dos palácios reais, com altos telhados dourados, a tornavam até mesmo rival da grandiosidade de Roma. Era famosa, também, por duas grandes e nobres igrejas, das quais uma foi construída em homenagem ao mártir Julius, e adornada com um coro de virgens que haviam se dedicado inteiramente ao serviço de Deus; e uma outra, fundada em memória de São Aarão, seu companheiro, mantinha um convento de cânones, e era a terceira igreja metropolitana da Grã-Bretanha. Além disso, havia um colégio de duzentos filósofos, instruídos em astronomia e todas as outras ciências e artes.

Neste lugar, portanto, repleto de tais privilégios, o rei Arthur manteve sua corte, com muitos combates e torneios, e caçadas reais, e lá ele descansou por uma temporada depois de todas as suas guerras.

Certo dia, chegou à corte um mensageiro de Ryence, rei do norte de Gales, levando esta mensagem de seu mestre: "Que o rei Ryence havia derrotado onze reis, e havia obrigado cada um deles a cortar a barba; que ele havia adornado um manto com essas barbas, e faltava apenas mais uma barba para terminá-la; e que, portanto, ele agora mandava buscar a barba do rei Arthur ou, então, ele entraria em suas terras e queimaria e mataria, e nunca as deixaria até que tivesse tomado não apenas a barba, mas sua cabeça também".

Quando o rei Arthur ouviu estas palavras, ele corou e, levantando-se com grande raiva, disse:

— Disseste tua mensagem que é a mais insolente e vil que o homem já ouviu enviada a qualquer rei: agora, ouve minha resposta. Minha barba ainda é muito jovem para adornar o manto de teu senhor; no entanto, apesar de jovem, não devo nenhuma homenagem nem a ele, nem a nenhum homem, nem jamais deverei. Mas, terei a homenagem de teu amo, de joelhos, antes que este ano passe, ou então, ele perderá a cabeça, pela fé de meu corpo, pois esta mensagem é a mais vergonhosa de que já ouvi falar. Vejo bem que teu rei ainda não se encontrou com um homem venerável; mas dize que o rei Arthur terá sua cabeça ou sua adoração em breve.

Então, o mensageiro partiu, e Arthur, olhando para seus cavaleiros, perguntou se algum deles conhecia este rei Ryence.

— Sim – respondeu Sir Noran – eu o conheço bem, e há poucos cavaleiros melhores ou mais fortes sobre um campo do que ele; por isso não duvido, senhor, que ele fará guerra contra ti com grande poder.

— Bem – disse o rei Arthur – estarei pronto para ele, e isso ele encontrará.

Enquanto o rei falava, entrou no salão uma donzela, com um manto vistoso, o qual deixou cair, mostrando uma espada nobre. O rei, surpreso, disse:

— Donzela, por que cinges com essa espada, pois não lhe convém?

— Senhor – disse ela – eu te direi. Esta espada, com a qual eu estou assim cingida, me dá grande tristeza e embaraço, pois não poderei ser libertada dela até encontrar um cavaleiro fiel, puro e verdadeiro, forte de corpo e de feitos valentes, sem dolo, nem traição, que poderá tirá-la de sua bainha, o que nenhum outro homem poderá fazer. E acabo de chegar da corte do rei Ryence, pois me disseram que ali, grandes e bons cavaleiros seriam encontrados; ele e todos os seus cavaleiros tentaram tirá-la, mas nenhum pode movê-la.

— Esta é uma grande maravilha – disse o rei Arthur – eu mesmo tentarei desembainhar esta espada, não pensando em meu coração que sou o melhor cavaleiro, mas para começar e dar o exemplo de que todos podem tentar depois de mim.

Dizendo isto, ele pegou a espada, puxou-a com todas as suas forças, mas não conseguiu movê-la.

— Não é preciso esforçar-se tanto, senhor – disse a donzela – pois quem for capaz de puxá-la, o fará com muita facilidade.

— Dizes bem – respondeu o rei, lembrando-se de como ele mesmo, anteriormente, havia tirado a espada da pedra de St. Paul. Agora, experimentai vós, todos os meus barões; mas cuidado para não vos manchardes de vergonha, nem de qualquer traição, nem de engano.

E, desviando o rosto deles, o rei Arthur se sentiu cheio de pecados dentro de seu peito, o que seu fracasso lhe trouxera à mente, com tristeza.

Todos os barões presentes tentaram, mas nenhum deles conseguiu; fazendo a donzela chorar muito, e ela disse:

— Ai de mim, ai de mim! Pensei nesta corte ter encontrado o melhor cavaleiro, sem deslealdade ou traição.

Naquele momento, por acaso, havia um pobre cavaleiro com o rei Arthur, que estava preso em sua corte há meio ano ou mais, acusado de matar, de surpresa, um cavaleiro que era primo do rei. Ele se chamava Balin le Savage, e tinha sido, pelos bons ofícios dos barões, entregue à prisão, pois era bom, corajoso e de sangue gentil. Estando secretamente presente na corte, ele viu esta aventura e sentiu seu coração erguer-se dentro dele, e ansiava por experimentar a espada como os outros; mas, sendo pobre e malvestido, tinha vergonha de se apresentar na frente dos cavaleiros e nobres. No entanto, em seu coração, ele sentiu que poderia fazer melhor, se os Céus quisessem, do que qualquer cavaleiro entre todos eles.

Assim que a donzela deixou o rei, ele a chamou e disse:

— Donzela, peço-te, permite que eu experimente a espada, assim como todos esses senhores; pois, embora eu esteja apenas malvestido, sinto segurança em meu coração.

A donzela viu nele um provável homem honesto, mas, por causa de suas pobres vestimentas não podia pensar que ele fosse qualquer cavaleiro de adoração, e disse:

— Senhor, não há necessidade de me colocar mais dor ou trabalho; por que tu terias sucesso onde tantos dignos falharam?

— Ah, senhora – respondeu Balin – o mérito e as ações corajosas não são demonstrados por roupas nobres, mas a masculinidade e a verdade estão escondidas dentro do coração. Há muitos bons cavaleiros desconhecidos de todo o povo.

— Pela minha fé, dizes a verdade – respondeu a donzela – tentai, portanto, se quiserdes, o que podereis fazer.

Então, Balin pegou a espada pela bainha e a tirou levemente para fora, olhando para sua obra e brilho.

O rei e todos os barões maravilharam-se com a sorte de Sir Balin, porém, muitos cavaleiros sentiram inveja dele.

— Verdadeiramente – disse a donzela – este é um bom cavaleiro, e o melhor homem que já encontrei. O mais adoravelmente livre de traição, deslealdade ou vilania, e muitas maravilhas ele alcançará. Agora, cavaleiro gentil e cortês - continuou ela – dá-me novamente a espada.

— Não – disse Sir Balin – salvo se me for tirada à força, preservarei esta espada para sempre.

— Tu não és sábio - respondeu a donzela – pois se o fizerdes, matarás com ela o melhor amigo que tiveres, e a espada será também a tua destruição.

— Eu tomarei qualquer aventura que Deus possa enviar – disse Balin – mas a espada guardarei, pela fé do meu corpo.

— Arrepender-te-ás, em breve – disse a donzela – eu tomaria a espada por ti e não por mim, pois estou passando desgosto e melancolia por ti, que não acreditas no perigo que te predigo.

Assim, ela partiu, fazendo grandes lamentações.

Balin mandou buscar seu cavalo e sua armadura, e se despediu do rei Arthur, que o exortou a ficar em sua corte.

— Pois – disse ele – creio que estás descontente por eu ter mostrado indelicadeza; não me culpes demais, pois fui mal--informado contra ti, e não sabia verdadeiramente o quão venerável tu és. Permanecei nesta corte com meus bons cavaleiros, e eu te promoverei tanto que ficareis bem contente.

— Deus te agradeça, senhor – disse Balin – pois nenhum homem pode recompensar tua generosidade e tua nobreza; mas, neste momento, devo partir.

— Verdadeiramente – disse o rei Arthur – estou de luto por tua partida; mas não demores muito, e serás bem-vindo a mim e a todos os meus cavaleiros quando voltares, e eu repararei minha negligência e tudo o que fiz de mal contra ti.

— Deus te agradeça, senhor – disse novamente Balin, e se preparou para partir.

Mas, enquanto isso, chegou à corte uma senhora a cavalo, bem-vestida, e saudou o rei Arthur. Ela pediu o presente que ele havia prometido quando ela lhe deu sua espada Excalibur,

— Pois – disse ela – eu sou a dama do lago.

— Pede o que quiserdes – disse o rei – e tu o terás, se eu tiver poder para dar isso.

— Peço-te – disse ela – a cabeça daquele cavaleiro que acaba de conseguir a espada, ou, então, a cabeça da donzela que a trouxe, ou, então, ambos; pois o cavaleiro matou meu irmão, e a dama causou a morte de meu pai.

— Honestamente – disse o rei Arthur – não posso conceder-te este desejo; é contra a minha natureza e contra o meu nome; mas pede o que mais quiserdes, e eu o farei.

— Não exigirei outra coisa – disse ela.

E, enquanto ela falava, Balin, a caminho de deixar a corte, viu-a e a reconheceu como a assassina de sua mãe, por quem ele havia procurado, em vão, por três anos. Quando lhe disseram que ela havia pedido a sua cabeça ao rei Arthur, ele caminhou diretamente a ela e disse:

— Que o mal te tenha! Desejas a minha cabeça, portanto, perderás a tua!

E, com a sua espada, ele lhe arrancou a cabeça, na presença do rei e de toda a corte.

— Ai de mim, que vergonha! – gritou o rei Arthur, erguendo-se em ira – por que fizeste isto, envergonhando tanto a mim como a minha corte? Estou muito grato a esta senhora, e sob meu salvo-conduto ela veio aqui; tua ação é vergonhosa; jamais perdoarei tua vilania.

— Senhor – gritou Sir Balin – ouça-me, esta senhora era a mais falsa viva e, por sua bruxaria, destruiu muitos, e fez com que minha mãe também fosse queimada até a morte por suas falsas artes e traição.

— Que causa poderias ter tido – disse o rei – tu devias tê-la deixado na minha presença. Não te iludas, arrepender-te-ás deste pecado, pois tal vergonha nunca foi trazida à minha corte; afasta-te agora do meu rosto com toda a pressa que possas ter.

Então, Balin pegou a cabeça da senhora e a levou para seus alojamentos, cavalgou com seu escudeiro para fora da cidade e disse:

— Devemos nos separar, tomai esta cabeça e levai-a a meus amigos em Northumberland, e dizei-lhes que nosso pior inimigo está morto; dizei-lhes também que estou livre da prisão, e da aventura de minha espada.

— Infelizmente! – disse o escudeiro – és culpado por terdes desagradado tanto o rei Arthur.

— Quanto a isso – disse Sir Balin – vou agora encontrar o rei Ryence, e destruí-lo ou perder minha vida; pois se eu o fizer prisioneiro, e o levar à corte, o rei Arthur me perdoará, e se tornará meu bom e gracioso senhor.

— Onde devo encontrar-te novamente? – disse o escudeiro.

— Na corte do rei Arthur – disse Balin.

CAPÍTULO V

Sir Balin desfere o Golpe mais Doloroso e Luta com seu irmão, Sir Balan

Havia na corte, um cavaleiro que invejava muito o Sir Balin, pois ele se considerava um dos melhores cavaleiros da Grã-Bretanha. Seu nome era Lancear; e indo até o rei, ele implorou licença para seguir Sir Balin e vingar o insulto que ele havia feito à corte.

— Faze o teu melhor – respondeu o rei – pois estou passando raiva com Balin.

Enquanto isso, veio Merlin, e foi informado desta aventura da espada e da dama do lago.

— Agora, ouvi-me – disse ele – quando vos digo que esta dama que trouxe a espada é a mais falsa donzela viva.

— Não digas isso – responderam eles – pois ela tem um irmão, um bom cavaleiro, que matou outro cavaleiro que esta donzela amava; então, para vingar-se de seu irmão, foi à Lady Lile, de Avilion, e implorou sua ajuda. Lady Lile lhe deu a espada, e lhe disse que nenhum homem a deveria desembainhar senão um valente e forte cavaleiro, que a vingasse de seu irmão. Esta foi, portanto, a razão pela qual a donzela veio aqui.

— Sei tudo tão bem quanto vós – respondeu Merlin – e, por Deus, ela nunca teria vindo aqui, senão para fazer mal; e aquele bom cavaleiro que alcançou a espada será ele mesmo morto por ela, o que será grande dano e perda, pois um cavaleiro melhor ali não vive; e fará a meu senhor, o rei, grande honra e serviço.

Então, Sir Lancear, tendo-se armado, montou e cavalgou atrás de Sir Balin, o mais rápido que pôde e, ultrapassando-o, gritou:

— Pare, senhor cavaleiro! Espere um pouco, ou eu te obrigarei a fazer isso.

Ao ouvi-lo gritar, Sir Balin virou ferozmente seu cavalo, e disse:

— Cavaleiro formoso, que quereis comigo? Quereis combater?

— Sim – disse Sir Lancear – é por isso que eu te persegui.

— Talvez – respondeu Balin – seria melhor que tivesses ficado em casa, pois muitos homens que se julgam já vitoriosos, terminam por sua própria queda. De que corte és tu?

— Da corte do rei Arthur – gritou Lancear – e eu vim para vingar o insulto que você colocou sobre ele neste dia.

— Bem – disse Sir Balin – vejo que devo lutar contra ti, e me arrependo de ser obrigado a entristecer o rei Arthur ou seus cavaleiros; e tua discussão me parece totalmente insensata, pois a donzela que está morta fez males intermináveis através da terra.

— Prepara-te – gritou Lancear – pois um de nós descansará para sempre neste campo.

Mas, em seu primeiro encontro, a lança de Sir Lancear voou em farpas do escudo de Sir Balin, e a lança de Sir Balin furou com tanta força através do escudo de Sir Lancear, que também perfurou a cota de malha, e passou pelo corpo do cavaleiro e pela sela do cavalo. Sir Balin desembainhou sua espada e não sabia que já o havia matado; então, viu deitar um cadáver no chão.

Naquele mesmo momento, uma donzela veio cavalgando na direção dele. Quando viu Sir Lancear morto, chorou e se afligiu fora de medida, gritando:

— Oh, Sir Balin, dois corpos mataste, e um coração; e dois corações em um corpo; e duas almas também perdeste.

Ela tirou a espada do lado de seu amante morto, pois ela era a amada de Sir Lancear e, colocando a espada no chão, correu ela mesma através do seu corpo com a lâmina.

Quando Sir Balin a viu morta, ficou abalado e se arrependeu da morte de Lancear, o que também teria causado a morte de uma senhora tão justa. Sendo incapaz de olhar seus corpos, ele adentrou a uma floresta, onde, enquanto cavalgava, viu os braços de seu irmão, Sir Balan. E, quando eles se encontraram, eles se afastaram e se abraçaram, beijando-se e chorando de alegria e piedade. Então, Sir Balin contou a Sir Balan todas as suas últimas aventuras, e que ele estava a caminho do rei Ryence que, naquela época, estava sitiando o Castelo Terrabil.

— Eu estarei contigo – respondeu Sir Balan – e nos ajudaremos, como os irmãos devem fazer.

De repente, por acaso, enquanto conversavam, veio o rei Marcos, da Cornualha e, quando viu os corpos de Sir Lancear e sua senhora ali deitados, e ouviu a história de sua morte, prometeu construir um túmulo para eles antes de deixar aquele lugar. Então, montando seu acampamento ali, ele procurou por todo o país para encontrar um monumento e, finalmente, encontrou um rico e justo em uma igreja, que ele tomou e levantou acima do cavaleiro morto e sua donzela, escrevendo sobre ele:

"Aqui jaz Lancear, filho do rei da Irlanda que, por sua própria culpa. foi morto por Balin; e aqui, ao lado dele, também, jaz sua dama, Colombe, que se matou com a espada de seu amante por tristeza e sofrimento".

Quando Sir Balin e Sir Balan foram embora, Merlin encontrou-se com eles e disse a Balin:

— Fizeste um grande mal a ti mesmo ao não salvar a vida daquela senhora que se matou; e, por isso, deves desferir o golpe mais doloroso que um homem já sofreu, salvo aquele que feriu nosso Senhor. Porque ferirás o mais verdadeiro e mais venerável dos cavaleiros vivos, que não se recuperará de tuas feridas por muitos anos e, através desse golpe, três reinos serão esmagados na pobreza e na miséria.

— Se eu acreditasse – disse Balin – no que tu dizes, eu mesmo te mataria para fazer de ti um mentiroso.

Naquele instante, Merlin desapareceu; mas, depois, à noite, ele os encontrou disfarçado, e lhes disse que poderia levá-los ao rei Ryence, a quem procuravam.

— Esta noite, ele deve cavalgar com apenas 60 lanças através de um bosque difícil.

Então, Sir Balin e Sir Balan se esconderam no bosque e, à meia-noite, saíram de seu esconderijo entre as folhas, junto à estrada, e esperaram pelo rei, quem logo ouviram se aproximar com sua companhia. Então, de repente, eles saltaram e bateram nele, o derrubaram e o deitaram no chão. Mataram e feriram 40 de sua comitiva, e colocaram o resto em fuga. Voltando ao rei Ryence, eles o teriam matado ali, mas ele ansiava por misericórdia e se rendeu à graça deles, gritando:

— Cavaleiros cheios de proezas, não me mateis; pois, pela minha vida podeis ganhar algo – mas, minha morte pode valer nada.

— Tens razão – disseram os dois cavaleiros.

O colocaram em um cavalo, e passaram rapidamente toda a noite, até que, ao amanhecer, chegaram ao palácio do rei Arthur. Lá, eles o entregaram aos guardas e carregadores, para ser levado diante do rei, com esta mensagem: "Ele foi enviado ao rei Arthur pelo cavaleiro das duas espadas (pois assim Balin era conhecido, desde sua aventura com a donzela) e por seu irmão". E eles partiram novamente, antes do amanhecer.

Um ou dois meses depois, o rei Arthur, um pouco doente, saiu da cidade e teve sua tenda colocada em um prado, e lá morou, e se deitou, mas não conseguia descansar. Ao se deitar, ouviu o som de um grande cavalo e, olhando para fora da tenda, viu um cavaleiro passar, fazendo grandes lamentações.

— Permanecei, senhor justo – disse o rei Arthur – e diz-me o quê fazeis esta tristeza.

— Podes pouco fazer – disse o cavaleiro, e assim passou.

Logo depois, Sir Balin, por acaso, passou por aquele prado e, quando viu o rei, desceu do cavalo e foi até ele a pé, ajoelhou-se e saudou-o.

— Sejas bem-vindo, Sir Balin – disse o rei Arthur.

E, então, agradeceu-lhe de coração por vingar-se do rei Ryence, e por enviá-lo tão rapidamente como um prisioneiro ao seu castelo, e contou-lhe como o rei Nero, irmão de Ryence, o havia atacado para libertar Ryence da prisão; e como ele o havia derrotado e matado, e também o rei Lot, de Orkney, que se uniu a Nero, e que o rei Pellinore havia matado na batalha. Então, enquanto conversavam, o rei Arthur contou a Sir Balin sobre o cavaleiro amuado que acabara de passar por sua tenda, e desejou que ele o perseguisse e o trouxesse de volta.

Assim, Sir Balin cavalgou e alcançou o cavaleiro em uma floresta, com uma donzela, e disse:

— Sir cavaleiro, tu deves voltar comigo para o meu senhor, o rei Arthur, para contar-lhe a causa de tua tristeza, o que se recusaste a fazer ainda agora.

— Não o farei – respondeu o cavaleiro - pois isso me prejudicaria muito, e não lhe traria nenhuma vantagem.

— Senhor – disse Sir Balin – peço-te que te prepares, pois deves ir comigo ou, então, devo lutar contigo e levar-te pela força.

— Tu terás garantia de um salvo-conduto se eu for com contigo? – perguntou o cavaleiro.

— Sim, certamente – respondeu Balin – morrerei de outra forma.

Então, o cavaleiro se preparou para ir com Sir Balin, e deixou a donzela no bosque.

Mas, quando eles foram, algo invisível surgiu, e feriu o cavaleiro através do corpo com uma lança.

— Ai de mim, gritou Sir Herleus (esse era seu nome) – serei morto sob tua guarda e conduta por aquele cavaleiro traidor chamado Garlon, que através de magia e bruxaria caminha invisivelmente. Leva, portanto, meu cavalo, que é melhor que o teu, e cavalga até a donzela que deixamos, pois ela te conduzirá e vingará minha morte quando for melhor para ti.

— Isso farei – disse Sir Balin – por minha condição de cavaleiro, e por isso eu te juro.

Então, Sir Balin foi até a donzela e os dois cavalgaram juntos; ela carregava a ponta da lança com que Sir Herleus havia sido morto. E, enquanto iam, um bom cavaleiro, Perin de Mountbelgard, juntou-se a sua companhia e prometeu aventurar-se com eles para onde quer que fossem. Mas, logo que passaram pelo pátio de uma igreja, o cavaleiro Garlon, mais uma vez invisível, feriu Sir Perin através do corpo, com uma lança, e o matou da mesma forma que havia matado Sir Herleus. Então, Sir Balin enfureceu-se e jurou ter a vida de Sir Garlon quando o encontrasse e o contemplasse em sua forma corporal. Sem demora, ele e o ermitão enterraram o bom cavaleiro Sir Perin, e cavalgaram com a donzela até chegarem a um grande castelo, onde estavam prestes a entrar.

Porém, quando Sir Balin passou pela porta de entrada, ela caiu, deixando a donzela do lado de fora, com homens ao seu redor, desembainhando suas espadas como se para matá-la.

Quando viu isso, Sir Balin subiu com pressa pela torre, e saltou para o fosso do castelo. Correu em direção à donzela e seus inimigos, com sua espada desembainhada, para lutar e matá-los. Mas, eles gritaram:

— Guarda tua espada, senhor cavaleiro, não vamos lutar contigo, pois não fazemos nada além de um costume antigo deste castelo.

Eles lhe disseram que a senhora do castelo estava doente, e que havia ficado doente por muitos anos e que, talvez, nunca mais fosse curada, a menos que ela tivesse um prato de prata cheio do sangue de uma criada pura e filha de um rei. Portanto, o costume do castelo era que nunca uma donzela passasse por esse caminho sem dar um prato cheio de seu sangue. Sir Balin permitiu que eles tirassem um pouco de sangue da donzela, mas, isso, de nada ajudou a dama do castelo. Assim, no dia seguinte, eles partiram, depois de um bom descanso.

Eles cavalgaram por três ou quatro dias sem aventura e chegaram, finalmente, à morada de um homem rico que, suntuosamente, os alojou e alimentou. Enquanto estavam à mesa de jantar, Sir Balin ouviu a voz de alguém gemendo gravemente.

— Que barulho é este? – disse ele.

— Na verdade – disse o anfitrião – eu lhe direi. Eu estive ultimamente em um torneio, e lá lutei com um cavaleiro que é irmão do rei Pelles, e o derrubei duas vezes, pelo qual ele jurou vingar-se de mim através de meu melhor amigo, e assim ele feriu meu filho, que não pode ser recuperado até que eu tenha o sangue daquele cavaleiro, mas ele cavalga através da bruxaria, sempre invisível, e eu não sei seu nome.

— Ah! – disse Sir Balin – eu o conheço; seu nome é Garlon, e ele matou dois cavaleiros, companheiros meus, da mesma forma, e eu preferiria encontrá-lo face a face a todas as riquezas deste reino.

— Bem – disse seu anfitrião – deixe-me dizer-lhe que o rei Pelles proclamou, em todo o país, uma grande festa, a ser realizada em Listeniss, dentro de vinte dias, à qual nenhum cavaleiro poderá vir sem uma senhora. Nessa grande festa, talvez, possamos descobrir este Garlon, pois muitos estarão lá; e se isso te agradar, partiremos juntos.

Assim, no dia seguinte, os três cavalgaram em direção a Listeniss; viajaram por 15 dias, e chegaram lá no dia em que a festa começou. Em seguida, eles desmontaram e colocaram os cavalos em um celeiro, subiram ao castelo, e o anfitrião de Sir Balin foi impedido de entrar, não tendo nenhuma dama com ele. Mas, Sir Balin foi muito bem recebido e levado para um cômodo, onde o desarmaram e o vestiram com roupas ricas, da cor que ele escolhesse, e lhe disseram que deveria colocar de lado sua espada. Isto, porém, ele recusou, dizendo:

— É costume em meu país que um cavaleiro mantenha sua espada sempre com ele; e se eu não a puder manter aqui, partirei imediatamente.

Então, lhe deram licença para usar sua espada. Em seguida, ele foi para o grande salão, e foi colocado entre os cavaleiros de patente e adoração, e sua dama também.

Logo, ele encontrou meios de perguntar a alguém que se sentou próximo:

— Não há aqui um cavaleiro cujo nome é Garlon?

— Ali vai ele – disse seu vizinho – aquele com rosto negro; ele é o mais maravilhoso cavaleiro vivo, pois cavalga invisivelmente, e destrói qualquer um.

— Ah, bem – disse Balin, respirando fundo – é mesmo o homem? Eu já ouvi falar dele antes.

Então, ele pensou: "Se eu o matar aqui e agora, não escaparei vivo; mas se eu o deixar, nunca mais me encontrarei com ele em tal vantagem; e, quanto mais ele viver, mais danos e maldade ele fará".

Enquanto ele pensava profundamente, e lançava seus olhos, de vez em quando, sobre Sir Garlon, aquele falso cavaleiro viu que ele o observava e, pensando que poderia escapar da vingança, veio e bateu em Sir Balin no rosto, com as costas de sua mão, e disse:

— Cavaleiro, por que me observas tanto? Tem vergonha, e come tua carne, e faz o que vieste fazer.

— Tu dizes bem – gritou Sir Balin, levantando-se ferozmente – agora, farei aquilo que vim fazer, como tu encontrarás.

Com isso, ele balançou sua espada para o alto e o atingiu na cabeça, e a cravou de seu crânio até o ombro.

— Dá-me a ponta da lança – gritou Sir Balin à sua dama - com o qual ele matou o teu cavaleiro.

Quando ela a deu, Balin o feriu através do corpo, e disse:

— Aquela ponta da lança que mataste traiçoeiramente um bom cavaleiro, agora é cravada em teu corpo criminoso.

Então, ele chamou o pai do filho ferido, que tinha vindo com ele, e disse:

— Toma tanto sangue quanto quiseres, para curar teu filho também.

Entretanto, uma terrível confusão surgiu, e todos os cavaleiros saltaram da mesa para matar Balin. E o rei Pelles gritou:

— Cavaleiro, tu mataste meu irmão na minha tábua; morre, portanto, morre, pois nunca sairás deste castelo.

— Mata-me, tu mesmo, então – gritou Balin.

— Sim – disse o rei – isso eu farei! Pois nenhum outro homem te tocará, pelo amor que tenho por meu irmão.

Então, o rei Pelles pegou uma arma sinistra e atirou avidamente em Balin, mas ele colocou sua espada entre sua cabeça e o golpe do rei, e se salvou, mas perdeu sua espada, que caiu esmagada e quebrou-se em pedaços. Assim, estando sem arma, ele correu para a sala ao lado para encontrar uma espada, com o rei Pelles atrás dele, sem encontrar alguma.

Por fim, ele correu para uma sala maravilhosamente enfeitada, onde havia uma cama toda coberta com tecidos de ouro, o mais rico que se podia imaginar, e alguém que estava deitado, bem quieto; ao lado da cama havia uma mesa de ouro puro, apoiada em quatro pés de prata, e sobre a mesa havia uma lança maravilhosa, estranhamente forjada.

Quando Sir Balin viu a lança, agarrou-a, virou-se contra o rei Pelles e o golpeou tão ferozmente e tão dolorosamente que ele caiu no chão.

Com aquele golpe doloroso e horrível, o castelo balançou e desmoronou, e todas as muralhas caíram e se quebraram na terra, e o próprio Balin caiu também no meio delas, impotente para mover uma mão ou um pé. E assim, por três dias, ele ficou deitado no meio das ruínas, até que Merlin veio e o levantou, e trouxe um bom cavalo, fazendo-o cavalgar para fora daquela terra o mais rápido possível.

— Não posso levar comigo a donzela que trouxe para cá? – disse Sir Balin.

— Não! Ela está morta – disse Merlin -ah, pouco sabeis vós, Sir Balin, o que fizestes; pois neste castelo e naquela câmara que sujastes, estava o sangue de nosso Senhor Cristo! E também aquele cálice santíssimo, o Santo Graal, onde o vinho foi bebido na última ceia de nosso Senhor. José de Arimatéia o trouxe para esta terra, quando veio aqui para convertê-la e salvá-la. E naquela cama de ouro era ele mesmo quem estava deitado, e a estranha lança ao seu lado era a lança com que o soldado Longus feriu nosso Senhor, de onde nunca mais havia pingado sangue. O rei Pelles é o parente mais próximo de José, em descendência direta, por isso, ele mantinha estas coisas sagradas em confiança; agora, todas elas se foram com seu doloroso golpe, nenhum homem sabe para onde; e grande é o dano a esta terra, que até agora tem sido a mais feliz de todas as terras, pois, por aquele golpe, mataste milhares, e pela perda e separação do Santo Graal, a segurança deste reino é posta em perigo, e sua grande felicidade se foi para sempre.

Então, Balin partiu. Sua alma havia sido atingida com pesar e tristeza, e ele disse:

— Neste mundo, jamais nos encontraremos novamente.

Ele cavalgou pelas cidades e pelo país, e encontrou pessoas mortas em todos os lados. E todos os vivos gritavam ao vê-lo passar:

— Oh, Balin, toda essa miséria tu fizeste! Pelo doloroso golpe que deste ao rei Pelles, três países foram destruídos, e não duvides, mas a vingança cairá finalmente sobre ti!

Quando ultrapassou os limites desses países, ele ficou um pouco confortado, e cavalgou oito dias sem aventura. Rapidamente, chegou a uma cruz, na qual estava escrito em letras de ouro: "Não cabe a nenhum cavaleiro cavalgar em direção a este castelo". Olhando para cima, ele viu um ancião arrogante caminhando em sua direção, que disse:

— Sir Balin le Savage, tu passas teus limites por este caminho; por isso, volta atrás, será melhor para ti – e, com estas palavras, ele desapareceu.

Então, ele ouviu um golpe de chifre como se fosse a nota de morte de algum animal caçado.

— Essa explosão – disse Balin – é para mim, pois eu sou a presa; embora ainda não esteja morto.

Enquanto falava, viu uma centena de damas com uma grande tropa de cavaleiros, com rostos brilhantes e grande acolhida, que o levaram ao castelo e fizeram uma grande festa, com danças, trovadores e todo tipo de alegria.

Então, a chefe do castelo disse:

— Cavaleiro com as duas espadas, tu deves encontrar e lutar com um cavaleiro que mora em uma ilha, pois nenhum homem pode passar por aqui sem encontrá-lo.

— É um costume difícil – respondeu Sir Balin.

— Há apenas um cavaleiro a derrotar – respondeu a dama.

— Bem – disse Sir Balin – seja como quiser. Estou pronto e bastante disposto. Embora meu cavalo e meu corpo estejam cansados, ainda assim meu coração não está cansado. Ficarei verdadeiramente feliz se eu puder encontrar minha morte.

— Senhor – disse alguém em pé, ao seu lado – eu acho que seu escudo não é bom; eu lhe emprestarei um maior.

— Agradeço-lhe, senhor – disse Balin, e pegou o escudo do desconhecido e deixou o seu próprio. Assim, cavalgou. Colocou seu cavalo em um barco e foi para a ilha.

Assim que desembarcou, ele viu, em sua direção, um cavaleiro todo vestido de vermelho, sobre um cavalo vestido na mesma cor. Quando o cavaleiro vermelho viu Sir Balin, e as duas espadas que ele usava, pensou que deveria ser seu irmão (pois o cavaleiro vermelho era Sir Balan) mas, quando viu os estranhos brasões em seu escudo, esqueceu o pensamento, e partiu contra ele ferozmente. No primeiro curso, eles se derrubaram, e ambos caíram no chão; mas Sir Balin foi o mais ferido e machucado, pois estava cansado das viagens. Então, Sir Balan levantou-se primeiro e desembainhou sua espada, e Sir Balin, dolorosamente, se levantou contra ele e ergueu seu escudo. Neste momento, Sir Balan o feriu através do escudo e quebrou seu capacete; e Sir Balin, em troca, o feriu com sua espada fadada, e quase matou seu irmão. Assim, eles lutaram até que suas respirações falhassem.

Sir Balin, olhando para cima, viu todas as torres do castelo cheias de damas, e eles foram novamente para a batalha, se feriram, pararam, e respiraram novamente, então, novamente começaram a luta; e isto por muitas vezes, até que todo o chão ficou vermelho de sangue. E agora, cada um tinha ferido o outro com sete grandes feridas, a menor das quais poderia ter destruído o gigante mais poderoso do mundo. Mas, mesmo assim, eles se levantaram, embora agora suas cotas de malha não estivessem todas pregadas, e eles golpeassem os corpos nus uns dos outros com suas espadas afiadas. Por fim, Sir Balan, o irmão mais novo, retirou-se e se deitou.

Então, disse Sir Balin le Savage:

— Que cavaleiro és tu? Pois nunca antes encontrei um cavaleiro que me igualasse assim.

— Meu nome - disse ele, todo fraco – é Balan, irmão do bom cavaleiro Sir Balin.

— Ah, Deus! – gritou Balin – que alguma vez eu deveria ver este dia! – e com isso caiu para trás em um desmaio.

Sir Balan se arrastou com dor e tirou o capacete do irmão, mas não podia reconhecê-lo pois seu rosto estava tão cortado e sangrento. Mas, quando Sir Balin aproximou-se, disse:

— Oh! Balan, meu próprio irmão, tu me mataste, e eu te matei! O mundo nunca viu uma dor tão grande!

— Infelizmente! – disse Sir Balan – através do percalço não te conheci, pois quando vi tuas duas espadas, se não fosse por teu estranho escudo, eu deveria ter-te conhecido por meu irmão.

— Ai de mim – disse Balin – toda esta tristeza graças a um cavaleiro infeliz dentro do castelo, que me fez mudar meu escudo. Se eu pudesse viver, destruiria aquele castelo e seus maus costumes.

— Não te culpes – disse Balan - pois desde que cheguei aqui, nunca pude partir, pois aqui eles me fizeram lutar com alguém que manteve esta ilha, a quem eu matei e, por encanto, nunca mais poderia abandoná-la; nem tu, irmão, poderias ter me matado e ter escapado com a tua própria vida.

Sem demora, veio a dama do castelo e, quando ouviu a conversa deles e viu o caso maligno, retorceu as mãos e chorou amargamente. Então, Sir Balan pediu à senhora para que, pelo seu verdadeiro serviço, ela enterrasse os dois juntos, naquele lugar. Isto ela concedeu, chorando muito, e disse que deveria ser feito de forma solene e rica, e da maneira mais nobre possível. Então, ela mandou chamar um padre e eles receberam o Santo Sacramento de suas mãos. E Balin disse:

— Escreve sobre nós, em nosso túmulo, que aqui dois irmãos mataram um ao outro; então, o bom cavaleiro ou peregrino que passar por aqui, rezará por ambas as nossas almas.

E, em seguida, Sir Balan morreu, mas Sir Balin não morreu até à meia-noite seguinte; e ambos foram enterrados.

No dia seguinte, veio Merlin, pegou a espada de Sir Balin e fixou nela um novo pomo, e a colocou em uma pedra poderosa que, por magia, ele fez flutuar sobre a água. E assim, por muitos anos, flutuou de um lado para o outro da ilha, até nadar rio abaixo, até Camelot, onde o jovem Sir Galahad a conseguiu, como será dito a seguir.

CAPÍTULO VI

O Casamento do Rei Arthur e da Rainha Guinevere, e a Fundação da Távola Redonda – A Aventura do Cervo e do Cão de Caça

Certo dia, o rei Artur disse a Merlin:

— Meus senhores e cavaleiros pedem diariamente para que eu tome uma esposa; mas não terei nenhuma sem o teu conselho, pois tu sempre me ajudaste desde que cheguei a esta coroa.

— Está bem – disse Merlin – que tu tomes uma esposa, pois nenhum homem de natureza generosa e nobre deve viver sem uma; mas há alguma senhora a quem tu ames mais do que outra?

— Sim – disse o rei Arthur – amo Guinevere, a filha do rei Leodegrance, de Camelgard, que também mantém em sua casa a Távola Redonda, que teve de meu pai Uther; e, como penso, essa donzela é a mais gentil e a mais bela dama que vive.

— Senhor – respondeu Merlin – quanto à beleza, ela é uma das mais belas que vivem; mas se não a tivesse amado como ama, eu teria ficado feliz se tivesse escolhido outra que fosse, ao mesmo tempo, justa e boa. Mas, onde o coração de um homem está posto, ele será relutante em partir – disse Merlin, conhecendo a miséria que deveria acontecer a partir deste casamento.

Então, o rei Arthur mandou dizer ao rei Leodegrance que ele desejava muito casar-se com sua filha, e como ele a amava desde que a viu pela primeira vez, quando com os reis Ban e Bors resgataram Leodegrance do rei Ryence, do norte de Gales.

Quando o rei Leodegrance ouviu a mensagem, ele gritou:

— Estas são as melhores notícias que ouvi em toda a minha vida, um príncipe tão grande e adorável procura minha filha para sua esposa! Eu ficaria feliz dando a ele metade de minhas terras com ela, mas, ele não precisa de nenhuma, e melhor lhe agradará que eu lhe envie a Távola Redonda do rei Uther, seu pai, com uma centena de bons cavaleiros, pois ele logo encontrará meios de reunir mais, e encher a mesa.

O rei Leodegrance entregou sua filha Guinevere aos mensageiros do rei Artur e, também, a Távola Redonda com os cem cavaleiros.

Eles cavalgaram régios e orgulhosos, às vezes, por água e, às vezes, por terra, em direção a Camelot. Como cavalgavam no tempo da primavera, eles fizeram muitos esportes e passatempos. E, em todas essas oportunidades, um jovem cavaleiro que ultimamente vinha à corte de Arthur, Sir Lancelot, ganhava elogios de todos, sendo cheio de graça e de dureza; e Guinevere sempre o via com alegria. Ao entardecer, quando as tendas eram montadas ao lado de algum riacho ou floresta, muitos trovadores vinham e cantavam diante dos cavaleiros e damas, enquanto eles se sentavam nas portas das tendas, e muitos cavaleiros contavam aventuras; e, ainda assim, Sir Lancelot era o mais importante, contava as histórias mais cavalheirescas, e cantava as canções mais bonitas, de toda a companhia.

Quando chegaram a Camelot, o rei Arthur ficou muito feliz, e toda a cidade também; cavalgando com uma grande comitiva, ele encontrou Guinevere e sua companhia, e a conduziu pelas ruas todas cheias de gente, no meio de todos os seus gritos e o tilintar dos sinos da igreja, até um palácio.

Então, com toda pressa, o rei ordenou que se preparasse o casamento e a coroação com a pompa mais imponente e honrosa que se pudesse fazer. Quando chegou o dia, os arcebispos conduziram o rei até a catedral, onde ele caminhou, vestido com suas roupas reais, e tendo quatro reis, portando quatro espadas de ouro, diante dele; um coro de música doce indo também com ele.

Em outra parte, estava a rainha, vestida com seus ornamentos mais ricos, e conduzida por arcebispos e bispos à Capela das Virgens. As quatro rainhas, dos quatro reis mencionados, caminhavam diante dela, carregando quatro pombas brancas, de acordo com o costume da época; e, depois, seguiam muitas donzelas, cantando e fazendo todos os sinais de alegria.

Assim que as duas procissões chegaram à igreja, tão maravilhosas foram a música e o canto que todos os cavaleiros e barões que ali estavam se pressionaram, como uma multidão em batalha, para ouvir e ver o máximo que podiam.

Quando o rei foi coroado, ele reuniu todos os cavaleiros que vieram com a Távola Redonda de Camelgard, e outros 28 grandes e valentes homens, escolhidos por Merlin, de todo o reino, para compor o número total da mesa. Então, o Arcebispo de Cantuária abençoou as cadeiras de todos os cavaleiros e, quando eles se levantaram para prestar sua homenagem ao rei Arthur, foi encontrado nas costas da cadeira de cada um, seu nome, escrito em letras de ouro. No entanto, sobre um dos assentos, foi escrito: "Este é o Assento Perigoso, no qual, se algum homem se sentar, salvo aquele que os Céus escolheram, será devorado pelo fogo".

Sem demora, veio o jovem Gawain, sobrinho do rei, pedindo para ser nomeado cavaleiro, a quem o rei fez cavaleiro no mesmo momento. Logo depois, veio um pobre homem, conduzindo com ele um rapaz alto e justo, de 18 anos de idade, montado em uma égua magra. E caindo aos pés do rei, o pobre homem disse:

— Senhor, foi-me dito que nesta época de teu casamento darias a qualquer homem o presente que ele pedisse.

— Esta é a verdade – respondeu o rei Arthur – e eu farei isso.

— Tu dizes graciosa e nobremente – disse o pobre homem - senhor, nada mais peço senão que faças de meu filho um cavaleiro.

— É uma grande coisa que pedes – disse o rei – qual é o teu nome?

— Áries, o vaqueiro – respondeu ele.

— Vem este pedido de ti ou de teu filho? – perguntou o rei Arthur.

— Não, senhor, não de mim – disse ele – mas somente dele, pois tenho outros treze filhos, e todos eles cairão em qualquer trabalho a que eu os submeter. Mas este não fará tal trabalho por nada que eu ou minha esposa possamos dizer, porém, sempre está a atirar ou lutar, e correr para ver cavaleiros e combates, e me atormenta tanto noite como dia para que seja feito cavaleiro.

— Qual é o teu nome? – disse o rei ao jovem.

— Meu nome é Tor – disse ele.

Então, o rei, olhando para ele com firmeza, ficou bem satisfeito com seu rosto e sua figura, e com seu olhar de nobreza e força.

— Buscai todos os teus outros filhos – disse o rei a Áries.

Mas, quando ele os trouxe, nenhum se parecia com Tor em tamanho, forma ou característica.

Então, o rei nomeou Tor cavaleiro, dizendo:

— Sê até o fim de tua vida, um bom cavaleiro e um verdadeiro, como peço a Deus que tu sejas; e se provardes ser digno, e de proeza, um dia, serás incluído na Távola Redonda.

Então, voltando-se para Merlin, Arthur disse:

— Profetiza agora, ó Merlin, Sir Tor deve ou não se tornar um cavaleiro digno?

— Sim, senhor - disse Merlin - assim deve ser, pois ele é o filho daquele rei Pellinore que tu conheceste, e provou ser um dos melhores cavaleiros vivos. Ele não é filho de um vaqueiro.

Pouco depois, chegou o rei Pellinore e, quando viu Sir Tor, reconheceu-o como seu filho, e ficou mais satisfeito do que as palavras podem dizer ao encontrá-lo como cavaleiro do rei. Pellinore fez uma homenagem ao rei Arthur; depois, ele foi conduzido por Merlin a um assento alto na Távola Redonda, perto do Assento Perigoso.

No entanto, Sir Gawain estava cheio de raiva pela honra feita pelo rei Pellinore, e disse a seu irmão Gaheris:

— Ele matou nosso pai, o rei Lot, portanto, eu o matarei.

— Não o faças ainda – disse ele – espera até que eu também seja um cavaleiro, então, o ajudarei nisso: é melhor que tu sofras deixando-o ir neste momento, e não incomode esta alta festa com derramamento de sangue.

— Como quiserdes – disse Sir Gawain.

Então, levantou-se o rei e falou a toda a Távola Redonda, e os desafiou a serem sempre verdadeiros e nobres cavaleiros, a não fazerem ultraje, nem assassinato, nem qualquer violência injusta, e, a sempre fugirem da traição; e, também, a não serem, de modo algum, cruéis, mas dar misericórdia àquele que pedi-la, sob pena de perderem a liberdade de sua corte para sempre. Além disso, sempre, sob pena de morte, pediu que dessem todo o socorro a senhoras e jovens donzelas; e, por fim, que nunca participassem de qualquer briga injusta, por recompensa ou pagamento.

Ele ordenou que, todos os anos, em Pentecostes, todos eles viessem diante dele, de onde quer que estivessem, e prestassem contas de todos os seus feitos e aventuras dos últimos doze meses. E assim, com orações e bênçãos, e altas palavras de ânimo, ele instituiu a mais nobre ordem da Távola Redonda, onde os melhores e mais bravos cavaleiros do mundo procuraram, depois, encontrar a admissão.

Em seguida, a grande festa foi preparada, o rei e a rainha sentaram-se lado a lado; e enorme e real foi o banquete e a pompa.

Enquanto estavam sentados, cada homem em seu lugar, Merlin deu uma volta e disse:

— Sentai-vos quietos, pois vereis uma aventura estranha e maravilhosa.

Assim, enquanto estavam sentados, de repente veio correndo pelo salão, um veado branco, com um cão de caça branco atrás dele, e 30 cães de caça negros correndo, fazendo um barulho estrondoso; e o veado fez o circuito da mesa redonda, e passou pelas outras mesas; e, de repente, o cão de caça branco voou sobre ele e o mordeu ferozmente, e arrancou um pedaço de sua presa. O veado deu um grande salto, e derrubou um cavaleiro sentado à mesa, que se levantou imediatamente e, pegando o cão de caça, levou-o rapidamente para longe.

Mas, logo que ele partiu, entrou uma senhora, montada em um palafrém branco, que gritou ao rei:

— Senhor, não me permita este sofrimento! O cão de caça que aquele cavaleiro leva é meu.

Enquanto ela falava, um cavaleiro armado, em um grande cavalo, pegou a dama e cavalgou com ela à força, embora ela tenha chorado e gemido muito.

Então, o rei pediu que Sir Gawain, Sir Tor e o rei Pellinore montassem e seguissem esta aventura até o extremo; e disse a Sir Gawain para trazer de volta o veado; Sir Tor, o cão de caça e o cavaleiro; e ao rei Pellinore, o cavaleiro e a dama.

Sir Gawain partiu rapidamente, e com ele Gaheris, seu irmão, como um escudeiro. Enquanto iam, viram dois cavaleiros lutando e, quando chegaram até eles, os separaram e perguntaram o motivo de sua briga.

— Lutamos por um assunto tolo – respondeu um deles – pois somos irmãos; mas um veado branco veio por aqui, perseguido por muitos cães de caça, e pensando que era uma aventura para a grande festa do rei Arthur, eu o teria seguido para ganhar adoração; no entanto, meu irmão mais novo declarou que ele era o melhor cavaleiro e iria atrás dele, e assim lutamos para provar qual de nós seria o melhor cavaleiro.

— Isto é uma tolice – disse Sir Gawain. Luteis com todos os estranhos, se quiserdes, mas não irmão com irmão. Segui meu conselho, ponde-vos contra mim, e se vos renderdes a mim, como eu farei o meu melhor para fazer-vos, ireis ao rei Arthur e vos entregareis a sua graça.

— Senhor cavaleiro – responderam os irmãos – estamos cansados, e faremos teu desejo sem te enfrentar; mas por quem diremos ao rei que fomos enviados?

— Pelo cavaleiro que segue a busca do veado branco – disse Sir Gawain – e agora, dizei-me teus nomes, e deixai-nos partir.

— Sorlous e Brian da Floresta – responderam eles; e assim seguiram seu caminho até a corte do rei.

Sir Gawain, ainda seguindo sua busca pela matilha distante dos cães de caça, chegou a um grande rio, e viu o veado nadando perto da margem mais distante. Quando ele estava prestes a mergulhar, viu um cavaleiro do outro lado, que gritou:

— Não, vem aqui, Sir Gawain, depois daquele veado, combaterá comigo.

— Não falharei nisso – disse Sir Gawain; e seguiu com seu cavalo pelo riacho.

Sem demora, eles pegaram suas lanças, e correram um contra o outro, ferozmente; Sir Gawain feriu o estranho fora de seu cavalo e, virando-se, mandou-o ceder.

— Não – respondeu ele – não é assim; pois embora tenhas o melhor de mim a cavalo, peço-te, valente cavaleiro, unamo-nos com nossas espadas a pé.

— Qual é o teu nome? – perguntou Gawain.

— Allardin das Ilhas – respondeu o homem.

Então, eles caíram um sobre o outro; mas logo Sir Gawain o atingiu através do capacete, tão profundamente e com tanta força que Sir Allardin caiu morto.

— Ah! – disse Gaheris – este foi um golpe poderoso para um jovem cavaleiro.

Eles voltaram a seguir o veado branco, e deixaram escapar três cães de caça cinzentos atrás dele; por fim, o perseguiram até um castelo, e lá o alcançaram e o mataram, no pátio principal.

Um cavaleiro correu de uma câmara, com uma espada desembainhada na mão, e matou dois dos cães de caça diante de seus olhos, e perseguiu os outros do castelo, gritando:

— Oh, meu veado branco! Infelizmente, estás morto! Tu me foste dado por minha soberana dama, e eu mal te guardei; mas se eu viver, tua morte será recompensada. Sem demora, ele entrou e se armou, e saiu ferozmente, e encontrou Sir Gawain cara a cara.

— Por que mataste meus cães de caça? – disse Sir Gawain – eles agiram de acordo com a natureza deles, seria melhor que tu tivesses vingado-te de mim do que das pobres bestas burras.

— Eu também me vingarei de ti – disse o outro – antes que partas deste lugar.

Então, eles lutaram, selvagem e loucamente, até que o sangue desceu até seus pés. Mas, por fim, Sir Gawain teve o melhor, e derrubou o cavaleiro do castelo ao chão. Ele clamou por misericórdia, e suplicou para salvar sua vida.

— Tu morrerás – disse Sir Gawain – por matar os meus cães de caça.

– Eu farei com que tu te redimas – respondeu o cavaleiro.

Porém, Sir Gawain não teve misericórdia, e desatou o capacete para golpear sua cabeça; e tão cego estava ele de raiva, que não viu quando uma senhora saiu correndo de seus aposentos e caiu sobre seu inimigo. E, dando-lhe um golpe feroz, ele golpeou a cabeça da dama por engano.

— Ai de mim! – gritou Gaheris – estupido e vergonhoso o que fizeste, a vergonha jamais te deixarás! Por que não dar tua misericórdia aos que a pedem? Um cavaleiro sem misericórdia também não tem adoração.

Sir Gawain ficou muito assustado com a morte daquela bela senhora, e não sabia o que fazer, então, disse ao cavaleiro caído:

— Levanta-te, porque eu te darei misericórdia.

— Não, não – disse ele – não me importa agora a tua misericórdia, pois mataste minha senhora e meu amor.

— Arrependo-me tristemente disso – disse Sir Gawain – pois eu pretendia ter-te golpeado; mas, agora, irás ao rei Arthur e lhe contarás esta aventura, e como foste vencido pelo cavaleiro que segue a busca pelo veado branco.

— Não me importa se vivo ou morro, ou para onde vou –respondeu o cavaleiro.

Então, Sir Gawain o enviou para a corte de Camelot, fazendo--o carregar um galgo morto na frente e um atrás, em seu cavalo.

— Dize teu nome antes de nos separarmos – disse ele.

— Meu nome é Athmore de Marsh – respondeu o homem.

Sir Gawain entrou no castelo, preparou-se para dormir lá e começou a se desarmar; mas Gaheris o repreendeu, dizendo:

— Desarmarar-te-ás neste país estranho... pensa, deveis ter muitos inimigos.

Não antes que ele tivesse falado, quatro cavaleiros, bem armados, apareceram de repente e os atacaram com força, dizendo a Sir Gawain:

— Cavaleiro recém-criado, como envergonhaste teu título de cavaleiro! Um cavaleiro sem piedade é desonrado! Caçador de damas justas, que vergonha para ti! Não duvides de que terás necessidade de misericórdia antes de te deixarmos.

Os irmãos estavam em grande perigo e, temendo por suas vidas, pois eram apenas dois contra quatro, e cansados de viajar; um dos quatro cavaleiros atirou em Sir Gawain com uma flecha, e o atingiu através do braço, para que ele não pudesse mais lutar. Mas, quando não restava nada para eles, a não ser a morte, surgiram quatro damas e pediram que os cavaleiros fossem misericordiosos com os estranhos. Assim, elas deram a vida a Sir Gawain e Gaheris, e fizeram-nos render-se como prisioneiros.

No dia seguinte, uma das senhoras veio a Sir Gawain e disse:

— Senhor cavaleiro, como estás?

— Nada bem – disse ele.

— É tua própria culpa, senhor – disse a dama – pois mataste aquela bela donzela ontem, e sempre será uma grande vergonha para ti. Mas, não és da família do rei Arthur?

— Sim, eu sou – disse ele – meu nome é Gawain, filho do rei Lot, de Orkney, que o rei Pellinore matou, e minha mãe, Belisent, é meia-irmã do rei.

Quando a senhora ouviu isso, ela foi e logo conseguiu que ele deixasse o castelo; e lhe deu a cabeça do veado branco para levar com ele, porque estava em sua busca; mas o fez levar, também, a senhora morta com ele, sua cabeça pendurada ao pescoço e seu corpo no pescoço de seu cavalo.

Ele voltou para Camelot; e quando o rei e a rainha o viram, e ouviram falar de suas aventuras, ficaram muito descontentes e, por ordem da rainha, ele foi levado a julgamento perante uma corte de damas, que o julgou, por toda sua vida, como o cavaleiro das disputas de damas, obrigando-o a lutar, sempre, ao lado delas, e nunca contra nenhuma; também o orientaram a nunca recusar a misericórdia para com aquele que a pedir, e o juraram nos Santos Evangelhos. Assim terminou a aventura do corço branco.

Enquanto isso, Sir Tor havia se preparado e seguido o cavaleiro que cavalgou com o cão de caça. E, quando ele estava indo, de repente, encontrou, na estrada, um anão, que bateu tão violentamente na cabeça de seu cavalo, com um grande bastão, que ele saltou para trás violentamente.

— Por que feriste meu cavalo, anão imundo? – gritou Sir Tor.

— Porque não passarás por este caminho – respondeu o anão – a menos que lutes por ele com outros cavaleiros naquelas tendas – apontando para duas tendas, onde duas grandes lanças se destacaram, e dois escudos pendurados em duas árvores.

— Não posso me demorar, pois estou em uma busca que preciso seguir – disse Sir Tor.

— Não passarás – respondeu o anão, soprando sua corneta.

Então, partiu rapidamente para Sir Tor um cavaleiro armado, mas Sir Tor foi rápido como ele e, cavalgando, derrubou-o de seu cavalo e o fez ceder. Logo depois veio outro ainda mais feroz, mas, com alguns grandes golpes, Sir Tor também o desatou e enviou os dois para Camelot, para o rei Arthur. Em seguida, veio o anão e implorou a Sir Tor para levá-lo ao seu serviço.

— Pois – disse ele – não servirei mais aos cavaleiros covardes.

— Pegue, então, um cavalo, e venha comigo – disse Sir Tor.

— Cavalgarás atrás do cavaleiro com o cão de caça branco? – disse o anão – logo poderei levar-te até ele.

Eles cavalgaram pela floresta até chegarem a mais duas tendas. Sir Tor entrou na primeira, e viu três donzelas deitadas ali, dormindo. Depois, foi até a outra, e encontrou outra senhora também dormindo e, aos seus pés, o cão branco que ele procurava, que instantaneamente começou a latir tão alto que a senhora acordou. Mas, Sir Tor tinha apreendido o cão de caça e o entregou ao anão.

— O que farás, senhor cavaleiro? – gritou a senhora – tens de tirar o meu cão de caça à força?

— Sim, senhora – disse Sir Tor – pois assim devo, tendo o comando do rei; e o segui desde a corte do rei Arthur, em Camelot, até este lugar.

— Bem – disse a senhora – não irás longe antes de seres maltratado, e arrepender-te-ás da demanda.

— Permanecerei alegremente em qualquer aventura que venha, pela graça de Deus – disse Sir Tor.

E, assim, montou seu cavalo e começou a cavalgar de volta em seu caminho. Mas, com a noite chegando, ele se voltou para um eremitério na floresta, e lá permaneceu até o dia seguinte, alegrando-se com a comida tão pobre que o eremita tinha lhe dado, e ouvindo uma missa devotamente antes de partir no dia seguinte.

No início da manhã, enquanto cavalgava com o anão em direção a Camelot, ele ouviu um cavaleiro chamar atrás dele:

— Vira-te! Pare, senhor cavaleiro, e entrega-me o cão de caça que tiraste de minha dama.

Ele virou-se e viu um grande e forte cavaleiro, armado esplendidamente, cavalgando ferozmente através de uma clareira da floresta.

Sir Tor estava muito mal provido, pois tinha apenas um velho corcel, que estava tão fraco quanto ele, por causa da escassa alimentação do eremita. Ele esperou, no entanto, que o estranho cavaleiro viesse e, no início, com suas lanças, cada um derrubou o outro; brigaram com suas espadas como dois leões loucos. Em seguida, eles bateram nos escudos e capacetes um do outro até que os fragmentos voassem por todos os lados, e seu sangue jorrasse; mas, ainda assim, eles bateram e perfuraram através da espessa armadura e das cotas de malha, e deram um ao outro grandes e horríveis feridas. No final, Sir Tor, encontrando o estranho cavaleiro desmaiado, aumentou seus golpes e sugeriu que ele clamasse por sua misericórdia.

— Não o farei – respondeu Abellius – enquanto a minha vida for saborosa e a minha alma estiver em meu corpo, a menos que tu me dês, primeiro, o cão de caça.

— Não posso – disse Sir Tor – e não o farei, pois foi minha tarefa trazer novamente aquele cão de caça e ti ao rei Arthur, de outra forma, devo matá-lo.

Neste momento, surgiu uma donzela montada num palafrém, o mais rápido que podia, e gritou a Sir Tor:

— Peço-te, pelo amor do rei Arthur, dá-me um desejo.

— Pede – disse Sir Tor – e eu te darei.

— Agradecida – disse a dama – peço-te a cabeça deste falso cavaleiro Abellius, o mais ultrajante assassino que vive.

— Arrependo-me do presente que prometi – disse Sir Tor - que ele repare todas as ofensas contra ti.

— Ele não pode fazer reparações – respondeu a donzela - pois ele matou meu irmão, um cavaleiro muito melhor do que ele, e desprezou dar-lhe misericórdia, embora eu tenha me ajoelhado por meia hora diante dele, na lama, para implorar e, embora tenha sido apenas por acaso que eles lutaram, e por nenhum ferimento ou briga anterior. Eu exijo meu desejo de ti como verdadeiro cavaleiro ou, então, te envergonharei na corte do rei Arthur; pois este Abellius é o cavaleiro vivo mais falso, e um assassino de muitos.

Quando Abellius ouviu isto, tremeu muito, ficou com muito medo e pediu a Sir Tor por sua misericórdia.

— Agora eu não posso, senhor cavaleiro – disse ele – para que eu não seja falso à minha promessa. Não aceitaste minha misericórdia quando a ofereci; e agora é tarde demais.

Assim, ele desatou o capacete e o tirou; mas Abellius, com medo desanimador, o derrubou pelos pés e fugiu, até que Sir Tor o ultrapassou, e lhe arrancou a cabeça completamente com um só golpe.

— Agora, senhor – disse a donzela - é quase noite, eu peço que te hospedes no meu castelo.

— Eu irei, com boa vontade – disse ele.

Então, ele foi ao castelo da dama e viu o marido dela, um velho cavaleiro, que muito lhe agradeceu por seu serviço e insistiu, muitas vezes, para que ele voltasse.

No dia seguinte, ele partiu, e chegou a Camelot ao meio-dia, onde o rei e a rainha se regozijaram de vê-lo, e o rei o fez Conde; e Merlin profetizou que estas aventuras eram apenas pequenas para as coisas que ele deveria alcançar no futuro.

Enquanto Sir Gawain e Sir Tor haviam cumprido suas missões, o rei Pellinore perseguia a dama que o cavaleiro havia levado para longe da festa de casamento. E, enquanto cavalgava pela floresta, viu em um vale uma bela jovem donzela, sentada ao lado de um poço, e um cavaleiro ferido, deitado em seus braços, e o rei Pellinore a saudou ao passar por ela.

Assim que ela o percebeu, gritou:

— Socorro, ajuda-me, cavaleiro, pelo amor de nosso Senhor.

Mas, Pellinore estava muito ansioso em sua busca para ficar ou se virar, embora ela tenha gritado 100 vezes a ele pedindo ajuda; e rezou aos Céus para que ele pudesse ter uma necessidade tão grande antes de morrer como ela tinha agora. Logo em seguida, seu cavaleiro morreu em seus braços; e ela, por desgosto e amor, se matou com sua espada. Porém, o rei Pellinore cavalgou até encontrar um pobre homem e lhe perguntou se ele tinha visto um cavaleiro passar por aquele caminho, conduzindo, à força, uma dama com ele.

— Sim, certamente – disse o homem – e ela gemeu e chorou muito; mas, agora mesmo, outro cavaleiro está lutando com ele para entregar a dama; irás encontrá-los ainda lutando.

O rei Pellinore cavalgou rapidamente, e chegou ao local onde viu os dois cavaleiros lutando, perto de onde havia duas tendas. E quando olhou em uma delas, viu a dama que era sua busca, e com ela, os dois escudeiros dos dois cavaleiros que lutavam.

— Prezada senhora – disse ele – tu deves vir comigo à corte de Arthur.

— Senhor cavaleiro – disseram os dois escudeiros – veja que dois cavaleiros lutam por esta senhora; vá separá-los, e obtenha seu consentimento para levá-la, antes de tocá-la.

— Vós dizeis bem – disse o rei Pellinore. Ele cavalgou entre os combatentes e perguntou-lhes por que lutavam.

— Senhor cavaleiro – disse um – aquela dama é minha prima, filha de minha tia, que eu encontrei carregada, contra sua vontade, por este cavaleiro aqui, com quem eu, portanto, luto para libertá-la.

— Senhor cavaleiro – respondeu o outro, cujo nome era Hantzlake de Wentland – esta senhora me pegou, pelas minhas armas e proezas, na corte do rei Arthur, hoje.

— Isso é falso – disse o rei Pellinore – tu roubaste a dama, e fugiste com ela, antes que qualquer cavaleiro pudesse se armar para ajudar. É meu serviço levá-la de volta. Portanto, nenhum de vós a terá; mas se lutardes por ela, lutai comigo agora e aqui.

— Bem – disseram os cavaleiros – prepare-te, e nós te atacaremos com todas as nossas forças.

Então, Sir Hantzlake atravessou o cavalo do rei Pellinore com sua espada, para que todos eles pudessem lutar igualmente, a pé. O rei Pellinore ficou irado, e correu sobre Sir Hantzlake, com um grito:

— Prepara-te! – e deu-lhe um golpe no capacete, de modo que ele caiu morto no chão.

Quando viu isso, o outro cavaleiro recusou-se a lutar e, ajoelhando-se, disse:

— Leva minha prima contigo, como é tua busca; mas como és um verdadeiro cavaleiro, não permitas que ela seja envergonha nem que lhe façam mal.

Assim, no dia seguinte, o rei Pellinore partiu para Camelot, e levou a senhora com ele; enquanto cavalgavam em um vale cheio de pedras ásperas, o cavalo da donzela tropeçou e a jogou, de modo que seus braços ficaram gravemente feridos. Enquanto descansavam na floresta para que a dor diminuísse, a noite chegou, e lá, eles foram obrigados a fazer seu alojamento. Um pouco antes da meia-noite, eles ouviram o trote de um cavalo.

— Estejas quieta – disse o rei Pellinore – podemos ouvir algum perigo – e ele se armou.

Então, ele ouviu dois cavaleiros se encontrarem e se cumprimentarem, no escuro; um cavalgando de Camelot, o outro do Norte.

— Quais notícias em Camelot? – disse um.

— Pela minha cabeça – disse o outro – eu só saí de lá, e espiei a corte do rei Arthur, e tal comunhão está lá como nunca poderá ser quebrada ou superada; pois quase todos os cavaleiros do mundo estão lá, e todos são leais ao rei, e agora eu volto para casa, ao Norte, para dizer aos nossos chefes que eles não desperdicem suas forças em guerras contra ele.

— Quanto a tudo isso – respondeu o outro cavaleiro – sou agora apenas do Norte, e tenho comigo um remédio, o veneno mais mortal de que já se ouviu falar, e a Camelot eu o levarei, pois ali temos um amigo próximo ao rei, e muito estimado por ele, que recebeu de nós presentes para envenená-lo, como ele prometeu fazer em breve.

— Tem cuidado – disse o primeiro cavaleiro – com Merlin, pois ele conhece todas as coisas, pelo ofício da magia.

— Não temerei por isso - respondeu o outro, e cavalgou em seu caminho.

Rapidamente, rei Pellinore e a senhora partiram novamente; e quando chegaram ao poço no qual a senhora com o cavaleiro ferido havia se sentado, encontraram tanto o cavaleiro quanto a donzela totalmente devorada por leões e animais selvagens.

Quando o rei Pellinore viu aquilo, chorou amargamente, dizendo:

— Eu poderia ter salvado a vida dela se eu tivesse esperado alguns momentos na minha busca.

— Por que fazes tanto pesar agora? – disse a dama.

— Eu não sei – respondeu ele – mas meu coração lamenta muito pela morte desta pobre senhora, tão bela e jovem ela era.

Então, ele exigiu que um eremita enterrasse os restos mortais, e levou a cabeça da senhora com ele para Camelot, para a corte.

Quando chegou, ele jurou dizer a verdade de sua busca diante do rei e da rainha e, quando entrou, a rainha, de certa forma, o transtornou, dizendo:

— Fostes muito culpado por não terdes salvado a vida daquela dama.

— Senhora – disse ele – arrepender-me-ei durante toda a minha vida.

— Sim, rei – disse Merlin, que de repente entrou - e assim tu deves fazer, pois aquela senhora era tua filha, não vista desde a infância por ti. E ela estava a caminho da corte, com um bom jovem cavaleiro, que teria sido seu marido, mas foi morto pela traição de um cavaleiro criminoso, Lorraine le Savage; e porque não quiseste permanecer e ajudá-la, tua melhor amiga te faltará na hora de maior necessidade, pois tal é a penitência que te foi ordenada por tal ato.

Então, o rei Pellinore contou secretamente a Merlin sobre a traição que ouvira na floresta, e Merlin, por seu ofício, ordenou que o cavaleiro que carregava o veneno fosse morto por ele. Assim, a vida do rei Arthur foi salva.

CAPÍTULO VII

Rei Arthur e Sir Accolon, da Gália

Estando agora felizmente casado, o rei Arthur, por uma temporada, teve seu divertimento, com grandes torneios, e com grandes partidas e caçadas. Assim, certa vez, o rei e muitos de seus cavaleiros foram caçar em uma floresta, e Arthur, o rei Urience, e Sir Accolon, da Gália, foram atrás de um grande corço, e estando os três bem-montados, perseguiram tão rápido que superaram sua companhia, e a deixaram muitos quilômetros atrás; mas, cavalgando ainda o mais rápido que puderam, seus cavalos caíram mortos debaixo deles. Depois, estando os três a pé, e vendo o corço não muito distante deles, ficaram muito cansados e quase esgotados.

— O que devemos fazer? – disse o rei Arthur – pois fomos duramente vencidos.

— Vamos a pé – disse o rei Urience – até que possamos encontrar alojamento.

Ao verem o corço deitado na margem de um grande lago, com um cão de caça saltando em sua garganta, e muitos outros cães de caça indo em sua direção, correram. Arthur soprou a nota da morte em sua corneta, e matou o corço. Depois, levantando os olhos, viu diante dele, no lago, uma barcaça, toda drapeada até a borda da água, com dobras e cortinas de seda, que rapidamente se aproximou dele, tocando a areia; mas, quando se aproximou e olhou para dentro, não viu nenhuma criatura terrena. Então, ele gritou a seus companheiros:

— Senhores, vinde aqui, e vejamos o que há neste navio.

Os três entraram e o encontraram, em toda parte, mobiliado e adornado com rica seda e ouro.

Naquele momento, já tinha chegado o entardecer, quando, de repente, uma centena de tochas foram colocadas em todos os lados da barcaça, fazendo uma luz deslumbrante e, ao mesmo tempo, apareceram doze belas donzelas, e saudaram o rei Arthur pelo nome, ajoelhando-se e dizendo-lhe que era bem-vindo, e que deveria ter sua mais nobre alegria, pelo qual o rei lhes agradeceu gentilmente. Então, elas o conduziram e a seus companheiros a uma esplêndida câmara, onde havia uma mesa com os vinhos e os alimentos mais ricos; e ali os serviram com todos os tipos de vinhos e carnes, até que Arthur se maravilhou com o esplendor da festa, declarando que nunca, em sua vida, havia ceado melhor, ou de forma mais nobre. Depois do jantar, elas o levaram para outra sala, a qual ele nunca havia visto uma mais rica, onde ele ficou para descansar. Rei Urience e Sir Accolon foram conduzidos, cada um deles, a salas da mesma magnificência. E, assim, todos os três adormeceram e, estando muito cansados, dormiram profundamente durante toda aquela noite.

Mas, quando a manhã se rompeu, o rei Urience encontrou-se em sua própria casa, em Camelot, ele não sabia como; e Arthur, acordado, encontrou-se em uma masmorra escura, e ouviu ao redor nada além dos gemidos de cavaleiros, prisioneiros como ele. Então, disse Arthur:

— Quem sois vós, assim gemendo e reclamando?

E alguém lhe respondeu:

— Infelizmente, somos todos prisioneiros, mesmo vinte bons cavaleiros, e alguns de nós já estamos aqui há sete anos, alguns mais, nem vimos a luz do dia por todo esse tempo.

— Por que razão? – disse o rei Arthur.

— Não sabes, então? – responderam eles. O senhor deste forte castelo é Sir Damas, e é o cavaleiro mais falso e traidor que vive; e ele tem um irmão mais novo, um bom e nobre cavaleiro, cujo nome é Outzlake. Este traidor, Damas, embora sendo rico, não dará a seu irmão nada de sua riqueza, e salvo o que Outzlake guarda para si pela força, ele não tem parte da herança. Ele possui, no entanto, uma bela e rica mansão, na qual ele vive, amado por todos os homens de longe e de perto. Mas, Damas é tão odiado quanto seu irmão é amado, pois ele é impiedoso e covarde; e agora, por muitos anos, tem havido guerra entre esses irmãos, e Sir Outzlake desafia sempre mais Damas a sair e lutar com ele, corpo a corpo, pela herança; e se ele for muito covarde, que busque algum cavaleiro campeão, que lute por ele. Damas concordou em buscar algum campeão, mas ainda não encontrou um cavaleiro para tomar em mãos sua causa maligna, nem apostou uma batalha por ele. Ele vive fazendo emboscadas, e leva cativo cada cavaleiro que passa, que pode aproximar-se sem querer, e trazê-lo para este castelo, e deseja que ele lute contra Sir Outzlake. Assim ele fez com todos nós. Um a um, viemos aqui, onde muitos bons cavaleiros morreram de fome e de doença. No entanto, se um de nós lutasse, Sir Damas entregaria todo o resto.

— Deus, em sua misericórdia, vos envie a libertação - disse o rei Arthur, e sentou-se, pensando em como todas essas coisas deveriam terminar, e como ele mesmo poderia ganhar a liberdade para tantos corações nobres.

Sem demora, veio uma donzela ao rei, dizendo:

— Senhor, se lutares por meu senhor, serás libertado da prisão, mas nunca mais escaparás com tua vida.

— Não – disse o rei Arthur – essa é apenas uma escolha difícil, mas se eu preferisse lutar a morrer na prisão, e se eu pudesse libertar todos esses outros, eu faria a batalha.

— Sim – disse a donzela – assim será.

— Então – disse o rei Arthur – estou pronto, preciso de um cavalo e uma armadura.

— Não tenhas medo – disse ela – isso não te faltará, e nada te faltará para a luta.

— Não te vi – disse o rei – na corte do rei Arthur? Pois me parece que teu rosto é familiar.

— Não – disse a donzela – nunca estive lá; sou filha de Sir Damas, e nunca estive a menos de um dia de viagem deste castelo.

Mas, ela falou falsamente, pois era uma das donzelas de Morgan le Fay, a grande feiticeira, que era meia-irmã do rei Arthur.

Quando Sir Damas soube que havia encontrado um cavaleiro que lutaria por ele, mandou chamar Arthur e, encontrando um homem tão alto e forte, e de membros tão retos, ele ficou muito satisfeito, e fez um pacto com ele, para que lutasse até o extremo por sua causa, e que todos os outros cavaleiros seriam libertados. Quando juraram um ao outro nos Evangelhos Sagrados, todos aqueles cavaleiros aprisionados foram imediatamente levados e libertados, mas permaneceram ali, para ver a batalha.

Entretanto, tinha acontecido a Sir Accolon, da Gália, uma estranha aventura; pois quando acordou de seu sono profundo, sobre a barcaça de seda, ele se viu à beira de um poço profundo, e em perigo iminente de cair ali. Então, saltando em grande aflição, ele gritou:

— Que Deus preserve meu senhor rei Arthur e rei Urience, pois aquelas donzelas no navio nos traíram e, sem dúvida, eram demônios; e se eu puder escapar deste infortúnio, certamente, as destruirei onde quer que eu as encontre.

Nesse momento, chegou até ele um anão com uma grande boca e um nariz liso, e o saudou, dizendo que vinha da rainha Morgan le Fay.

— Ela te cumprimenta – disse ele – e te diz que sejas forte de coração, pois amanhã farás uma batalha com um estranho cavaleiro e, por isso, ela te enviou a Excalibur, a espada do rei Arthur. E ela deseja que lutes esta batalha até o extremo, e sem qualquer misericórdia, como prometeste que lutaria quando ela te pediu; e ela fará, de qualquer donzela, uma rainha rica, para sempre.

— Bem – disse Sir Accolon – diga à minha senhora rainha Morgan, que me agarrarei a ela, agora que tenho esta espada, e suponho que foi para provocar esta batalha que ela fez todos estes encantos.

— Estas correto – disse o anão, deixando-o.

Então, vieram um cavaleiro e uma senhora, e seis escudeiros, a Sir Accolon, e o levaram a uma casa senhorial, e lhe deram uma alegria nobre; e a casa pertencia a Sir Outzlake, o irmão de Sir Damas, pois assim, Morgan le Fay tinha conseguido com seus encantamentos. Agora o próprio Sir Outzlake estava gravemente ferido e incapacitado, tendo sido furado em ambas as coxas por uma lança. Quando, portanto, Sir Damas enviou mensageiros a seu irmão, mandando-o preparar-se até amanhã de manhã, e estar em campo para lutar com um bom cavaleiro, por ter encontrado um campeão pronto para a batalha em todos os pontos. Sir Outzlake estava muito aborrecido e angustiado, pois sabia que tinha poucas chances de vitória enquanto ainda estivesse incapacitado por suas feridas; apesar disso, ele estava determinado a tomar a batalha, embora estivesse tão fraco que precisasse ser levantado para sua sela. Mas, quando Sir Accolon, da Gália, ouviu isto, enviou uma mensagem a Sir Outzlake oferecendo-se para tomar a batalha em seu lugar, ao que Sir Outzlake agradeceu de todo o seu coração, e aceitou alegremente.

No dia seguinte, o rei Arthur estava armado e bem-montado, e perguntou a Sir Damas:

— Quando iremos ao campo?

— Senhor – disse Sir Damas – ouvirás primeiro a missa.

Assim, quando a missa terminou, veio um escudeiro em um grande cavalo e perguntou a Sir Damas se seu cavaleiro estava pronto.

— Pois nosso cavaleiro já está no campo.

Então, o rei Arthur montou o cavalo, e havia todos os cavaleiros, barões e pessoas do país; e doze deles foram escolhidos para esperar os dois cavaleiros que estavam prestes a lutar. Enquanto o rei Arthur montava o cavalo, uma donzela de Morgan le Fay lhe trouxe uma espada, parecida com a Excalibur, e uma bainha também, e lhe disse:

— Morgan le Fay te envia aqui sua espada por causa de seu grande amor.

E o rei lhe agradeceu e acreditou ser como ela disse; mas ela o enganou traiçoeiramente, pois tanto a espada quanto a bainha eram frágeis e falsas, e a verdadeira espada Excalibur estava nas mãos de Sir Accolon. Então, ao som de uma trombeta, os campeões se colocaram em lados opostos do campo e, dando rédea e impulso a seus cavalos, os incitaram a uma velocidade tão grande que cada um, batendo no outro no meio do escudo, rolou seu oponente para o chão, tanto cavalo quanto homem. Em seguida, ambos desembainharam suas espadas e se apressaram. Assim, eles caíram avidamente e deram um ao outro muitos golpes poderosos.

Enquanto lutavam, a donzela Vivien, a dama do lago, que amava o rei Arthur, veio ao chão, pois sabia, por seus encantos, como Morgan le Fay havia engendrado astutamente para que o rei Arthur fosse morto por sua própria espada e, por isso, veio para salvar sua vida. Arthur e Sir Accolon não pouparam forças, nem fúria, em seus ataques; mas a espada do rei cedeu continuamente diante da de Sir Accolon, de modo que a cada golpe ele era ferido, e seu sangue escorria tão rapidamente que era um milagre ele suportar. Quando o rei Arthur caiu ao chão, tão dolorido, ele suspeitou que houvesse uma traição mágica, e que sua própria espada havia sido trocada. Parecia que a espada na mão de Sir Accolon era a Excalibur, pois, temerosamente, ela derramava seu sangue a cada golpe, enquanto a que ele segurava, não se mantinha afiada, nem caía com qualquer força sobre seu inimigo.

— Agora, cavaleiro, afasta-te de mim – gritou Sir Accolon.

Mas, o rei Arthur não respondeu, e lhe deu um soco no capacete que o fez cambalear. Sir Accolon se retirou um pouco, e veio com a Excalibur no alto, ferindo o rei Arthur com um golpe tão forte que quase o derrubou; ambos estavam em fúria, dando um ao outro golpes dolorosos e selvagens. Porém, Arthur estava perdendo tanto sangue que mal podia manter-se de pé, mas estava tão cheio de coragem, que suportou a dor e, ainda assim, se sustentava, embora agora estivesse tão fraco que se achava prestes a morrer. Sir Accolon, ainda não havia perdido nenhuma gota de sangue e, estando muito ousado e confiante na Excalibur, tornou-se ainda mais vigoroso e apressado em suas agressões. Todos os homens presentes disseram que nunca tinham visto um cavaleiro lutar tão bem como o rei Arthur; e todo o povo ficou tão triste por ele que suplicaram a Sir Damas e Sir Outzlake que resolvessem sua briga e, assim, continuassem a luta; mas eles não o fizeram.

A batalha continuava, até que Arthur afastou-se um pouco para respirar e descansar; mas Accolon veio atrás dele, seguindo ferozmente e gritando:

— Não é hora de descansar – colocando-se sobre ele.

Então, Arthur, cheio de desprezo e raiva, levantou sua espada e bateu no capacete de Sir Accolon tão poderosamente que o colocou de joelhos; mas, com a força daquele grande golpe sua frágil e traiçoeira espada quebrou curta no punho, e caiu na grama entre o sangue. Neste momento, rei Arthur pensou que tudo tinha acabado e preparou sua mente para a morte, mas manteve-se tão protegido por seu escudo que não perdeu terreno, e fez como se ainda tivesse esperança e ânimo. Então, disse Sir Accolon:

— Senhor cavaleiro, estás vencido e não podes mais suportar, vendo que está sem armas, e já perdeu tanto sangue. No entanto, não sou totalmente desleal para te matar; renda-te, pois, a mim, como derrotado.

— Não – disse o rei Arthur – não posso, pois prometi lutar até o fim pela fé de meu corpo e enquanto minha vida durasse; e eu preferia morrer com honra a viver com vergonha; e se me fosse possível morrer 100 vezes, preferiria morrer tantas vezes a entregar-me a ti, pois, embora me faltem armas, não me faltará adoração, e será vergonhoso para ti matar-me sem armas.

— Aha – gritou Sir Accolon – quanto à vergonha, não me pouparei; olhe para si mesmo, senhor cavaleiro, pois ainda agora tu não és, senão, um homem morto.

Com isso, ele o atacou com força impiedosa e quase o abateu; mas Arthur envaidecia-se com valentia à medida em que se esvaia em sangue. Pressionou Sir Accolon com seu escudo, e o atingiu tão ferozmente com o punho da espada que o atirou três passos para trás.

Sir Accolon, tão confuso, apressou-se, todo tonto, para dar mais um golpe furioso. Porém, a Excalibur, pela magia de Vivien, caiu de suas mãos sobre a terra. Rei Arthur agarrou-a e, imediatamente, sentiu que era sua própria boa espada, e disse-lhe:

— Estiveste longe de mim por muito tempo e me causaste muito dano.

Então, espiando a bainha pendurada ao lado do Sir Accolon, ele saltou e puxou-a, e atirou-a o mais longe possível; enquanto estivesse usando-a, Arthur sabia que sua vida seria mantida em segurança.

— Oh, cavaleiro! – disse o rei – tu me causaste hoje muitos danos por esta espada, mas agora chegaste à tua morte, pois te garantirei que sofrerás, antes que nos separemos, um pouco do que me fizeste sofrer.

O rei Arthur voou contra ele com todas as suas forças, e o puxou para a terra, retirou-lhe o capacete e lhe deu sobre a cabeça um soco temível, até que o sangue saltasse

— Agora, te matarei! – gritou o rei Arthur; pois seu coração estava endurecido, e seu corpo todo em chamas como febre, até que, por um momento, ele esqueceu sua misericórdia cavalheiresca.

— Matai-me, podeis matar-me – disse Sir Accolon – pois sois o melhor cavaleiro que já encontrei, e vejo bem que Deus está convosco; e eu, como tu, prometi travar esta batalha até o extremo, e nunca serei alegre enquanto viver; portanto, nunca me renderei por minha boca, e Deus deve fazer com meu corpo o que quiser.

Enquanto Sir Accolon falava, o rei Arthur acreditava conhecer sua voz; então, separando todos os seus cabelos manchados de sangue de seus olhos e inclinando-se para ele, viu, de fato, que era seu amigo e seu verdadeiro cavaleiro. Então, ele disse, mantendo sua própria viseira baixa

— Peço-te que me digas de que país és tu, e de que corte?

— Senhor cavaleiro – respondeu ele – sou da corte do rei Arthur, e meu nome é Sir Accolon, da Gália.

Então, disse o rei:

— Oh, senhor cavaleiro! Peço que me digas quem te deu esta espada... e de quem a recebeu...

Ao que Sir Accolon respondeu:

— Que vale esta espada, pois por ela eu recebi minha morte. Esta espada está à minha guarda há quase doze meses, e ontem, a rainha Morgan le Fay, esposa do rei Urience, enviou-a por um anão, para que com ela eu pudesse, de alguma forma, matar seu irmão, o rei Arthur; pois você deve entender que o rei Arthur é o homem que ela mais odeia em todo o mundo, sendo cheio de inveja e ciúmes, pois ele é de maior adoração e renome do que qualquer outro de seu sangue. Ela também me ama tanto quanto o odeia; e se ela conseguisse matar o rei Arthur por seu ofício e magia, então, ela mataria imediatamente seu marido também, e me faria o rei de toda esta terra, e ela mesma minha rainha, para reinar comigo; mas, agora – disse ele – tudo isso acabou, pois neste dia cheguei à minha morte.

— Teria sido uma dolorosa traição para ti destruir teu senhor – disse Arthur.

— Tu dizes verdadeiramente – respondeu ele – mas agora que eu te disse, e confessei abertamente a ti toda aquela traição imunda de que agora me arrependo amargamente, dize-me, peço-te, de onde tu és, e de que corte?

— Oh, Sir Accolon! – disse o rei Arthur – saibas que eu mesmo sou o rei Arthur.

Quando Sir Accolon ouviu isto, gritou:

— Oh, meu gracioso senhor! Tens piedade de mim, pois eu não te reconhecia.

— Terei misericórdia – disse ele – pois não conhecias minha pessoa neste momento; e, embora pela tua própria confissão sejas um traidor, ainda assim te culpo menos, porque foste cego pela falsa artimanha de minha irmã Morgan le Fay, em quem confiei mais do que em todos os outros parentes, e a quem agora saberei bem como punir.

Então, Sir Accolon gritou:

— Oh, senhores, e todo o povo bom! Este nobre cavaleiro com quem lutei é o mais nobre e adorado de todo o mundo; pois é o rei Arthur, nosso senhor e rei soberano; e arrependo-me totalmente de ter levantado a lança contra ele, embora, na ignorância, o tenha feito.

Todo o povo caiu de joelhos e pediu o perdão do rei por tê-lo feito sofrer. Mas, ele respondeu:

— Perdão, não podeis ter, pois, na verdade, nada tendes pecado; mas aqui vedes o mal que, muitas vezes, pode acontecer aos cavaleiros errantes, pois, para meu próprio mal e seu perigo também, tenho lutado com um de meus próprios cavaleiros.

O rei ordenou a Sir Damas que entregasse a seu irmão toda a mansão e, Sir Outzlake, entregaria a ele apenas um palafrém a cada ano.

E ordenou a Damas, sob pena de morte, que nunca mais tocasse ou angustiasse os cavaleiros errantes em suas aventuras; e, também, que fizesse plena compensação e satisfação aos vinte cavaleiros que ele havia mantido na prisão.

— E se algum deles – disse o rei – vier à minha corte reclamando que não teve satisfação plena de ti por seus ferimentos, morrerás por eles.

Depois disso, o rei Arthur pediu a Sir Outzlake que fosse com ele à sua corte, onde ele deveria se tornar um cavaleiro seu e, se seus atos fossem nobres, ser promovido a tudo o que ele desejasse.

Então, ele se despediu de todo o povo e montou seu cavalo, e Sir Accolon foi com ele para uma abadia, onde ambos tiveram suas feridas tratadas. Mas, Sir Accolon morreu depois de quatro dias.

E, quando ele morreu, o rei enviou seu corpo à rainha Morgan, a Camelot, dizendo que ele lhe enviava um presente em troca da espada Excalibur que ela lhe havia enviado pela donzela.

No dia seguinte, uma donzela da rainha Morgan foi até o rei, e trouxe com ela o manto mais rico que já havia sido visto, pois estava tão cheio de pedras preciosas quanto elas podiam ficar uma contra a outra, e eram as pedras mais ricas que o rei já vira. E a donzela disse:

— Tua irmã te envia este manto, e pede que aceites seu presente, e em tudo o que ela te ofendeu, ela o corrigirá a seu gosto.

A isto o rei não respondeu, embora o manto lhe tenha agradado muito. Nesse momento, veio a dama do lago, e disse:

— Senhor, não ponha este manto até que tenha visto mais; e, de maneira alguma, ele seja colocado sobre si, ou sobre qualquer um de seus cavaleiros, até que tenha feito a portadora primeiro, colocá-lo sobre ela.

— Será feito como tu aconselhas – disse o rei.

Então, ele disse à donzela enviada por sua irmã:

— Eu gostaria de ver este manto que me trouxestes sobre ti.

— Senhor – disse ela – me será inconveniente usar uma veste de cavaleiro.

— Pela minha ordem – disse o rei Arthur – tu o usarás antes que ele vá para as costas de qualquer outra pessoa.

E, assim, eles a vestiram, e logo a roupa irrompeu em uma chama e queimou a donzela em cinzas. Quando o rei viu isso, odiou de todo o coração aquela falsa bruxa Morgan le Fay, e cada vez mais travou-se uma briga mortal entre ela e Arthur, até o fim de suas vidas.

CAPÍTULO VIII

Rei Arthur conquista Roma e é coroado Imperador

E agora, pela segunda vez, vieram os embaixadores de Lucius Tiberius, imperador de Roma, exigindo, sob pena de guerra, tributo e homenagem do rei Arthur, e a restauração de toda a Gália, que ele havia conquistado do tribuno Flollo.

Quando eles entregaram sua mensagem, o rei ordenou que se retirassem enquanto ele consultava seus cavaleiros e barões sobre a resposta a enviar. Então, alguns dos cavaleiros mais jovens matariam os embaixadores, dizendo que seu discurso era uma ofensa ao rei. Mas, quando o rei Arthur ouviu isso, ordenou que ninguém os tocasse, sob pena de morte; e, enviando oficiais, mandou levá-los para um alojamento nobre, e ali tiveram o melhor divertimento.

— E – disse ele – que não se poupe a delicadeza, pois os romanos são grandes senhores; embora sua mensagem não me agrade, ainda assim devo me lembrar da minha honra.

Então, os senhores e cavaleiros da Távola Redonda foram chamados a discutir com seus conselhos o que deveria ser feito sobre este assunto, e Sir Cador, de Cornualha, foi o primeiro a falar:

— Senhor, esta mensagem é a melhor notícia que ouvi por muito tempo, pois agora estamos ociosos e em repouso há muitos dias, e confio que farás uma guerra dura contra os romanos, na qual, não duvido, todos ganharemos honra.

— Creio nisso – disse Arthur – mas essa é uma resposta incompleta ao Imperador de Roma, e sua exigência me entristece muito, pois, verdadeiramente, nunca lhe pagarei tributo; por isso, meus senhores, peço-vos que me aconselheis. Agora, entendi que Belinus e Brennius, cavaleiros da Grã-Bretanha, seguraram o Império Romano em suas mãos por muitos dias, e Constantine, o filho de Helen, é uma evidência de que não apenas não devemos nenhum tributo a Roma, mas que eu, sendo descendente deles, posso, de direito, eu mesmo reivindicar o império.

Então, disse o rei Anguish, da Escócia:

— Senhor, tu deves ter o direito de estar acima de todos os outros reis, pois em toda a cristandade não há ninguém igual a ti; e eu te aconselho a nunca obedecer aos romanos. Pois quando eles reinaram aqui, eles nos angustiaram gravemente, e colocaram a terra em grandes e pesados tributos; e aqui, de minha parte, eu juro vingar-me deles quando puder, e te fornecerei vinte mil homens armados, aos quais pagarei e guardarei, e que te aguardarão comigo, quando isso te agradar.

O rei da Pequena Bretanha se levantou e prometeu ao rei Arthur trinta mil homens; e, da mesma forma, muitos outros reis, duques e barões prometeram ajuda, como o senhor de Gales Ocidental, que ofereceu trinta mil homens, Sir Ewaine e seu primo, mais trinta mil homens, e assim por diante; Sir Lancelot também, e todos os outros cavaleiros da Távola Redonda, prometeram uma grande tropa.

Assim, o rei, aprovando alegremente a coragem e boa vontade deles, agradeceu a todos de coração, e mandou chamar novamente os embaixadores, para ouvirem sua resposta.

— Eu lhes ordeno – disse ele – que agora volteis imediatamente para vosso senhor, o Imperador, e digam-lhe que não dou ouvidos às suas palavras, pois conquistei todos os meus reinos pela vontade de Deus e pelo meu próprio braço direito, e sou forte o suficiente para mantê-los, sem pagar tributo a nenhuma criatura terrena. Mas, por outro lado, reivindico tanto o tributo quanto a submissão de si mesmo, e reivindico a soberania de todo seu império, ao qual tenho direito pelos meus próprios antepassados, alguns dos reis desta terra. E digam-lhe que, em breve, irei a Roma, e pela graça de Deus, tomarei posse de meu império, e subjugarei todos os rebeldes. Portanto, por fim, ordeno a ele e a todos os senhores de Roma que, imediatamente, me prestem sua homenagem, sob pena de meu castigo e ira.

Então, ordenou a seus tesoureiros que dessem grandes presentes aos embaixadores, e custeassem todas as suas despesas, e nomeou Sir Cador para expulsá-los, adoravelmente, do local.

Quando voltaram a Roma e estiveram perante Lucius, ele ficou furioso com suas palavras, e disse:

— Pensei que este Arthur obedeceria instantaneamente às minhas ordens e me serviria tão humildemente como qualquer outro rei; mas, por causa de sua sorte em Gália, ele se tornou insolente.

— Ah, senhor – disse um dos embaixadores – evita tais palavras vãs. Temo que tenhas feito para vós uma vara mais afiada do que esperavas. Ele quer ser senhor deste império; ele é diferente do imaginas, e detém a mais nobre corte de todo o mundo. Nós o vimos no dia do Ano Novo, servido à sua mesa por nove reis, e a mais nobre companhia de outros príncipes, senhores e cavaleiros que já existiu em todo o mundo; e em sua pessoa, ele é o homem mais viril que vive, e que olha como se estivesse conquistando toda a terra.

Então, Lucius enviou mensageiros a todos os países súditos de Roma, e reuniu um poderoso exército, 16 reis, e muitos duques, príncipes, senhores e almirantes, e uma maravilhosa multidão. Cinquenta gigantes, nascidos de demônios, foram colocados ao seu redor como guarda-costas. Com toda aquela tropa, ele saiu logo de Roma, passou das montanhas para a Gália, queimou as cidades e devastou todo o país daquela província, em fúria por sua submissão ao rei Arthur. Então, ele seguiu em direção à Pequena Bretanha.

Enquanto isso, o rei Arthur, tendo realizado um parlamento em York, deixou Sir Badewine e Sir Constantine encarregados pelo reino, e atravessou o mar desde Sandwich para se encontrar com Lucius. Assim que desembarcou, enviou Sir Gawain, Sir Bors, Sir Lionel e Sir Bedivere ao Imperador, ordenando-lhe: "que saísse rapidamente e apressadamente de suas terras, caso contrário, que se preparasse para a batalha, e não continuasse devastando o país e matando pessoas inocentes".

Sem demora, esses nobres cavaleiros se vestiram e partiram, quando viram, em um prado, muitas tendas de seda de diversas cores, e a tenda do Imperador no meio, com uma águia dourada colocada acima dela.

Em seguida, Sir Gawain e Sir Bors seguiram em frente, deixando os outros dois para trás, de tocaia, e deram a mensagem do rei Arthur. Ao que o Imperador respondeu:

— Voltai e dizei a vosso senhor que vim para conquistá-lo e a todas suas terras.

Ao ouvir isso, Sir Gawain ardeu de raiva e gritou:

— Eu tenho mais do que toda a França para poder lutar contigo sozinho.

— E eu também – disse Sir Bors.

Então, um cavaleiro chamado Ganius, um primo próximo do Imperador, riu e disse:

— Ei! Como esses bretões estão cheios de orgulho, gabando-se como se desnudassem todo o mundo!

A estas palavras, Sir Gawain não podia mais se abster, desembainhou sua espada e deu um golpe na cabeça de Ganius, depois, Sir Bors virou seu cavalo e cavalgou sobre as águas e através dos bosques, de volta para a tocaia, onde Sir Lionel e Sir Bedivere estavam esperando. Os romanos seguiram rapidamente atrás deles, até que os cavaleiros viraram e se levantaram, então, Sir Bors feriu o primeiro deles através do corpo com uma lança, e o matou no local. Depois, veio Calibere, um grande Paviano, mas Sir Bors também o derrubou. Sir Lionel e Sir Bedivere saíram de sua emboscada e caíram sobre os romanos, ferindo-os e forçando-os a fugir até suas tendas.

Mas, ao se aproximarem do acampamento, uma grande tropa apressou-se de volta à batalha e, no tumulto, Sir Bors e Sir Berel caíram nas mãos dos romanos. Quando Sir Gawain viu isso, puxou sua boa espada Galotine e jurou não ver mais o rosto do rei Arthur se aqueles dois cavaleiros não fossem entregues; e então, com o bom Sir Idrus, fez uma investida tão dolorosa que os romanos fugiram e deixaram Sir Bors e Sir Berel para seus amigos. Assim, os britânicos voltaram em triunfo ao rei Arthur, tendo matado mais de dez mil romanos, sem perder nenhum de seus homens.

Quando o Imperador Lucius ouviu falar desse massacre, levantou-se, com todo seu exército, para esmagar o rei Arthur, e o encontrou no vale de Soissons. Então, falando a toda sua tropa, ele disse:

— Senhores, aconselho-vos que lutem e se comportem como homens; e, lembrando como Roma é a chefe de toda a terra e senhora do mundo universal, não permitam que esses bretões bárbaros e selvagens suportem nosso ataque.

As trombetas soaram tão alto que o chão tremeu.

Então, as tropas rivais se aproximaram com grandes gritos; e quando se encontraram, nenhuma língua podia traduzir a fúria de seus ferimentos e a dor, as feridas e o massacre. O rei Arthur, com seus cavaleiros mais poderosos, desceu para a luta mais intensa, sacou a Excalibur, e matou como um relâmpago, com rapidez e força. No meio da multidão, ele encontrou um gigante, Galapas, e arrancou ambas as pernas na altura dos joelhos; dizendo:

— Agora tu és de um tamanho melhor para se lidar!

Feriu sua cabeça num segundo golpe: e o corpo matou seis homens ao cair.

Rapidamente, o rei Arthur buscou onde Lucius lutava e realizou grandes feitos com suas próprias mãos. Cavalgou contra ele, e cada um atacou o outro passando ferozmente; até que, por fim, Lucius feriu o rei Arthur no rosto, e Arthur, em troca, levantando a Excalibur, dirigiu-a com toda sua força sobre a cabeça do imperador, estremecendo seu capacete, dividindo sua cabeça pela metade e rachando seu corpo até o peito. Quando os romanos viram seu Imperador morto, fugiram aos milhares; e o rei Arthur e seus cavaleiros, e todo seu exército, os seguiram, matando cem mil homens.

Depois de voltar ao campo, o rei Arthur cavalgou até o lugar onde Lucius jazia morto, e rodeou-o com os reis do Egito e da Etiópia, e outros dezessete reis, com sessenta senadores romanos, todos homens nobres. Ordenou que todos eles fossem cuidadosamente embalsamados e colocados em caixões de chumbo, cobertos com seus escudos, armas e bandeirolas. Então, chamando três senadores que foram feitos prisioneiros, ele lhes disse:

— Como resgate de vossas vidas, quero que leveis estes corpos para Roma, apresentando-os por mim e dizendo que eu mesmo estarei lá em breve. Sendo assim, suponho que os romanos terão mais cuidado ao me pedirem, novamente, algum tributo, pois lhes digo que estes cadáveres são parte do tributo que ousaram me pedir; e se eles desejarem mais, quando lá estiver, lhes pagarei o restante.

Assim, com essa carga, os três senadores partiram para Roma; o corpo do Imperador sendo carregado em uma carruagem brasonada com as armas do império, sozinho, e os corpos dos reis, de dois em dois, nas carruagens seguintes.

Após a batalha, o rei Arthur entrou em Lorraine, Brabant e Flanders, e dali, subjugando todos os países à medida que passava, seguiu para a Alemanha, e assim, além das montanhas, para a Lombardia e Toscana. Ele chegou diante de uma cidade que se recusava a obedecê-lo, pelo que se assentou diante dela para sitiá-la. Depois de muito tempo, o rei Arthur chamou Sir Florence, e disse-lhe que os alimentos começavam a faltar para suas tropas

— E não muito longe daqui – disse ele – estão grandes pastagens cheias de gado pertencente a meus inimigos. Vai e traz tudo o que puder encontrar, pela força; e leve contigo Sir Gawain, meu sobrinho, e Sir Clegis, Sir Claremond, o Capitão de Cardiff, e um bando forte.

Rapidamente, esses cavaleiros se prepararam, e cavalgaram sobre vales e colinas, e através de florestas e bosques, até chegarem a um grande prado cheio de flores e grama, e lá descansaram naquela noite. No alvorecer do dia seguinte, Sir Gawain pegou seu cavalo e distanciou-se de seus companheiros, para buscar alguma aventura. Logo, ele viu um cavaleiro armado, passeando com seu cavalo ao lado de um bosque, com seu escudo amarrado ao ombro, e nenhum ajudante, a não ser um escudeiro portando uma poderosa lança; e em seu escudo estavam brasonados três grifos de ouro. Quando Sir Gawain o notou, ele colocou sua lança em repouso e, cavalgando diretamente para ele, perguntou quem era.

— Um toscano – disse ele – e poderás comprovar isso quando quiseres, pois, serás meu prisioneiro antes de nos separarmos.

Então, disse Sir Gawain:

— Tu te vanglorias muito e proferes palavras orgulhosas, contudo, aconselho-te, por todas as tuas jactâncias, a olhares para ti mesmo o melhor que puderes.

Ao pegarem suas lanças e correrem um contra o outro, com toda a força que tinham, e se atirarem através de seus escudos, até os ombros e, depois, desembainhando espadas, golpearam-se, até que o fogo brotou de seus lanças. Sir Gawain ficou furioso e, com sua boa espada, Galotine, atingiu sua energia através do escudo e da malha, e dividiu em pedaços todas as pedras preciosas do mesmo, e fez uma ferida tão grande que os homens puderam ver tanto os pulmões quanto o fígado. O toscano, gemendo alto, correu para Sir Gawain, deu-lhe um golpe oblíquo profundo, fez uma ferida poderosa, e cortou uma grande veia, de modo que ele sangrou rapidamente. Então, ele gritou:

— Ata rapidamente tua ferida, Sir Gawain, pois tu és o sangue de todo teu cavalo e de tua bela armadura, e todos os cirurgiões do mundo jamais estancarão teu sangue; pois assim será com quem estiver ferido com esta boa espada.

Então, Sir Gawain respondeu:

— Isso me entristece pouco, e tuas palavras não me dão medo, pois sofrerás maior dor e tristeza antes de nos separarmos; mas diz-me quem pode estancar este sangue.

— Isso posso fazer – disse o estranho cavaleiro – e farei, se me ajudares a ser batizado, e a acreditar em Deus, o que agora te exijo.

— Estou satisfeito – disse Sir Gawain – e que Deus me ajude a conceder todos os teus desejos. Mas, diz-me, primeiro, o que procuras aqui sozinho, e de que terra és tu?

— Senhor – disse o cavaleiro – meu nome é Prianius, e meu pai é um grande príncipe, que se rebelou contra Roma. Ele é descendente de Alexander e Hector, e de nossa linhagem também foram Joshua e Maccabaeus. Eu sou de direito o rei de Alexandria, e da África, e de todas as ilhas exteriores, mas eu acreditaria no Senhor que tu adoras, e por teu trabalho te darei um tesouro suficiente. Tive tanto orgulho no coração que não pensei que fosse meu igual, mas agora encontrei contigo, que me encheste de lutas; portanto, peço-te, senhor cavaleiro, fala-me de ti mesmo.

— Não sou cavaleiro – disse Sir Gawain – fui criado, por muitos anos, para cuidar da armadura e vestimentas do nobre príncipe rei Arthur.

— Ah – disse Prianius – se tuas lanças são tão afiadas e ferozes, teus cavaleiros devem estar passando bem! Agora, pelo amor dos Céus, diz-me teu nome.

— Pelos Céus – disse Gawain – agora eu te direi a verdade. Meu nome é Sir Gawain, e eu sou um cavaleiro da Távola Redonda.

— Agora estou mais satisfeito – disse Prianius – do que se tu me tivesses dado toda a província de Paris. Preferia ter sido dilacerado por cavalos selvagens que por qualquer valete que tivesse conquistado tal vitória sobre mim como tu o fizeste. Mas, agora, senhor cavaleiro, eu o aviso que, por perto está o Duque de Lorraine, com sessenta bons homens de guerra, e é melhor que ambos fujamos de uma só vez, pois ele nos encontrará, e ficaremos gravemente feridos e nunca mais poderemos nos recuperar. E que teus homens tomem cuidado para que não toquem trombeta, pois bem perto estão cem cavaleiros, meus servos; e se eles te confiscarem, nenhum resgate de ouro ou prata te absolverá.

Sir Gawain cavalgou sobre um rio para se salvar, e Sir Prianius atrás dele, e assim, ambos fugiram, até chegarem a seus companheiros, no prado, onde passaram a noite. Quando Sir Whishard viu Sir Gawain tão ferido, correu para ele gritando, e perguntou-lhe quem o havia ferido, e Sir Gawain contou-lhe como havia lutado com aquele homem, apontando para Prianius, que tinha pomadas para curar os dois.

— Mas, posso dar-te outras notícias – disse ele – que logo devemos encontrar muitos inimigos, pois um grande exército está perto de nós, à nossa frente.

Então, Prianius e Sir Gawain desmontaram e deixaram seus cavalos pastar, e quando tiraram suas armaduras e suas roupas, o sangue quente escorreu de suas recentes feridas. Mas, Prianius tirou de sua bolsa um frasco cheio das águas de quatro rios que correm para fora do Paraíso, e ungiu ambas as feridas com um certo bálsamo, e lavou-as com aquela água. Depois de uma hora, estavam ambas tão sãs e inteiras como sempre haviam estado. Então, ao som de uma trombeta, todos os cavaleiros foram reunidos em conselho; e, depois de muita conversa, Prianius disse:

— Cessai vossas palavras, pois vos previno que ali no bosque encontrareis cavaleiros fora de número, que lançarão gado como chamariz para vos guiar; e são muitos!

— No entanto – disse Sir Gawain – vamos encontrá-los imediatamente e ver o que eles podem fazer; e que os melhores tenham a vitória.

De repente, eles viram um conde chamado Sir Ethelwold, e o Duque de Duchmen saltou da emboscada na floresta, com muitos milhares atrás dele, e todos desceram direto para a batalha. Sir Gawain, cheio de ardor e coragem, consolou seus cavaleiros, dizendo:

— Todos eles são nossos.

Então, os cavaleiros lançaram esporas em seus cavalos e começaram a galopar, encontrando ferozmente seus inimigos. E então, homens e cavalos foram mortos e derrubados por todos os lados, e dentro e fora, entre todos eles. Os cavaleiros da Távola Redonda pressionaram e empurraram, feriram todos os que resistiram, até que, ao longo do tempo, todos eles fugiram.

— Pelos Céus – disse Sir Gawain – isto alegra bem meu coração, pois agora os vejo fugindo! Eles são setenta mil a menos em número do que eram uma hora atrás!

Assim, a batalha terminou rapidamente, e uma grande quantidade de altos senhores e cavaleiros da Lombardia e Sarracenos estavam mortos no campo. Então, Sir Gawain e sua companhia recolheram uma grande quantidade de gado, de ouro e prata, e todo tipo de tesouro, e retornaram ao rei Arthur, que ainda mantinha o cerco.

— Agora, agradeçamos a Deus – gritou ele – mas quem é aquele que está ali sozinho, e não parece um prisioneiro?

— Senhor – disse Sir Gawain – ele é um bom homem, com suas armas, e me igualou; mas está aqui para se tornar um cristão. Se não fosse por suas advertências, nenhum de nós estaria aqui hoje. Peço-te, portanto, que o batizes, pois podem existir poucos homens mais nobres, ou melhores cavaleiros.

Assim, Prianius foi batizado, e foi feito um duque e cavaleiro da Távola Redonda.

Logo depois, fizeram um último ataque contra a cidade, e entraram pelas muralhas de todos os lados; enquanto os homens corriam para a pilhagem, veio a duquesa, com muitas damas e donzelas, e se ajoelharam diante do rei Arthur; rogaram-lhe que recebesse sua submissão. A quem o rei respondeu, com um semblante nobre:

– Senhora, estejas bem certa de que ninguém fará mal a ti, nem a vossas damas; nem será ferido nenhum dos que vos pertencem; mas o duque tem de obedecer ao meu julgamento.

Então, ele mandou parar o assalto e pegou as chaves do filho mais velho do duque, que foi trazido de joelhos. Sem demora, o duque foi enviado como prisioneiro a Dover, por sua vida, e foram designados aluguéis e impostos para o dote da duquesa e de seus filhos.

Depois, ele continuou com todas as suas tropas, ganhando todas as cidades e castelos, e devastando os que recusaram a obediência, até chegar a Viterbo. A partir daí, ele partiu para Roma, para perguntar aos senadores se eles o receberiam como seu senhor e governador. Em resposta, vieram até ele todos os senadores que permaneceram vivos, e os cardeais, com uma majestosa comitiva e procissão e, colocando grandes tesouros a seus pés, rezaram para que ele viesse imediatamente a Roma, e lá fosse pacificamente coroado como Imperador.

— Neste próximo Natal – disse o rei Arthur – serei coroado e realizarei minha Távola Redonda em tua cidade.

Rapidamente, ele entrou em Roma, com grande pompa e classe; depois dele vieram todos as suas tropas, seus cavaleiros, seus príncipes, e grandes senhores, vestidos de ouro e joias, como nunca antes foram vistos. E, então, ele foi coroado Imperador pelas mãos do Papa, com toda a mais alta solenidade que podia ser feita.

Depois de sua coroação, ele permaneceu em Roma por uma estação, colonizando suas terras e dando reinos a seus cavaleiros e servos, a cada um de acordo a seu merecimento, e de forma tão sábia que nenhum homem entre todos reclamou. Também fez muitos duques e condes, e carregou todos os seus homens de armas com riquezas e grandes tesouros.

Quando tudo isso foi feito, os senhores e cavaleiros, e todos os homens de grandes propriedades, se reuniram diante dele, e disseram:

— Nobre Imperador! Pela bênção do Deus Eterno, tua guerra mortal está terminada, e tuas conquistas alcançadas, pois agora, em todo o mundo, ninguém é tão grande e poderoso a ponto de ousar fazer guerra contigo. Por isso te rogamos, e te rogamos de coração, de tua nobre graça, que voltes para casa e que nos deis também licença para ver nossas esposas e nossos lares novamente, pois estivemos longe deles por uma longa estação, e toda a tua jornada está completa, com grande honra e adoração.

— Vós dizeis bem – respondeu ele – e tentar a Deus não é sabedoria, portanto, preparai-vos com toda a pressa e voltai para casa, para a Inglaterra.

Então, o rei Arthur voltou com seus cavaleiros, senhores e exércitos, em grande triunfo e alegria, através de todos os países que havia conquistado, e ordenou que nenhum homem, sob pena de morte, roubasse ou fizesse qualquer tipo de violência pelo caminho. Atravessando o mar, ele foi a Sandwich, onde a rainha Guinevere o recebeu, e teve uma grande alegria com sua chegada. E através de todo o reino da Grã-Bretanha, houve tanta alegria que nenhuma língua era capaz de dizer.

CAPÍTULO IX

As Aventuras de Sir Lancelot du Lake

Em Pentecostes seguinte, foi realizada uma festa da Távola Redonda em Caerleon, com grande esplendor; e todos os seus cavaleiros recorreram à corte e realizaram muitos jogos e combates. Nessa oportunidade, Sir Lancelot cresceu em fama e adoração acima de todos os homens, pois ele derrubou todos os que se aproximavam, e nunca foi desmontado ou derrotado, exceto por traição e encantamento.

Quando a rainha Guinevere viu seus feitos maravilhosos, ela o elogiou e sorriu mais para ele do que para qualquer outro cavaleiro. E desde que fora trazido ao rei Arthur, Lancelot a considerava a mais bela de todas as damas e fazia o possível para ganhar sua atenção. Assim, muitas vezes, a rainha mandava chamá-lo e pedia-lhe que contasse sobre seu nascimento e estranhas aventuras: como ele era filho único do grande rei Ban, da Bretanha, e como, uma noite, seu pai, com sua mãe Helen e ele próprio, fugiram de seu castelo em chamas; como seu pai, gemendo profundamente, caiu no chão e morreu de dor e feridas, e como sua mãe, correndo para o marido, o deixou sozinho e, enquanto ele chorava, veio a dama do lago, tomou-o nos braços e foi com ele para o meio das águas, onde, com seus primos Lionel e Bors, ele foi cuidado por toda a sua infância, até chegar à corte do rei Arthur; e como essa era a razão pela qual os homens o chamavam de Lancelot du Lake.

Logo foi ordenado pelo rei Arthur que, a cada ano, em Pentecostes, deveria ser realizado um festival de todos os cavaleiros da Távola Redonda em Caerleon, ou em outro lugar que ele escolhesse. E nesses festivais deveriam ser contadas publicamente as aventuras mais famosas de qualquer cavaleiro durante o ano anterior.

Assim, quando Sir Lancelot viu a rainha Guinevere regozijar-se ao ouvir suas andanças e aventuras, ele resolveu partir mais uma vez, e ganhar ainda mais adoração, para que ele pudesse aumentar a admiração dela. Ele ordenou que seu primo, Sir Lionel, se preparasse.

— Pois – disse ele – nós dois buscaremos aventura.

Eles montaram em seus cavalos, armados em todos os pontos, e cavalgaram para uma vasta floresta, e quando passaram por ela, chegaram a uma grande planície, no entanto, estando o tempo muito quente por volta do meio-dia, Sir Lancelot ansiava por dormir. Sir Lionel avistou uma grande macieira ao lado de uma cerca viva e disse:

— Irmão, lá está uma bela sombra onde podemos descansar, nós e os cavalos.

— Estou muito feliz com isso – disse Sir Lancelot - por todos esses sete anos eu não estive tão sonolento.

Eles desceram e amarraram seus cavalos nas árvores, e Sir Lionel observou enquanto Sir Lancelot adormecia e dormia rapidamente.

Nesse meio tempo, vieram três cavaleiros, cavalgando tão rapidamente quanto podiam e, depois deles, seguia um único cavaleiro, mas quando Sir Lionel olhou para ele, pensou nunca ter visto um homem tão grande e forte, ou tão bem-equipado e vestido. Logo ele o viu alcançar o último dos que fugiam e feri-lo no chão, então, ele foi para o segundo, e o feriu de tal maneira que cavalo e homem foram para a terra. Ele seguiu até o terceiro, da mesma forma, e o derrubou do cavalo. Em seguida, ele desceu de seu cavalo e amarrou todos os três cavaleiros com as suas próprias rédeas.

Quando Sir Lionel viu isso, pensou que chegara a hora de se provar contra ele. Tão silenciosa e cautelosamente, para não acordar Sir Lancelot, ele pegou seu cavalo, montou e foi atrás dele. Ultrapassando-o, Sir Lionel gritou para que o cavaleiro se virasse, o que ele fez instantaneamente, e feriu Sir Lionel com tanta força que o cavalo e o homem caíram imediatamente. Então, ele pegou Sir Lionel e o jogou amarrado nas costas de seu próprio cavalo, e assim ele o amarrou aos outros três cavaleiros, e os levou para seu próprio castelo. Lá, eles foram desarmados, despidos, espancados com espinhos e lançados em uma prisão profunda, onde muitos outros cavaleiros também faziam grandes gemidos e lamentações, dizendo:

— Ai, ai! Não há homem que possa nos ajudar a não ser Sir Lancelot, pois nenhum outro cavaleiro pode se igualar a esse tirano Turquine, nosso conquistador.

Mas, enquanto tudo isso acontecia, Sir Lancelot dormia debaixo da macieira. E, como se dançassem, passaram por ali quatro rainhas, de alta classe, montadas sobre quatro mulas brancas, sob quatro copas de seda verde carregadas em lanças, para mantê-las protegidas do sol. Enquanto cavalgavam assim, ouviram um grande cavalo roncando e, virando-se, logo viraram um cavaleiro adormecido, todo armado, sob uma macieira, e quando viram seu rosto, souberam que era Lancelot du Lake.

Elas começaram a discutir para saber a qual delas ele deveria servir. Mas, a rainha Morgan le Fay, meia-irmã do rei Arthur, a grande feiticeira, era uma delas, e disse:

— Não precisamos discutir por ele, eu o encantei para que, por mais seis horas, ele não acorde. Levemo-lo ao meu castelo e, quando ele acordar, ele mesmo escolherá a qual de nós prefere servir.

Assim, Sir Lancelot foi colocado sobre seu escudo e carregado entre dois cavaleiros, para o castelo, e ali colocado em uma câmara, até que o feitiço passasse.

Em seguida, mandaram-lhe uma bela donzela, carregando sua ceia, que lhe perguntou:

— Como estás?

— Não sei dizer, bela donzela – disse ele – pois não sei como entrei neste castelo, a não ser se por encanto.

— Senhor – disse ela – sê de bom coração, e amanhã, ao amanhecer do dia, sabereis mais.

Ela o deixou sozinho, e ali ele passou a noite, deitado. De manhã cedo, as quatro rainhas vieram até ele, passando ricamente vestidas; e disseram:

— Senhor cavaleiro, deve compreender que és nosso prisioneiro, e que o conhecemos bem como o filho do rei Ban, Sir Lancelot du Lake. Embora saibamos muito bem que só há uma dama neste mundo que pode ter seu amor, sendo ela a rainha Guinevere, esposa do rei Arthur, ainda assim, estamos decididas a ter-te para servir a uma de nós, escolhe, portanto, entre nós quatro, a quem irás servir. Eu sou a rainha Morgan le Fay, rainha da terra de Gore, e aqui estão também a rainha de Northgales, a rainha de Eastland e a rainha de Out Isles. Escolhe, então, imediatamente, pois, de outra forma, permanecerás aqui, nesta prisão, até a tua morte.

— É um caso difícil – disse Sir Lancelot – devo morrer, ou escolher uma de vós como minha mestra! Mas, prefiro morrer nesta prisão a servir a qualquer ser vivo contra minha vontade. Portanto, tome isto como minha resposta. Não servirei a nenhuma de vós, pois são falsas feiticeiras. E quanto à minha senhora, a rainha Guinevere, de quem falastes levianamente, se eu estivesse em liberdade, eu provaria que ela é a senhora mais verdadeira que vive para seu senhor, o rei.

— Bem – disse a rainha – esta é tua resposta, que recusais a todas nós?

— Sim, por minha vida, recuso – disse Lancelot.

Elas se afastaram com grande ira, e o deixaram tristemente sozinho em seu calabouço.

Ao meio-dia, a donzela veio até ele e trouxe sua comida, e perguntou-lhe como antes:

— Como estás?

— Verdadeiramente, bela donzela – disse Sir Lancelot – em toda a minha vida nunca estive tão doente.

— Senhor – respondeu ela – lamento ver-te assim, mas se fizer o que eu aconselho, posso ajudar-te a sair desta aflição, e o farei sob uma condição.

— Bela donzela – disse Sir Lancelot – de bom grado, eu aceito qualquer condição, pois temo muito essas quatro rainhas bruxas, que destruíram e mataram muitos bons cavaleiros com seus encantos.

Então, disse a donzela:

— Senhor, promete-me ajudar meu pai na próxima terça-feira, pois ele tem um combate com o rei de Northgales, e na última terça-feira perdeu terreno para três cavaleiros da corte do rei Arthur que vieram contra ele. E se na próxima terça-feira o ajudardes, amanhã, antes do nascer do dia, pela graça de Deus, eu te libertarei.

— Bela donzela – disse Sir Lancelot – diz-me o nome de teu pai e eu te responderei.

— Meu pai é o rei Bagdemagus – disse ela.

— Eu o conheço bem – respondeu Sir Lancelot – para um rei nobre e um bom cavaleiro, e pela fé de meu corpo, lhe farei todo o serviço que puder nesse dia.

— Muito agradecida, senhor cavaleiro – disse a donzela – amanhã, quando fores libertado deste lugar, cavalga daqui a dez milhas até uma abadia de monges brancos, e ali permanece até que eu traga meu pai.

— Assim seja – disse Sir Lancelot – pois sou um verdadeiro cavaleiro.

Ela partiu e, no dia seguinte, bem cedo, voltou, e o deixou sair de doze portões, diferentemente trancados, e o levou até sua armadura. Quando ele estava todo armado, ela também lhe trouxe seu cavalo e, rapidamente, ele o selou, pegou uma grande lança, montou e cavalgou, dizendo:

— Bela donzela, não te falharei, pela graça de Deus.

Durante todo aquele dia, ele cavalgou em uma grande floresta, e não encontrou nenhuma estrada, passando a noite entre as árvores. Mas, na manhã seguinte, encontrou seu caminho, e chegou à abadia dos monges brancos. Lá ele viu o rei Bagdemagus e sua filha esperando por ele. Então, quando estavam juntos em um cômodo, Sir Lancelot contou ao rei como ele havia sido traído por um encantamento, e como seu primo Lionel tinha sido levado, ele não sabia para onde, e como a donzela o havia libertado do castelo da rainha Morgan le Fay.

— Por isso, enquanto eu viver – disse ele – prestarei serviço à senhora e a toda sua parentela.

— Estou certo de tua ajuda – disse o rei – na próxima terça-feira seguiremos.

— Sim, senhor, não te falharei – disse Sir Lancelot – mas quais cavaleiros te derrotaram, na semana passada, e participaram com o rei de Northgales?

— Sir Mador de la Port, Sir Modred e Sir Gahalatine – respondeu o rei.

— Senhor – disse Sir Lancelot – como eu entendo, o combate se realizará a apenas três milhas desta abadia, envia-me, então, três cavaleiros teus, os melhores que tiveres, e deixa-os ter escudos brancos, como eu também terei. Nós quatro entraremos de repente e cairemos sobre teus inimigos, e os afligiremos com tudo o que pudermos, e ninguém conhecerá quem somos.

Assim, na terça-feira, Sir Lancelot e os três cavaleiros se alojaram em um pequeno bosque perto das encostas. Em seguida, chegou ao campo o rei de Northgales, com cento e sessenta elmos, e os três cavaleiros da corte do rei Arthur, que se afastaram, ficando sozinhos. Quando o rei Bagdemagus chegou, com oitenta elmos, ambas as companhias colocaram todas as suas lanças em posição e se reuniram em um poderoso confronto, onde foram mortos doze cavaleiros do rei Bagdemagus, e seis do rei de Northgales, e a tropa do rei Bagdemagus recuou.

Sir Lancelot veio, e entrou no meio da multidão. Derrubou com uma lança cinco cavaleiros, furou as costas de quatro, e derrubou o rei de Northgales, quebrando sua perna na queda. Quando os três cavaleiros da corte de Arthur viram aquilo, cavalgaram até Sir Lancelot e, um após o outro, o atacaram; mas ele derrubou todos, e os feriu quase até a morte. Então, pegando uma nova lança, ele derrubou mais dezesseis cavaleiros e os feriu tão dolorosamente que não puderam mais carregar armas naquele dia. Quando sua lança foi quebrada, ele tomou mais uma, e feriu mais doze cavaleiros, a maioria dos quais ele feriu mortalmente, até que, no final, a tropa do rei de Northgales não mais o enfrentou, e a vitória foi dada ao rei Bagdemagus.

Sir Lancelot partiu com o rei Bagdemagus para seu castelo, e lá ele festejou com grande alegria e boas-vindas, e recebeu muitos presentes reais. No dia seguinte, ele partiu e foi procurar Lionel.

Por acaso, ele foi à mesma floresta onde as quatro rainhas o haviam encontrado dormindo, e lá ele encontrou uma donzela cavalgando em um palafrém branco. Quando se cumprimentaram, Sir Lancelot disse:

— Bela donzela, sabes onde se pode ter alguma aventura neste país?

— senhor cavaleiro – disse ela – há aventuras suficientemente grandes por perto se te atreverdes a prová-las.

— Por que eu não deveria? disse ele – não é para isso que vim aqui?

— Senhor – disse a donzela – perto deste lugar habita um cavaleiro que não pode ser derrotado por nenhum homem, pois tão grande e perigosamente forte ele é. Seu nome é Sir Turquine, e nas prisões de seu castelo jazem três escudeiros e quatro cavaleiros, em sua maioria, da corte do rei Arthur, que ele sequestrou com suas próprias mãos. Mas, promete-me, antes de empreenderdes a libertação deles, ajuda-me, liberta a mim e a muitas outras damas que estão angustiadas por um falso cavaleiro.

— Leva-me a este criminoso Turquine – disse Sir Lancelot – e, depois, cumprirei todos os teus desejos.

Então, a donzela foi na frente, e o levou a um vau, e a uma árvore onde estava pendurada uma grande bacia de latão, e Sir Lancelot bateu com a ponta de sua lança sobre a bacia, longa e duramente, até que ele bateu no fundo da mesma, mas não viu nada. Ele cavalgou de um lado para o outro diante dos portões do castelo por quase meia hora e, sem demora, viu um grande cavaleiro cavalgando à distância, conduzindo um cavalo diante dele, através do qual estava pendurado um homem armado, amarrado. Quando eles se aproximaram, Sir Lancelot reconheceu o prisioneiro como um cavaleiro da Távola Redonda. Naquele momento, o grande cavaleiro que conduzia o prisioneiro viu Sir Lancelot, e cada um deles começou a posicionar sua lança, e a se preparar.

— Justo senhor – disse Sir Lancelot – tira de teu cavalo aquele cavaleiro ferido e deixe-o descansar enquanto provaremos nossa força um sobre o outro, pois, como me foi dito, fazes, e fizeste, grande vergonha e ferimento aos cavaleiros da Távola Redonda. Por isso, eu te digo, prepara-te.

— Se és da Távola Redonda – respondeu Turquine – desafio a ti e a todos os teus semelhantes.

— Isso é dizer demais – disse Sir Lancelot.

Então, colocando suas lanças em posição de ataque, eles estimularam seus cavalos um contra o outro, o mais rápido que puderam, e bateram tão temerosamente nos escudos um do outro que as costas de ambos os cavalos travaram debaixo deles. Assim que puderam descer de suas selas, pegaram seus escudos diante deles, desembainharam suas espadas e se juntaram avidamente, e lutaram com grandes e graves golpes. Logo, os dois tiveram muitas feridas horríveis e temerosas, e sangraram como riachos. Assim, eles lutaram por duas horas ou mais, empurrando e golpeando um ao outro, onde quer que pudessem bater.

Num dado momento, os dois ficaram sem fôlego, e se apoiaram em suas espadas.

— Agora, camarada – disse Sir Turquine – vamos esperar um pouco, e me responda o que eu te perguntarei.

— Dize – disse Lancelot.

— Tu és – disse Turquine – o melhor homem que já conheci e que me parece ser aquele que odeio acima de todos os outros cavaleiros que vivem, mas se tu não fores ele, farei as pazes contigo e, por causa de tua grande valentia, libertarei todos os três escudeiros e os quatro cavaleiros que estão dentro de minhas masmorras, e tu e eu seremos companheiros para sempre. Diga-me, então, teu nome.

— Tu dizes bem – respondeu Sir Lancelot – mas quem tu odeias tanto mais que os outros?

— O nome dele – disse Turquine – é Sir Lancelot du Lake, e ele matou meu irmão, Sir Carados, na torre dolorosa, portanto, se alguma vez eu me encontrar com ele, um de nós dois matará o outro. Para descobri-lo e destruí-lo, matei cem cavaleiros, aleijei outros tantos e muitos morreram em minhas prisões. Agora, como já te disse, tenho muitos mais, e todos serão entregues se me disseres teu nome, e ele não for Sir Lancelot.

— Bem – disse Lancelot – sou esse cavaleiro, filho do rei Ban de Benwick, e Cavaleiro da Távola Redonda; por isso, agora, eu te desafio a dar o melhor de ti!

— Aha! – disse Turquine, com um grito – és tu, finalmente! Tu és mais bem-vindo à minha espada do que qualquer cavaleiro ou dama, pois nunca nos separaremos até que um de nós esteja morto.

Eles se atiraram como dois touros selvagens, cortando e chicoteando com seus escudos e espadas e, às vezes, caindo ambos no chão. Por mais duas horas eles lutaram assim, e em um certo momento, Sir Turquine se levantou muito fraco, deu um pouco de voltas, e derrubou seu escudo cheio de cansaço. Quando Sir Lancelot o viu assim, saltou sobre ele ferozmente, como um leão, o pegou pela crista de seu capacete e o arrastou, então, ele arrancou seu capacete e cortou sua cabeça.

Sir Lancelot se levantou, foi até a donzela que o havia levado a Sir Turquine, e disse:

— Estou pronto, bela senhora, para ir contigo ao teu serviço, mas não tenho cavalo.

— Senhor justo – disse ela – pega este cavalo do homem ferido que Turquine estava levando para a sua prisão, e deixa aquele cavaleiro para libertar todos os prisioneiros.

Sir Lancelot foi até o cavaleiro e pediu pelo empréstimo de seu cavalo.

— Senhor justo – disse ele – tu és bem-vindo, pois hoje salvaste tanto a mim como ao meu cavalo, e vejo que sois o melhor cavaleiro de todo o mundo, pois, à minha vista, mataste o homem mais poderoso e o melhor cavaleiro, exceto a vós mesmo, que eu já vi.

— Senhor – disse Sir Lancelot – agradeço-te bem e, agora, entra no castelo, onde encontrarás muitos cavaleiros nobres da Távola Redonda, pois vi seus escudos pendurados nas árvores ao redor. Estão os escudos de Sir Key, Sir Brandel, Sir Marhaus, Sir Galind e Sir Aliduke, e muitos outros; e os escudos dos meus dois parentes, Sir Ector de Maris e Sir Lionel. Peço que saúde a todos da minha parte, Sir Lancelot du Lake, e lhes diga que se ajudem para quaisquer tesouros que possam encontrar dentro do castelo, e que eu peço aos meus primos, Lionel e Ector, para irem à corte do rei Arthur e ficarem lá até eu chegar. Na alta festa de Pentecostes eu devo estar lá, mas, agora, devo cavalgar com esta donzela para cumprir minha promessa.

Então, quando eles foram, a donzela lhe disse:

— Senhor, estamos agora perto do lugar onde o cavaleiro imundo assombra, que rouba e angustia todas as damas e senhoras que passam por este caminho, contra o qual eu procurei a tua ajuda.

Em seguida, eles arranjaram para que ela cavalgasse na frente, e Sir Lancelot deveria seguir sob a cobertura das árvores, à beira da estrada, e se ele o visse chegar a qualquer contratempo, deveria cavalgar e lidar com aquele que a perturbava. Enquanto a donzela cavalgava em um suave ritmo de emboscada, um cavaleiro e um pajem irromperam da beira da estrada e forçaram a donzela a sair de seu cavalo, até que ela gritou por socorro.

Sir Lancelot veio correndo pela floresta, tão rápido quanto podia voar, e todos os galhos das árvores estalaram e acenaram ao seu redor.

— Oh, falso cavaleiro e traidor! – gritou ele – quem te ensinaste a angustiar as damas justas assim?

O falso cavaleiro não respondeu nada, mas sacou sua espada e cavalgou até Sir Lancelot, que jogou fora sua lança e sacou sua própria espada da mesma forma, e lhe deu um golpe tão forte que lhe enfiou a cabeça na garganta.

— Agora, tens a retribuição que te devia – disse ele, e assim se afastou da donzela.

Por dois dias, ele cavalgou em uma grande floresta, e tinha comida e alojamento escassos. No terceiro dia, ele cavalgou por uma longa ponte, quando, de repente, um vilão imundo passou e feriu seu cavalo no nariz, de modo que que ele recuou, empinando com dor.

— Por que vens até aqui sem minha permissão? – disse ele.

— Por que eu não deveria? – disse Sir Lancelot – não há outra maneira de passar.

— Não passarás por aqui – gritou o vilão, e atirou nele uma grande clava cheia de pontas de ferro. Sir Lancelot desviou e desembainhou sua espada e o matou no chão.

No final da ponte, havia uma bela aldeia, e todo o povo veio e gritou:

— Ah, senhor! Uma ação ruim, como tu nunca fizeste, pois mataste o porteiro-chefe do castelo!

Mas, ele os deixou falar como quiseram, e foi direto para o castelo.

Lá, ele amarrou seu cavalo a um anel na parede; e, entrando, viu uma ampla corte verde, e pensou que parecia um lugar nobre para lutar. Ao olhar em volta, viu muitas pessoas observando-o de portas e janelas, fazendo sinais de aviso e dizendo:

– Cavaleiro justo, tu és infeliz.

No momento seguinte, viu dois grandes gigantes, bem-armados, exceto suas cabeças, e com duas clavas horríveis em suas mãos. Ele posicionou seu escudo e, com ele, afastou o golpe de um gigante, e cravou o outro com sua espada da cabeça para baixo, até o peito. Quando o primeiro gigante viu isso, fugiu louco de medo, mas Sir Lancelot correu atrás dele, o feriu através do ombro, e escorregou pelas costas, de modo que ele caiu morto.

Ele caminhou para o salão do castelo, e viu sessenta damas e jovens donzelas saindo. Elas se ajoelharam diante dele e lhe agradeceram por sua liberdade.

— Pois, senhor – disseram elas – a maioria de nós foi prisioneira aqui nestes sete anos, e fomos mantidas em todos os tipos de trabalho para ganhar nossa comida. Bendito seja o tempo em que nasceste, pois nunca fizeste um cavaleiro um ato de maior adoração do que o que fizeste hoje, e disso todas daremos testemunho em todos os tempos e lugares! Diz-nos, portanto, nobre cavaleiro, vosso nome e corte, para que possamos contá-los a nossos amigos!

Quando o ouviram, todas gritaram:

— Que assim seja, pois sabíamos que nenhum cavaleiro, a não ser tu, jamais venceria aqueles gigantes, e muitas suspiravam por ti, pois os gigantes não temiam outro nome entre todos os cavaleiros senão o teu.

Ele lhes disse para pegarem os tesouros do castelo como recompensa por suas mágoas e voltarem para suas casas, e assim partiu para muitos países estranhos e selvagens. Finalmente, após muitos dias, por acaso, chegou a uma bela mansão, onde encontrou uma senhora idosa, que deu a ele e a seu cavalo uma boa hospedagem. Quando chegou a hora de dormir, sua anfitriã o levou a um quarto acima de um portão, e lá ele se desarmou, foi para a cama e adormeceu.

Logo depois, veio um jovem cavalgando com muita pressa, e batendo veementemente no portão abaixo. Quando Sir Lancelot ouviu, levantou-se e olhou pela janela. À luz da lua, viu três cavaleiros correndo ferozmente atrás de um homem, e golpeando-o de uma só vez com suas espadas, enquanto o único cavaleiro lutava nobremente contra todos.

Então, Sir Lancelot, rapidamente, se armou e, indo pela janela, deixou-se cair por um lençol no meio deles, gritando:

— Virai-vos contra mim, covardes, e deixai de lutar com aquele cavaleiro!

Todos eles deixaram Sir Key, pois o primeiro cavaleiro era ele, e começaram a cair furiosamente sobre Sir Lancelot. Quando Sir Key se apresentou para ajudá-lo, Sir Lancelot recusou, e gritou:

— Deixe-me lidar com eles.

E, com seis grandes golpes, ele derrubou a todos.

Então, eles gritaram:

— Senhor cavaleiro, nós nos entregamos a ti, como a um homem de poder.

— Não vos rendereis – disse ele – cedei a Sir Key, o senescal, ou eu terei as vossas vidas.

— Cavaleiro justo – disseram eles – desculpai-nos pois perseguimos Sir Key até agora, e deveríamos tê-lo vencido senão por ti.

— Bem – disse Sir Lancelot – fazei o que quiserdes, pois podem viver ou morrer; mas, se viverdes, ficareis presos a Sir Key.

Eles se renderam e Sir Lancelot ordenou-lhes que fossem à corte do rei Arthur no próximo Pentecostes, e dissessem que Sir Key os havia enviado prisioneiros à rainha Guinevere. E isto eles juraram fazer, sobre suas espadas.

Sir Lancelot bateu no portão com o punho de sua espada até que sua anfitriã veio e o deixou entrar novamente, e Sir Key também. Quando a luz chegou, Sir Key reconheceu Sir Lancelot, ajoelhou-se e agradeceu-lhe por sua cortesia, gentileza e bravura.

— Senhor – disse ele – não fiz mais do que deveria, e vós sois bem-vindos, portanto, vamos agora descansar.

Então, depois que Sir Key jantou, eles foram dormir. No dia seguinte, Sir Lancelot levantou-se cedo, pegou o escudo e a armadura de Sir Key e pôs-se a caminho. Quando Sir Key se levantou, ele encontrou a armadura de Sir Lancelot ao lado de sua cama, e suas próprias armas haviam desaparecido.

"Agora, pela minha fé", pensou ele, "sei que ele vai entristecer alguns cavaleiros da corte de nosso rei, pois aqueles que o encontrarem terão a ousadia de disputar com ele, confundindo-o comigo, enquanto eu, vestido com seu escudo e armadura, certamente, cavalgarei em paz".

Sir Lancelot, vestido com as roupas de Sir Key, cavalgou muito tempo em uma grande floresta, e chegou finalmente a um país baixo, cheio de rios e belos prados, e viu uma ponte diante dele, onde havia três tendas de seda de diversas cores, e em cada tenda havia pendurado um escudo branco, e por cada escudo havia um cavaleiro. Assim, Sir Lancelot passou sem dizer uma palavra e, quando ele passou, os três cavaleiros disseram que era o orgulhoso Sir Key, "que não pensa que nenhum cavaleiro é igual a ele mesmo, embora, o contrário, esteja provado nele".

— Pela minha fé – disse um deles, chamado Gaunter - cavalgarei atrás dele e o atacarei por todo o seu orgulho.

Então, tomando escudo e lança, ele montou e cavalgou atrás de Sir Lancelot, e gritou:

— Pare, cavaleiro orgulhoso, e vira-te, pois não passarás livre!

Sir Lancelot se virou, cada um pôs sua lança em posição de ataque e partiram com todas as suas forças um contra o outro. A lança de Sir Gaunter quebrou e Sir Lancelot o derrubou, tanto o cavalo quanto o homem.

Quando os outros cavaleiros viram aquilo, disseram:

— Ali não é Sir Key, mas um homem maior.

— Eu ouso apostar minha cabeça – disse Sir Gilmere – aquele cavaleiro matou Sir Key, e levou seu cavalo e sua armadura.

— Seja isso ou não – disse Sir Reynold, o terceiro irmão – vamos agora ao resgate de nosso irmão Gaunter, teremos o suficiente para fazer frente a esse cavaleiro, pois, por sua estatura, acredito que seja Sir Lancelot ou Sir Tristram.

Rapidamente, eles pegaram seus cavalos e galoparam atrás de Sir Lancelot, e Sir Gilmere o assaltou pela primeira vez, mas foi logo golpeado, ficando atordoado na terra. Então, Sir Reynold disse:

— Senhor cavaleiro, tu és um homem forte e, creio, mataste meus dois irmãos, pelo que meu coração está dolorido contra ti, no entanto, se me permites, eu o evitaria com honra. No entanto, isso não pode ser, por isso, prepara-te.

Assim, eles se atiraram juntos com todas as suas forças, e cada homem quebrou sua lança em pedaços. Então, desembainharam suas espadas e golpearam com avidez.

Enquanto lutavam, Sir Gaunter e Sir Gilmere se levantaram e montaram novamente, e desceram a toda velocidade sobre Sir Lancelot. Mas, quando os viu chegar, ele deu toda a sua força, e bateu no cavalo de Sir Reynold. Depois, com outros dois golpes, acertou aos outros da mesma forma.

Sem demora, Sir Reynold rastejou, com sua cabeça toda ensanguentada, e veio em direção a Sir Lancelot.

— Basta! – disse Lancelot – Não estava longe de ti quando foste feito cavaleiro, Sir Reynold, e te reconheço como um homem bom e valente, e estava totalmente relutante em matar-te.

— Muito agradecido por tua gentileza – disse Sir Reynold – eu e meus irmãos cederemos imediatamente a ti quando soubermos teu nome, pois bem sabemos que não és Sir Key.

— Quanto a isso – disse Sir Lancelot – seja como for, mas cedereis à rainha Guinevere na próxima festa de Pentecostes, como prisioneiros, e direis que Sir Key vos enviou.

Eles juraram que fariam como ordenado e, assim, Sir Lancelot partiu, e os três irmãos cuidaram dos ferimentos um do outro da melhor maneira que puderam.

Em seguida, Sir Lancelot avançou para uma floresta profunda e encontrou quatro cavaleiros da corte do rei Arthur, sob um carvalho: Sir Sagramour, Sir Ector, Sir Gawain e Sir Ewaine. Quando o notaram, eles pensaram que ele era Sir Key.

— Agora, pela minha fé – disse Sir Sagramour – vou provar o poder de Sir Key – e, pegando sua lança, cavalgou em direção a Sir Lancelot.

Mas, Lancelot estava ciente dele e, colocando sua lança em posição de ataque, o feriu tanto que o cavalo e o homem caíram na terra.

— Nossa! – gritou Sir Ector – vejo pelo golpe que o cavaleiro deu ao nosso companheiro que ele é mais forte que Sir Key. Agora, vou tentar o que posso contra ele!

Então, Sir Ector pegou sua lança e galopou em direção a Sir Lancelot, que o encontrou e o feriu pelo escudo e pelo ombro, de modo que ele caiu, mas sua própria lança não foi quebrada.

— Por minha fé – gritou Sir Ewaine – ali está um cavaleiro forte, e deve ter matado Sir Key, e levado sua armadura! Por sua força, vejo que será difícil igualá-lo.

Dizendo isso, que ele cavalgou em direção a Sir Lancelot, que o encontrou na metade do caminho e o atingiu tão ferozmente que, com um golpe, ele também o derrubou.

— Agora – disse Sir Gawain – irei encontrar-te.

Então, ele pegou uma boa lança e se guardou com seu escudo. Ele e Sir Lancelot cavalgaram um contra o outro, com seus cavalos a toda velocidade, e feriram um ao outro furiosamente no meio de seus escudos, mas a lança de Sir Gawain partiu ao meio, e Sir Lancelot bateu tão poderosamente sobre ele, que seu cavalo e ele caíram.

— Ah – disse Sir Lancelot, sorrindo, enquanto cavalgava para longe dos quatro cavaleiros – que os Céus deem alegria a quem fez esta lança, pois nunca segurei uma melhor.

Mas, os quatro cavaleiros disseram um ao outro:

— Verdadeiramente, uma lança nos abateu a todos.

— Eu me atrevo a dar minha vida – disse Sir Gawain – é Sir Lancelot. Eu o conheço por sua cavalgada.

Então, todos eles partiram para a corte.

Como Sir Lancelot cavalgava ainda na floresta, ele viu um cão de caça preto, correndo com a cabeça em direção ao chão, como se ele perseguisse um veado. E, depois dele, ele chegou a uma grande poça de sangue. Mas o cão de caça, sempre olhando para trás, correu por um grande pântano, e sobre uma ponte, em direção a uma velha casa senhorial. Então, Sir Lancelot o seguiu, e entrou no salão, e viu um cavaleiro morto deitado ali, cujas feridas o cão de caça lambeu. E uma senhora ficou atrás dele, chorando, retorcendo as mãos e gritou:

— Oh, cavaleiro! Grande demais é a tristeza que me trouxeste!

— Por que dizes isso? – respondeu Sir Lancelot – Pois nunca fiz mal a este cavaleiro, e estou cheio de tristeza por ver tua tristeza.

— Não, senhor – disse a senhora – vejo que não mataste meu marido, pois aquele que realmente fez esse ato está profundamente ferido, e nunca mais se recuperará.

— Qual é o nome do teu marido? – disse Sir Lancelot.

— Seu nome – respondeu ela – era Sir Gilbert, um dos melhores cavaleiros do mundo, mas não sei o nome daquele que o matou.

— Deus te envies conforto – disse Sir Lancelot, e partiu novamente para a floresta.

Enquanto cavalgava, ele se encontrou com uma donzela que o conhecia, que gritou:

— Que bom que te encontrei, meu senhor! Imploro que ajudes meu irmão, que está ferido e não para de sangrar, pois ele lutou hoje com Sir Gilbert e o matou, mas ele mesmo foi quase morto. E há uma feiticeira, que habita em um castelo próximo, e ela me disse, neste dia, que a ferida de meu irmão nunca será curada até que eu encontre um cavaleiro para entrar na Capela Perigosa, e trazer dali uma espada e o pano ensanguentado no qual o cavaleiro ferido foi envolto.

— Isto é uma coisa terrível! – disse Sir Lancelot – Mas qual é o nome de teu irmão?

— O nome dele, senhor – ela respondeu – é Sir Meliot de Logres.

— Ele é um companheiro da Távola Redonda – disse Sir Lancelot – e farei o meu melhor para ajudá-lo.

— Então, senhor – disse ela – siga este caminho, e ele o levará à Capela Perigosa. Ficarei até que Deus vos envie aqui novamente, pois se não acelerardes, não há nenhum cavaleiro vivo que possa realizar essa aventura.

Assim, Sir Lancelot partiu, e quando chegou à Capela Perigosa e amarrou seu cavalo ao portão. Quando estava dentro do pátio da igreja, viu na frente da capela muitos escudos de cavaleiros que ele tinha conhecido, virados de cabeça para baixo. Então, viu no caminho, trinta cavaleiros poderosos, mais altos que qualquer homem que ele já havia visto, todos com armaduras negras, com as espadas desembainhadas, rangendo os dentes. Mas, ele colocou seu escudo diante dele, pegou sua espada, pronto para lutar com eles. E, quando ele teria cortado seu caminho através dos cavaleiros, eles se espalharam por todos os lados e o deixaram passar. Então, ele entrou na capela, e não viu nela nenhuma luz, a não ser a de uma lâmpada acesa. Em seguida, ele tomou conhecimento de um cadáver no meio da capela, coberto com um pano de seda, se abaixou e cortou um pedaço do pano, onde a terra por baixo dele tremia. Viu uma espada ao lado do cavaleiro morto e, pegando-a, escondeu-a. Assim que ele estava novamente no adro da igreja, todos os trinta cavaleiros gritaram a ele com vozes ferozes:

— Sir Lancelot! Devolva essa espada, ou morrerás!

— Quer eu viva ou morra – disse ele – vós deveis lutar por isso antes de tomá-la de mim.

E eles o deixaram passar.

Mais adiante, além da capela, ele encontrou uma bela donzela, que disse:

— Sir Lancelot, abandona essa espada, ou morrerás.

— Não a deixarei por qualquer pedido – disse Sir Lancelot.

— Então, gentil cavaleiro – disse a donzela – peço-te que me beijes uma vez.

— Não – disse Sir Lancelot – que Deus me proíba.

— Ai de mim! – gritou ela – Perdi todo o meu trabalho! Mas, se me tivesses beijado, os dias de tua vida teriam sido todos cumpridos!

— Os Céus me salvem de seus ofícios sutis – disse Sir Lancelot e, com isso, montou em seu cavalo e galopou.

Quando ele partiu, a donzela sofreu muito, e morreu em quinze dias. Seu nome era Ellawes, a feiticeira.

Sir Lancelot foi à irmã de Sir Meliot que, ao vê-lo, bateu palmas e chorou de alegria, e o levou para o castelo próximo, onde Sir Meliot estava. Quando Sir Lancelot viu Sir Meliot, ele o reconheceu, embora estivesse bastante pálido pela perda de sangue. Sir Meliot, quando viu Sir Lancelot, ajoelhou-se diante dele e suplicou:

— Oh, senhor, Sir Lancelot! Ajuda-me!

Então, Sir Lancelot foi até ele e tocou suas feridas com a espada, e as limpou com o pedaço de pano ensanguentado. E, imediatamente, ele estava inteiro, como se nunca tivesse sido ferido. Então, houve uma grande alegria entre ele e Sir Meliot, e sua irmã fez Sir Lancelot ser bem-recebido. No dia seguinte, ele se despediu, para ir à corte do rei Arthur.

— Pois – disse ele – está próxima a festa de Pentecostes, e lá, pela graça de Deus, me achareis.

Cavalgando por muitos países estranhos, sobre pântanos e vales, ele viu, de longe, um castelo. Ao passar, ouviu dois sininhos tocando e, olhando para cima, viu um falcão voando com sinos amarrados aos pés, e longos cordões pendurados neles.

Enquanto o falcão passava por uma árvore de olmo, as cordas ficavam presas nos galhos, para que ele não pudesse voar mais.

Enquanto isso, veio uma senhora do castelo e gritou:

— Oh, Sir Lancelot! Como tu és a flor de todos os cavaleiros do mundo, ajuda-me a pegar meu falcão, pois ele escapou de mim, e se ele estiver perdido, meu senhor, meu marido, ficará tão nervoso, que ele certamente me matará!

— Qual é o nome de teu senhor? – disse Sir Lancelot.

— O nome dele – disse ela – é Sir Phelot, um cavaleiro do rei de Northgales.

— Bela senhora – disse Sir Lancelot – já que sabes meu nome, e me pedes, em minha condição de cavaleiro, que te ajude, farei o que puder para conseguir seu falcão.

Ele amarrou seu cavalo à mesma árvore e solicitou que a senhora o ajudasse a desamarrar sua armadura. Então, quando ele estava desarmado, subiu e alcançou o falcão, e o deu para a senhora. De repente, desceu do bosque, seu marido, Sir Phelot, todo armado, com uma espada desembainhada na mão, dizendo:

— Oh, Sir Lancelot! Agora te encontrei como te queria! – e parou no tronco da árvore para matá-lo.

— Ah, senhora! – gritou Sir Lancelot – por que me traíste?

— Ela fez o que ordenei – disse Sir Phelot – e é chegada a tua hora de morrer.

— Que vergonha! – disse Lancelot – Um armado matar um desarmado.

— Tu não terás minha misericórdia – disse Sir Phelot.

— Ah! – gritou Sir Lancelot – que nenhum cavaleiro morra sem armas!

E, olhando para cima, ele viu um grande galho sem folhas, arrancou-o da árvore e, de repente, saltou para baixo. Então, Sir Phelot bateu nele avidamente, pensando tê-lo matado, mas

Sir Lancelot defendeu o golpe com o galho e, com ele, o feriu no lado da cabeça, até que Sir Phelot caiu desmaiado no chão. Arrancando sua espada, ele escorou seu pescoço através do corpo. Então, a senhora gritou desgraçadamente e desmaiou como se fosse morrer. Mas, Sir Lancelot vestiu sua armadura e, com pressa, pegou seu cavalo e partiu, agradecendo a Deus por ter escapado daquele perigo.

Enquanto cavalgava por um vale, entre muitos caminhos selvagens, ele viu um cavaleiro com uma espada desembainhada, perseguindo uma senhora para matá-la. Vendo Sir Lancelot, ela gritou e pediu para que ele viesse resgatá-la.

Ao que ele respondeu:

— Espera, cavaleiro! Por que matarás esta senhora? Tu te envergonhas a ti mesmo e a todos os cavaleiros.

— O que tens a fazer entre mim e minha esposa? – respondeu o cavaleiro – eu a matarei a despeito de ti.

— Não lhe farás mal – disse Sir Lancelot – até que tenhamos lutado juntos.

— Senhor – respondeu o cavaleiro – estás louco, pois esta senhora me traiu.

— Ele fala falsamente – disse a senhora – pois ele tem ciúmes de mim sem causa, como eu responderei diante dos Céus, mas como tu és nomeado o cavaleiro mais adorável do mundo, peço-te que me salve, pois ele está sem misericórdia.

— Sê de bom ânimo – disse Sir Lancelot – não estará ao teu alcance fazer mal a esta senhora.

— Senhor – disse o cavaleiro – eu serei governado como tu me queres.

Sir Lancelot cavalgou entre o cavaleiro e a dama. E, quando eles cavalgaram por algum tempo, o cavaleiro gritou subitamente a Sir Lancelot para virar-se e ver que homens vinham atrás deles, e, enquanto Sir Lancelot, não pensando em traição, virou-se para olhar, o cavaleiro, com um grande golpe, arrancou a cabeça da dama.

Então, Sir Lancelot ficou irado e gritou:

— Seu traidor! E, ao descer de seu cavalo, tirou sua espada para matá-lo instantaneamente, mas o cavaleiro caiu no chão e apertou os joelhos de Sir Lancelot, clamando por misericórdia.

— Vergonhoso cavaleiro – respondeu Lancelot – talvez não tenha misericórdia, pois não mostraste nenhuma, portanto levanta-te e luta comigo.

— Não – disse o cavaleiro – não me levantarei até que me concedas misericórdia.

— Agora tratarei com justiça a ti – disse Sir Lancelot – tirarei minha armadura, e terei somente minha espada na mão, e se puderes me matar, serás perdoado para sempre.

— Isso eu nunca farei – disse o cavaleiro.

— Então – respondeu Sir Lancelot – toma esta senhora e a cabeça, e carrega-a contigo, e jura-me sobre tua espada nunca descansar até que chegues à rainha Guinevere.

— Isso eu farei – disse ele.

— Agora – disse Sir Lancelot – diz-me teu nome.

— É Pedivere – respondeu o cavaleiro.

— Que vergonha teres nascido! – disse Sir Lancelot.

Assim, Sir Pedivere partiu, levando consigo a senhora morta e sua cabeça. Quando chegou a Winchester, onde a rainha estava com o rei Arthur, disse-lhes toda a verdade e, depois, fez uma grande e pesada penitência por muitos anos, e tornou-se um ermitão santo.

Assim, dois dias antes da Festa de Pentecostes, Sir Lancelot retornou à corte, e o rei Arthur estava muito contente com sua chegada. Quando Sir Gawain, Sir Ewaine, Sir Sagramour e Sir

Ector o viram na armadura de Sir Key, eles sabiam bem que era ele quem os tinha golpeado com uma lança. Sem demora, vieram todos os cavaleiros que Sir Turquine tinha feito prisioneiros, e deram honras a Sir Lancelot. Então, Sir Key contou ao rei como Sir Lancelot o havia resgatado quando estava em perigo de morte.

— Ele fez os cavaleiros renderem-se, não a si mesmo, mas a mim – disse Sir Key – porque Sir Lancelot pegou minha armadura e me deixou a dele, eu cavalguei em paz, e nenhum homem teria nada a ver comigo.

Então, vieram os cavaleiros que lutaram com Sir Lancelot na longa ponte e se renderam também a Sir Key, mas ele disse que não, ele não tinha lutado com eles.

— Foi Sir Lancelot – disse ele – que vos venceu.

Em seguida, veio Sir Meliot, de Logres, e contou ao rei Arthur como Sir Lancelot o salvou da morte.

E assim, todos os atos e grandes aventuras de Sir Lancelot foram conhecidos, como as quatro rainhas bruxas o tiveram na prisão, como ele foi salvo pela filha do rei Bagdemagus, e que atos de armas ele fez no combate entre o rei de Northgales e o rei Bagdemagus. Naquele festival, Sir Lancelot conquistou o maior nome de qualquer cavaleiro do mundo, e tornou-se o mais honrado de todos os homens.

CAPÍTULO X

Aventuras de Sir Beaumains ou Sir Gareth

Novamente, o rei Arthur realizou a Festa de Pentecostes, com toda a Távola Redonda e, depois, como de seu costume, sentou-se no salão de banquete, antes de começar a refeição, esperando por alguma aventura. Em seguida, chegou ao rei um escudeiro e disse:

— Senhor, agora podes ir à refeição, pois aqui vem uma donzela com alguma aventura estranha.

Então, o rei ficou contente, e sentou-se à mesa. Em seguida, a donzela entrou e o saudou, pedindo-lhe socorro.

— Que queres? – disse o rei.

— Senhor – respondeu ela – minha senhora é uma dama de grande renome, mas está neste momento sitiada por um tirano, que não a deixa sair de seu castelo e, porque aqui em sua corte os cavaleiros são chamados os mais nobres do mundo, venho pedir teu socorro.

— Onde habita tua dama? – respondeu o rei – Qual é o nome dela, e quem é aquele que a sitiou?

— Pois o nome dela – respondeu a donzela – ainda não posso dizer, mas ela é uma dama de culto e de grandes terras. O tirano que a sitia e desperdiça suas terras é chamado o Cavaleiro Vermelho das Terras Vermelhas.

— Eu não o conheço – disse Arthur.

— Mas eu o conheço, senhor – disse Sir Gawain – e ele é um dos cavaleiros mais perigosos de todo o mundo. Os homens dizem que ele tem a força de sete, e dele eu mesmo quase não escapei com vida.

— Bela donzela – disse o rei – há aqui muitos cavaleiros que, de bom grado, fariam o seu melhor para resgatar tua dama, mas a menos que me digas nome dela, e onde ela habita, nenhum dos meus cavaleiros irá convosco por minha licença.

Agora, havia na corte um jovem chamado Beaumains, que servia na cozinha do rei, de uma bela juventude e de grande estatura. Doze meses antes, ele tinha vindo ao rei enquanto se sentava à mesa de refeição, em Pentecostes, e suplicara três presentes dele. E ao ser-lhe perguntado quais presentes, ele de pronto respondeu:

— Quanto ao primeiro, vou pedi-lo agora, mas os outros dois presentes pedirei neste dia, daqui a doze meses, onde quer que realizes tua alta festa.

Então, o rei Arthur disse:

— Qual é o primeiro pedido?

— Isto, senhor – disse ele – que me dê carne e bebida suficientes para doze meses a partir deste tempo e, então, eu pedirei meus outros dois presentes.

E o rei, vendo que ele era um jovem bondoso, e considerando que tinha vindo de sangue honrado, concedeu seu desejo, e o entregou ao cargo de Sir Key, o senescal. Mas, Sir Key desprezou e zombou da juventude, chamando-o de Beaumains, porque suas mãos eram grandes e formosas, colocando-o na cozinha, onde ele havia servido durante doze meses e, apesar de todo o tratamento rude, havia obedecido fielmente a Sir Key. Mas, Sir Lancelot e Sir Gawain ficaram indignados quando viram Sir Key tão indelicado com um jovem que era tão culto e, muitas vezes, lhe haviam dado ouro e roupas.

E agora, nesse momento, o jovem Beaumains chegou ao rei, enquanto a donzela estava lá, e disse:

— Senhor, eu te agradeço, de coração, por ter ficado doze meses na tua cozinha, e por ter tido pleno sustento. Agora, vou pedir meus dois presentes restantes.

— Peça-os de boa-fé – disse o rei Arthur

— Estes, senhor – disse ele – serão meus dois presentes, um, que me concedas esta aventura da donzela, pois a mim, de direito, pertence, e o outro, que peças a Sir Lancelot que me faça cavaleiro, pois só dele terei essa honra, e peço que ele possa cavalgar atrás de mim e que me faça cavaleiro quando eu o pedir.

— Seja como quiseres – respondeu o rei.

Mas, a donzela ficou irada e disse:

— Devo ter um ajudante de cozinha para esta aventura? – e assim ela pegou o cavalo e partiu.

Depois, veio alguém até Beaumains e lhe disse que um anão com um cavalo e uma armadura o aguardavam. E todos os homens se maravilharam. Entrando no salão, ele se despediu do rei e de Sir Gawain, e pediu a Sir Lancelot para segui-lo. Então, ele cavalgou atrás da donzela, e muitos da corte saíram para vê-lo, tão ricamente disposto e montado, no entanto, ele não tinha nem escudo nem lança. Então, Sir Key gritou:

— Eu também cavalgarei atrás do rapaz da cozinha, e verei se ele me obedecerá agora.

E, levando seu cavalo, ele cavalgou atrás dele, e disse:

— Não me conheceis, Beaumains?

— Sim – disse ele – te conheço como um cavaleiro indelicado, portanto, tenha cuidado comigo.

Sir Key colocou sua lança em posição de ataque e correu contra ele, mas Beaumains correu sobre ele com sua espada na mão e, assim, pondo de lado a lança, atingiu Sir Key tão dolorosamente no lado, que ele caiu, como se estivesse morto. Então, ele desceu, pegou seu escudo e sua lança e mandou seu anão cavalgar no cavalo de Sir Key.

A essa altura, Sir Lancelot havia chegado, e Beaumains se ofereceu para lutar com ele, e ambos se prepararam. Seus cavalos se juntaram tão ferozmente que ambos caíram na terra, completamente machucados. Eles se levantaram, e Beaumains, colocando seu escudo diante dele, ofereceu-se para lutar com Sir Lancelot, a pé. Eles se apressaram um sobre o outro, atacando, empurrando, e se separando, pelo espaço de uma hora. E Lancelot se maravilhou com a força de Beaumains, pois ele lutou mais como um gigante do que como um homem, e sua luta foi feroz e terrível. Então, por fim, ele disse:

— Não lutes tão ferozmente, Beaumains, nossa briga não é tal que não possamos parar agora.

— É verdade – respondeu Beaumains – no entanto, é bom para mim sentir a tua força, embora eu ainda não tenha provado o meu limite.

— Pela minha fé – disse Lancelot – eu tenho o que necessito para me salvar de ti sem ser dominado, portanto, não duvides de qualquer cavaleiro terreno.

— Posso, então, ser um cavaleiro aprovado? – disse Beaumains.

— Por isso serei tua garantia – respondeu Lancelot.

— Então, peço-te – disse ele – dá-me a ordem de cavaleiro.

— Primeiro, deves me falar de teu nome e de tua parentela – disse Sir Lancelot.

— Se não disserdes a nenhum outro, eu te direi – respondeu ele – meu nome é Gareth de Orkney, e sou irmão de Sir Gawain.

— Ah! – disse Sir Lancelot – nisso estou plenamente satisfeito, pois, na verdade, eu te considerava de sangue gentil.

Então, ele foi nomeado cavaleiro Beaumains e, depois disso, eles se separaram, e Sir Lancelot, retornando à corte, pegou Sir Key em seu escudo. E, Sir Key, quase não conseguiu escapar com vida da ferida que Beaumains lhe havia dado, mas todos os homens o culparam por seu tratamento indelicado a um cavaleiro tão corajoso.

Sir Beaumains cavalgou adiante, e logo ultrapassou a donzela, mas ela lhe disse, em desdém:

— Volta, ajudante de cozinha! O que és tu, senão um lavador de pratos!

— Donzela – disse ele – dize-me o que quiseres, não te deixarei, pois me comprometi com o rei Arthur a terminar tal aventura, e vou até o fim, ou morrerei.

— Tu terminarás minha aventura – disse ela – rapidamente, tu encontrarás um, cujo rosto tu nem te atreverás a olhar.

— Eu tentarei – respondeu ele.

Então, enquanto cavalgavam assim, em um bosque, encontrou-lhes um homem, fugindo.

— Para onde foges? – disse Sir Beaumains.

— Oh, senhor! – respondeu ele – Ajuda-me, pois, num vale próximo, há seis ladrões, que tomaram meu senhor e o amarraram, e eu temo que o matem.

— Leva-me para lá – disse Sir Beaumains.

Eles cavalgaram até o lugar, e Sir Beaumains correu atrás dos ladrões, feriu um, ao primeiro golpe, de modo que ele morreu, depois, com dois outros golpes, matou um segundo e um terceiro. Depois, os outros três fugiram, e Sir Beaumains cavalgou atrás deles, os alcançou e matou a todos. Então, ele voltou e desatou o cavaleiro, que lhe agradeceu, e implorou para que cavalgasse até seu castelo, onde ele o recompensaria.

— Senhor – respondeu Sir Beaumains – não terei nenhuma recompensa de ti, pois este dia fui feito cavaleiro pelo mais nobre de todos, Sir Lancelot e, além disso, devo ir com esta donzela.

Então, o cavaleiro implorou à donzela que descansasse naquela noite em seu castelo. Sendo assim, todos eles cavalgaram até lá, e sempre a donzela zombava de Sir Beaumains como um menino de cozinha, e riu dele diante do cavaleiro anfitrião, de modo que ele colocou sua refeição diante dele em uma mesa inferior, como se não fosse da classe deles.

No dia seguinte, a donzela e Sir Beaumains despediram-se do cavaleiro e agradeceram, partindo. Depois, seguiram seu caminho até chegar a uma grande floresta, pela qual corria um rio, e havia apenas uma passagem por cima dele, onde havia dois cavaleiros armados para atrapalhar o caminho.

— Queres enfrentar aqueles dois cavaleiros - disse a donzela a Sir Beaumains – ou voltaremos?

— Eu não voltarei – disse ele – mesmo que fossem seis.

Ele galopou pela água, e nadou com seu cavalo no meio do riacho. E lá, no rio, um dos cavaleiros o encontrou, e eles quebraram suas lanças juntos, então, desembainharam suas espadas, e bateram ferozmente um no outro. Por fim, Sir Beaumains bateu poderosamente no capacete do outro cavaleiro, de modo que ele caiu atordoado na água, afogando-se. Sir Beaumains empurrou seu cavalo para a terra, onde, instantaneamente, o outro cavaleiro caiu sobre ele. Eles também quebraram suas lanças um sobre o outro, desembainharam suas espadas e lutaram selvagemente, por muito tempo. Depois de muitos golpes, Sir Beaumains cravou a espada no crânio do cavaleiro, até os ombros. Em seguida, ele cavalgou até a donzela, mas ela ainda zombava dele, dizendo:

— Ai de mim! Que um ajudante de cozinha deveria matar dois cavaleiros tão corajosos! Agora, julgas que fizeste algo poderoso, mas não é assim, pois o cavalo do primeiro cavaleiro tropeçou, e assim se afogou, não por tua força, e quanto ao segundo cavaleiro, foste por acaso atrás dele, e o mataste vergonhosamente.

— Donzela – disse Sir Beaumains – diz o que quiseres, não me importo, dai-me apenas uma linguagem justa, todos os meus medos já passaram, pois qualquer cavaleiro que eu encontre, eu não o temo.

— Vereis cavaleiros que abaterão vossa glória, ajudante de cozinha – respondeu ela – contudo, dizes isto para tua vantagem, pois, se me seguirem, certamente, serão mortos, pois vejo que tudo o que fazeis é apenas por acaso, e não por vossas próprias proezas.

— Bem, donzela – disse ele – diz o que quiseres, aonde quer que fordes, eu a seguirei.

Eles continuaram até o entardecer, e ainda assim a donzela continuava sempre a repreender Sir Beaumains. Depois, foram para um espaço negro de terra, onde havia um espinheiro e, na árvore, uma bandeira negra pendurada. Do outro lado, havia um escudo negro, uma lança e um grande cavalo negro, coberto de seda. Próximo dali, sentado, havia um cavaleiro com armadura negra, cujo nome era o Cavaleiro das Terras Negras. Quando a donzela o viu, gritou a Beaumains:

— Foge pelo vale, pois teu cavalo não está selado!

— Queres considerar-me covarde para sempre? – respondeu ele.

Com isso, veio o Cavaleiro Negro à donzela, e disse:

— Donzela formosa, trouxeste este cavaleiro da corte de Arthur para ser seu campeão?

— Não, cavaleiro formoso – disse ela – ele é apenas um ajudante de cozinha.

— Então, por que ele vem em tal vestimenta? – disse ele - é uma vergonha que ele te faça companhia.

— Não posso livrar-me ele – respondeu ela – porque, apesar de tudo, ele matou dois cavaleiros na passagem do rio, e realizou muitos feitos maravilhosos por pura sorte.

— Eu me admiro – disse o Cavaleiro Negro – que qualquer homem venerável lute com ele.

— Eles não o conhecem – disse a donzela – e pensam que, porque ele cavalga comigo, tenha nascido em boa família.

— Na verdade, ele parece uma boa pessoa, e é provável que seja um homem forte – respondeu o cavaleiro – mas, como ele não é um homem venerável, ele deixará seu cavalo e sua armadura comigo, pois será uma vergonha para mim fazer-lhe mais mal.

Quando Sir Beaumains o ouviu falar assim, ele disse:

— Cavalo ou armadura, não ganharás nenhum de mim, senhor cavaleiro, a não ser que os conquiste com tuas mãos, portanto, defende-te, e deixa-me ver o que podes fazer.

— Como dizes? – respondeu o Cavaleiro Negro – Agora, desista também desta dama, pois não parece que um ajudante de cozinha como tu possa cavalgar com tal companhia.

— Sou de linhagem superior a ti – disse Sir Beaumains – e o provarei imediatamente, em seu corpo.

Então, com fúria, eles se enfrentaram com seus cavalos, e se uniram como se tivesse sido um trovão. Mas, a lança do Cavaleiro Negro partiu ao meio, e Sir Beaumains o empurrou pelo lado, e sua lança quebrando na cabeça, deixou sua ponta grudada no corpo do adversário. No entanto, o Cavaleiro Negro desembainhou sua espada, e atacou Sir Beaumains com muitos golpes ferozes e amargos, porém, depois de mais de uma hora de luta, ele caiu de seu cavalo em um desmaio, e logo morreu. Então, Sir Beaumains se armou com a armadura do Cavaleiro Negro, e cavalgou depois da donzela. Mas, apesar de toda sua valentia, ela ainda zombou dele, e disse:

— Fica longe! Para que possas saborear a cozinha. Não acredito que um tal pajem destrua, por acidente, um cavaleiro tão bom, mais uma vez, aconselho-te a fugir.

— Pode ser que eu seja espancado ou morto – respondeu Sir Beaumains – mas eu te aviso, bela donzela, não fugirei, nem deixarei tua companhia ou minha busca, por tudo o que puderes dizer.

Em seguida, enquanto cavalgavam, viram um cavaleiro vindo rapidamente em sua direção, vestido todo de verde. Chamando a donzela, ele disse:

— Aquele é meu irmão, o Cavaleiro Negro, que trouxeste contigo?

— Não! – disse ela – este ajudante de cozinha matou teu irmão por infortúnio.

— Ah! – disse o Cavaleiro Verde – que um cavaleiro tão nobre como ele foi morto pela mão de um valete. Traidor! – gritou ele a Sir Beaumains – morrerás por isto! Sir Pereard era meu irmão, e um cavaleiro cheio de nobreza.

— Eu te desafio – disse Sir Beaumains – pois eu te matei, não vergonhosamente.

O Cavaleiro Verde cavalgou até um galho, onde pendurou um chifre verde e, quando soprou três notas, vieram três donzelas que, rapidamente, o armaram e lhe trouxeram um grande cavalo, um escudo verde e uma lança. Depois, correram um contra o outro, com toda sua força e quebraram suas lanças; então, desembainhando suas espadas, fecharam-se em luta, e feriram-se com muitos golpes severos.

Finalmente, o cavalo de Sir Beaumains empurrou contra o do Cavaleiro Verde, e o derrubou. Ambos desmontaram e, atirando-se como leões loucos, lutaram muito. Mas a donzela aplaudiu o Cavaleiro Verde, e disse:

— Meu senhor, por que deixarás que um ajudante de cozinha se levante tanto tempo contra ti?

Ao ouvir estas palavras, ele se envergonhou, e deu a Sir Beaumains um golpe tão forte como a clave de seu escudo. Quando Sir Beaumains ouviu as palavras da donzela, e sentiu aquele golpe, enfureceu-se, e deu ao Cavaleiro Verde um tal golpe no capacete que ele caiu de joelhos e, com outro golpe, Sir Beaumains o jogou no chão. Então, o Cavaleiro Verde cedeu e rogou para que ele poupasse sua vida.

— Todas as tuas orações são vãs – disse ele – a menos que esta donzela que veio comigo peça por ti.

— Isso eu nunca farei – disse ela.

— Então, ele morrerá – disse Beaumains.

— Tem piedade, bela senhora – disse o Cavaleiro Verde – não me deixes morrer por uma palavra! Oh, senhor cavaleiro – gritou ele a Beaumains – dá-me minha vida, e eu te farei sempre uma homenagem, e trinta cavaleiros, que me devem serviço, te darão fidelidade.

— Não me importa – respondeu Sir Beaumains – a menos que a donzela me peça por tua vida – e, em seguida, ele fez como se o fosse matar.

Então, gritou a donzela:

— Não o mateis, pois, se o fizeres, me arrependerei.

— Donzela – disse Sir Beaumains – por teu comando, ele obterá a vida. Levanta-te, senhor cavaleiro da armadura verde, eu te liberto.

Então, o Cavaleiro Verde ajoelhou-se a seus pés, e lhe fez uma homenagem com suas palavras.

— Alojai-vos comigo esta noite – disse ele – e amanhã eu vos guiarei através da floresta.

Levando seus cavalos, eles cavalgaram até seu castelo, que estava próximo.

Mesmo assim, a donzela ainda repreendeu e zombou de Sir Beaumains, e não o chamou para se sentar à mesa.

— Eu me admiro – disse-lhe o Cavaleiro Verde – que assim repreendas um cavaleiro tão nobre, pois realmente não conheço nenhum igual a ele, e estejas certa de que, seja o que for que ele pareça agora, ele provará, no final, que tem sangue nobre e linhagem real.

Mas, a tudo isso, a donzela não prestaria atenção, e não deixaria de zombar de Sir Beaumains. No dia seguinte, eles se levantaram e ouviram a missa e, quando terminaram seu jejum, pegaram seus cavalos e seguiram em seu caminho, com o Cavaleiro Verde guiando-os pela floresta. Então, quando os conduziu por algum tempo, disse a Sir Beaumains:

— Meu senhor, meus trinta cavaleiros e eu estaremos sempre às tuas ordens quando nos mandar chamar.

— É bem-dito – respondeu ele – e quando eu te invocar, tu e todos os teus cavaleiros vos entregareis ao rei Arthur.

— Isso faremos com prazer – disse o Cavaleiro Verde, e assim partiu.

E a donzela cavalgou diante de Sir Beaumains, e lhe disse:

— Por que me segues, cozinheiro? Aconselho-te a jogar fora tua lança e teu escudo, e a fugir de vez, pois se não fordes tão poderoso como Sir Lancelot ou Sir Tristram, não deves passar por um vale perto deste lugar, chamado Passagem Perigosa.

— Donzela – respondeu ele – deixa aquele que teme fugir, quanto a mim, será realmente uma vergonha voltar após uma viagem tão longa.

Enquanto ele falava, eles se depararam com uma torre branca como a neve, com ameias poderosas e fossos duplos à sua volta, e sobre a porta da torre, pendurados, cinquenta escudos de diversas cores. Antes das paredes da torre, eles viram um belo prado, no qual havia muitos cavaleiros e escudeiros em tendas, pois no dia seguinte haveria um torneio naquele castelo.

Então, o senhor do castelo, vendo um cavaleiro armado em todos os pontos, com uma donzela e um escudeiro, cavalgando em direção à torre, saiu ao seu encontro, e seu cavalo e seu arreio, como seu escudo e sua lança, eram todos de cor vermelha. Quando se aproximou de Sir Beaumains, e viu sua armadura toda preta, pensou ser seu próprio irmão, o Cavaleiro Negro, e assim gritou:

— Irmão, o que fazes aqui, dentro destas fronteiras?

— Não! – disse a donzela – não é teu irmão, mas um ajudante de cozinha da corte de Arthur, que matou teu irmão, e venceu também teu outro irmão, o Cavaleiro Verde.

— Agora eu te desafio! – gritou o Cavaleiro Vermelho a Sir Beaumains, e pôs sua lança em posição de ataque e impulsionou seu cavalo.

Então, os dois cavaleiros voltaram um pouco para trás, e correram juntos, com todas as suas forças, até que seus cavalos caíram na terra. Com suas espadas, lutaram ferozmente pelo espaço de três horas. E, finalmente, Sir Beaumains venceu seu inimigo e o feriu até o chão. Então, o Cavaleiro Vermelho rogou sua misericórdia e disse:

— Não me mates, nobre cavaleiro, e cederei a ti sessenta cavaleiros que seguem minhas ordens.

— Tudo não viverás – respondeu Sir Beaumains – salvo se esta donzela rogar-me que te solte.

Então, ele levantou sua espada para matá-lo, mas a donzela gritou:

— Não o mate, Beaumains, pois ele é um nobre cavaleiro.

Sir Beaumains pediu que ele se levantasse e agradecesse à donzela, o que ele fez imediatamente e, depois, os convidou para seu castelo, e os fez se alegrarem.

Apesar de todos os feitos poderosos de Sir Beaumains, a donzela não deixou de insultá-lo, com o que o Cavaleiro Vermelho se admirou, e fez com que seus sessenta cavaleiros vigiassem Sir Beaumains, para que nenhum mal lhe acontecesse. No dia seguinte, eles ouviram a missa e terminaram seu jejum, e o Cavaleiro Vermelho veio diante de Sir Beaumains, com seus sessenta cavaleiros, e lhe prestou homenagem e fidelidade.

— Eu te agradeço – respondeu ele – e quando eu vos invocar, ide perante meu senhor, o rei Arthur, em sua corte, e rendei-vos a ele.

— Isso, certamente, faremos – disse o Cavaleiro Vermelho.

Assim, Sir Beaumains e a donzela partiram.

Entretanto, como ela o injuriava e o atormentava constantemente, ele lhe disse:

— Donzela, sois indelicada, sempre para me repreender, pois eu vos prestei serviço, e por todas as vossas ameaças de cavaleiros que me destruiriam, todos os que vêm, jazem no pó diante de mim. Agora, portanto, peço-te que não me repreenda mais até que me vejas espancado ou um infiel e, depois, me mande embora de vós.

— Logo te encontrará um cavaleiro que te retribuirá todas as tuas obras – respondeu ela – pois, salvo o rei Arthur, ele é o homem de maior adoração no mundo.

Logo depois, viram diante de si uma cidade que parecia bela, e entre eles e a cidade havia um prado, no qual havia muitas tendas de boa qualidade.

— Viste aquela tenda azul? – disse a donzela a Sir Beaumains – é de Sir Perseant, o senhor daquela grande cidade, cujo costume é, com todo o bom tempo, deitar-se neste prado, e jazer com seus cavaleiros.

Enquanto ela falava, Sir Perseant, que os tinha notado, enviou um mensageiro para encontrar-se com Sir Beaumains e perguntar-lhe se ele tinha vindo em guerra ou em paz.

— Dizei ao teu senhor – respondeu ele – que não me importo qual dos dois seja.

Assim, quando o mensageiro deu esta resposta, Sir Perseant saiu para lutar com Sir Beaumains. Cavalgaram um contra o outro e, quando suas lanças se quebraram, eles lutaram com suas espadas. Por mais de duas horas, eles se golpearam, até que seus escudos e malhas foram destruídos e eles foram gravemente feridos. Por fim, Sir Beaumains feriu Sir Perseant no capacete, de modo que ele caiu rastejando sobre a terra. Quando ele soltou seu capacete para matá-lo, a donzela rogou por sua vida.

— Isso eu concedo com prazer – respondeu Sir Beaumains – pois seria uma pena que um cavaleiro tão nobre morresse.

— Muito agradecido – disse Sir Perseant – a partir de agora, certamente, sei que fostes tu quem mataste meu irmão, o Cavaleiro Negro, Sir Pereard; venceste meus irmãos, o Cavaleiro Verde, Sir Pertolope, e o Cavaleiro Vermelho, Sir Perimones, e como tu também me superaste, te farei uma homenagem e serei fiel, e colocarei a teu comando cem cavaleiros para fazer tua vontade.

Assim que a donzela viu Sir Perseant derrotado, ela se maravilhou muito com o poder de Sir Beaumains, e disse:

— Que espécie de homem podeis ser? Estou certa de que vieste de sangue nobre. E, verdadeiramente, nunca uma mulher injuriou um cavaleiro como eu injuriei a ti, e ainda assim, tu sempre tiveste a cortesia de me suportar, o que nunca farias, não fostes de sangue gentil e de boa linhagem.

— Senhora – respondeu Sir Beaumains – um cavaleiro que não possa suportar uma donzela é de pouco valor, assim, a tudo o que me dissestes, eu não dei muita atenção, a não ser que, às vezes, quando teu desprezo me irritava, isso me tornava mais forte contra aqueles com quem eu lutei, e assim, tu me promoveste em minhas batalhas. Mas, quer eu tenha nascido de sangue gentil ou não, eu te prestei um serviço nobre e, porventura, farei ainda melhor, antes que eu me afaste de ti.

— Oh! – disse ela, chorando por sua cortesia – perdoai-me, justo Sir Beaumains, por tudo o que eu disse e fiz contra ti.

— Com todo meu coração – disse ele – e como agora a senhora me fala com justiça, estou ficando alegre de coração, e acho que tenho a força para superar quaisquer cavaleiros que doravante encontrarei.

Então, Sir Perseant rogou para que viessem a sua tenda, e colocou diante deles vinhos e especiarias, e lhes deu grandes alegrias. Assim, descansaram naquela noite e, no dia seguinte, a donzela e Sir Beaumains se levantaram e ouviram a missa. E quando terminaram seu jejum, despediram-se de Sir Perseant.

— Bela donzela – disse ele – para onde levarás este cavaleiro?

— Senhor – respondeu ela – para o Castelo Perigoso, onde minha irmã está cercada pelo Cavaleiro das Terras Vermelhas.

— Eu o conheço bem – disse Sir Perseant – é um dos cavaleiros mais perigosos vivo, um homem sem misericórdia, e com a força de sete homens. Deus te proteja dele, Sir Beaumains! E te permita vencê-lo, pois a senhora Lyones, a quem ele cerca, é uma das mais belas damas que vive neste mundo.

— Dizes a verdade, senhor – disse a donzela – pois sou sua irmã.

— Agora, eu gostaria que tu soubesses – disse Sir Perseant a Sir Beaumains – que o Cavaleiro das Terras Vermelhas tem mantido aquele cerco por mais de dois anos, e prolonga o tempo esperando que Sir Lancelot, ou Sir Tristram, ou Sir Lamoracke, possam vir e lutar com ele, pois estes três cavaleiros dividem entre si todos os títulos de cavaleiros, e tu, se puder igualar-te ao Cavaleiro das Terras Vermelhas, será chamado o quarto melhor cavaleiro do mundo.

— Senhor – disse Sir Beaumains – eu teria essa boa fama e, na verdade, eu vim de grande e honrada linhagem. E se tu e esta bela donzela jurarem guardar segredo, eu vos contarei minha descendência.

E, quando juraram guardar segredo, ele disse:

— Meu nome é Sir Gareth de Orkney, meu pai era o rei Lot, e minha mãe a senhora Belisent, irmã do rei Arthur. Sir Gawain, Sir Agravain e Sir Gaheris são meus irmãos, e eu sou o mais novo de todos eles. Mas, até agora, o rei Arthur e a corte não sabem quem eu sou.

Quando ele disse isso, ambos se maravilharam.

E a donzela Linet mandou o anão para sua irmã, para contar-lhe da vinda deles. Então, a senhora Lyones perguntou que tipo de homem era o cavaleiro que vinha em seu socorro. E o anão contou-lhe todos os feitos de Sir Beaumains: como ele derrubou Sir Key, e o deixou para morrer, como ele lutou com Sir Lancelot, e foi cavaleiro dele, como ele lutou e matou os ladrões, como ele superou os dois cavaleiros que mantiveram a passagem do rio, como ele lutou e matou o Cavaleiro Negro, e como ele superou o Cavaleiro Verde, o Cavaleiro Vermelho e, por último, o Cavaleiro Azul, Sir Perseant. Então, a senhora Lyones ficou feliz, e enviou o anão de volta a Sir Beaumains, com grandes bençãos, agradecendo-lhe por sua cortesia ao aceitar tal trabalho por ela, e rezando para que ele fosse de bom coração e coragem. Quando o anão voltou, ele encontrou o Cavaleiro das Terras Vermelhas, que lhe perguntou de onde ele vinha.

— Eu vim aqui com a irmã de minha dama do castelo – disse o anão – que foi à corte do rei Arthur e trouxe um cavaleiro com ela, para ter sua batalha contra vós.

— Então, seu trabalho está perdido – respondeu o cavaleiro – pois, embora ela tenha trazido Sir Lancelot, Sir Tristram, Sir Lamoracke ou Sir Gawain, eu me considero igual a eles, e quem, além deles, será chamado assim?

O anão disse ao cavaleiro quem era Sir Beaumains, mas ele respondeu:

— Não me importo com ele, seja ele quem for, pois, logo o vencerei e lhe darei a morte vergonhosa, como a tantos outros fiz.

A donzela Linet e Sir Beaumains deixaram Sir Perseant, e cavalgaram através de uma floresta até uma grande planície, onde viram muitas tendas próximas a um castelo belo.

Porém, ao se aproximarem, Sir Beaumains viu através dos galhos de algumas árvores que cresciam ali, os cadáveres de quarenta cavaleiros pendurados, com rica armadura, seus escudos e espadas no pescoço, e esporas douradas nos calcanhares.

— O que significa isto? – disse ele, espantado.

— Não perca tua coragem por esta visão vergonhosa, senhor justo – respondeu a donzela – pois todos estes cavaleiros vieram aqui para resgatar minha irmã, e quando o Cavaleiro das Terras Vermelhas os venceu, ele apresentou-os a esta morte lamentável, sem misericórdia e, certamente, te tratará assim também, a menos que lutes mais valentemente do que eles.

— Verdadeiramente, ele usa costumes vergonhosos – disse Sir Beaumains – e é um milagre que ele tenha vivido por tanto tempo.

Então, eles cavalgaram até as muralhas do castelo e encontraram fossos duplos, ouviram as ondas do mar correndo de um lado para o outro nas muralhas. E a donzela disse:

— Vês aquele chifre de marfim pendurado no sicômoro? O Cavaleiro das Terras Vermelhas o pendurou ali, para que qualquer cavaleiro possa soprá-lo e, então, ele mesmo sairá e lutará com ele. Mas, peço-te que não o soe até o meio-dia, pois agora é apenas o amanhecer e, até o meio-dia, a força dele aumenta para o poder de sete homens.

— Que assim seja, bela donzela – respondeu ele – pois, mesmo que ele seja a cavaleiro mais forte que já viveu, eu não falharei com ele. Ou o derrotarei sendo mais poderoso, ou morrerei com honra.

Ele impulsionou seu cavalo até o sicômoro, e soprou o chifre de marfim tão avidamente, que o som ecoou por todo o castelo. Instantaneamente, todos os cavaleiros que estavam nas tendas correram para fora, e aqueles dentro do castelo, olharam pelas janelas, ou acima das paredes. O Cavaleiro das Terras Vermelhas, armando-se rapidamente em sua armadura vermelho-sangue, com lança e escudo, e com as vestimentas do cavalo de cor semelhante, cavalgou para um pequeno vale junto às muralhas do castelo, para que todos pudessem ver a batalha.

— Tenhas bom ânimo – disse a donzela Linet a Sir Beaumains – pois, agora, vem o seu inimigo mortal, e ali, na janela, está minha irmã, a senhora Lyones.

— Em boa hora - disse Sir Beaumains - ela é a senhora mais bela que eu já vi, e eu não desejaria melhor briga do que lutar por ela.

Ele olhou para a janela e viu a senhora Lyones, que acenou com seu lenço para sua irmã e para ele, para saudá-los. Então, o Cavaleiro das Terras Vermelhas chamou Sir Beaumains.

— Senhor cavaleiro, olha para mim, pois eu te previno que a senhora é minha.

— Ela não ama a ninguém de sua irmandade – respondeu ele – mas saiba isto, que eu a amo e a resgatarei de ti, ou morrerei.

— Assim seja! – disse o Cavaleiro Vermelho – não aceitaste nenhum aviso daqueles cavaleiros pendurados às árvores...

— Por vergonha que te vanglorias tanto! – disse Sir Beaumains – estejas certo de que a vista levantou para si um ódio que não se apagará, e que não me deste medo, mas raiva.

— Senhor cavaleiro, defenda-te – disse o Cavaleiro das Terras Vermelhas – pois não falaremos mais.

Então, eles colocaram suas lanças em posição de ataque, e se juntaram à velocidade máxima de seus cavalos, bateram no meio de seus escudos, de modo que os arneses de seus cavalos se soltaram com o choque, e eles caíram ao chão. Ambos ficaram ali, deitados por algum tempo, atordoados, e muitos consideraram que seus pescoços estivessem quebrados. Todos os homens disseram que o estranho cavaleiro era um homem forte, e um nobre combatente, pois nenhum tinha ainda se igualado tanto ao Cavaleiro das Terras Vermelhas. Então, pouco tempo depois, eles se levantaram, e colocaram seus escudos diante deles, desembainharam suas espadas, e lutaram com fúria, correndo um contra o outro, como animais selvagens. Batendo com fortes golpes, ambos recuaram, depois, se agarraram um ao outro até que tiraram as armaduras em pedaços, e deixaram seus corpos nus e desprotegidos. Assim, eles lutaram até o meio-dia, quando, por um tempo, descansaram para respirar, tão terrivelmente cambaleantes e sangrando, que muitos que os viram choraram de piedade. Em seguida, renovaram a batalha, às vezes, correndo tão furiosamente juntos, que ambos caíam ao chão, e trocavam de espadas em sua confusão. Assim eles suportaram, e golpearam, e lutaram, até o entardecer, e nenhum dos que viam sabia qual era o mais provável de vencer, pois, embora o Cavaleiro das Terras Vermelhas fosse um guerreiro astuto, sua dureza fez Sir Beaumains mais habilidoso e sábio também. Assim, mais uma vez, eles descansaram por um pouco de tempo, e tiraram os capacetes para encontrar fôlego.

Mas, enquanto Sir Beaumains estava sem capacete, ele olhou para a Dama Lyones, ela se inclinava, contemplando e chorando, de sua janela. E, assim que ele viu a doçura de seu sorriso, todo o seu coração ficou leve e alegre e, ao recomeçar, ele advertiu ao Cavaleiro das Terras Vermelhas que se preparasse. Em seguida, eles ataram os capacetes e lutaram, porém, novamente, como se nunca tivessem lutado antes. Por fim, o Cavaleiro das Terras Vermelhas, com um golpe súbito, feriu Sir Beaumains na mão, de modo que sua espada caiu e, com um segundo golpe no capacete, ele o levou ao chão. Então, gritou a donzela Linet:

— Oh! Sir Beaumains, não vê como minha irmã chora ao vê-lo caído?

Quando Sir Beaumains ouviu essas palavras, ele saltou com força sobre seus pés, alcançou sua espada, e desferiu muitos golpes pesados sobre o Cavaleiro das Terras Vermelhas. Assim, ele arrancou sua espada e, com um forte golpe na cabeça, atirou o Cavaleiro das Terras Vermelhas ao chão.

Sir Beaumains desatou seu capacete, e o teria matado imediatamente, mas o Cavaleiro das Terras Vermelhas cedeu, e rogou por misericórdia.

— Não posso poupá-lo – respondeu ele – por causa das mortes vergonhosas que destes a tantos cavaleiros nobres.

— No entanto, enquanto seguras a minha mão, senhor cavaleiro – disse ele – ouve a minha história. Eu amei uma vez uma bela donzela, cujo irmão foi morto, como ela me disse, por um cavaleiro da corte de Arthur, Sir Lancelot, ou Sir Gawain, e ela me rogou, como eu realmente a amava, e pela fé de meu título de cavaleiro, para trabalhar diariamente em lutas de armas, até que eu me encontrasse com ele, e para vencer todos os cavaleiros da Távola Redonda, aos quais eu deveria dar uma morte vil. E isto eu lhe jurei.

Depois, suplicaram os condes, os cavaleiros e barões que estavam ao redor de Sir Beaumains, para poupar a vida do Cavaleiro Vermelho.

— Sinceramente - respondeu ele – não sou traiçoeiro para matar-te, não obstante tenhas feito tais atos vergonhosos. E, na medida em que os fizeste para tentar agradar tua senhora e ganhar o amor dela, eu te culpo menos e, pelo bem, eu te libertarei. Mas, neste acordo, tu só manterás tua vida se libertares a senhora e fizerdes o que ela te pedir, por toda a transgressão que fizeste sobre essas terras. Depois, irás à corte do rei Arthur, e pedirás perdão a Sir Lancelot e Sir Gawain por todo o mal que fizeste contra eles.

— Tudo isso, senhor cavaleiro, juro fazer – disse o Cavaleiro das Terras Vermelhas, e com isso lhe fez uma homenagem e jurou fidelidade.

Então, veio a donzela Linet para Sir Beaumains e o Cavaleiro das Terras Vermelhas, e os desarmou, e os curou. Assim que o Cavaleiro das Terras Vermelhas fez reparações por todas as suas transgressões, ele partiu para a corte.

Sir Beaumains, sendo curado de suas feridas, armou-se, pegou seu cavalo e sua lança e cavalgou diretamente para o castelo da senhora Lyones, pois ele desejava muito vê-la. Mas, quando ele chegou ao portão, ele foi fechado rapidamente e a ponte levadiça foi suspensa. Ele viu a senhora Lyones de pé, em uma janela, e se espantou quando ela disse:

— Segue teu caminho, Sir Beaumains, pois não terás meu amor até que estejas entre os cavaleiros mais dignos de todo o mundo. Vai, portanto, e trabalha em armas por mais doze meses e, depois, retorna para mim.

— Oh! bela dama – disse Sir Beaumains – eu tenho escassos merecimentos de ti, com certeza, mas busquei seu amor com todo o melhor sangue do meu corpo.

— Não te ofendas, belo cavaleiro – disse ela - pois nenhum de teus serviços será esquecido ou perdido. Doze meses logo serão passados em atos nobres, e confio que até a minha morte eu te amarei e não a outro.

Com isso, ela se virou e deixou a janela.

Então, Sir Beaumains cavalgou para longe do castelo, muito triste de coração, e ele cavalgou sem saber para onde. Naquela noite, deitou-se na cabana de um pobre homem e, no dia seguinte, ele seguiu em frente. Ao meio-dia, ele chegou a um grande lago e, estando muito triste e cansado, descansou sua cabeça sobre seu escudo, e disse ao anão para ficar de vigia enquanto dormia.

Assim que ele partiu, a senhora Lyones se arrependeu e ansiava muito por vê-lo novamente, e perguntou muitas vezes a sua irmã qual era a sua linhagem, mas a donzela não lhe disse, estando obrigada pelo seu juramento a Sir Beaumains, e disse que seu anão sabia melhor. Então, ela chamou Sir Gringamors, seu irmão, que morava com ela, e pediu para que ele cavalgasse atrás de Sir Beaumains até que ele o encontrasse, levasse seu anão e o trouxesse de volta para ela. Sem demora, Sir Gringamors partiu, cavalgou até chegar a Sir Beaumains, e o encontrou enquanto ele dormia na beira da água. Em seguida, pisando furtivamente atrás do anão, ele o pegou em seus braços e saiu correndo. Embora o anão tenha gritado alto a seu senhor, para pedir ajuda, e acordado Sir Beaumains, ainda assim, apesar de ter cavalgado rapidamente, ele não conseguiu ultrapassar Sir Gringamors.

Quando a senhora Lyones viu seu irmão voltar, ela estava ficando feliz de coração e, imediatamente, perguntou ao anão a linhagem de seu amo.

— Ele é filho de um rei – disse o anão – e sua mãe é irmã do rei Arthur. Seu nome é Sir Gareth de Orkney, e ele é irmão do bom cavaleiro Sir Gawain. Mas, eu peço que me soltes, para que eu volte para meu senhor, pois ele nunca mais deixará este país até que me tenha novamente.

Quando a senhora Lyones soube que seu libertador descendia de tal linhagem, ela ansiava mais do que nunca por vê-lo novamente.

Quando Sir Beaumains cavalgou para resgatar seu anão, ele chegou a uma estrada verde e encontrou um pobre homem do país, e lhe perguntou se ele tinha visto um cavaleiro em um cavalo preto, cavalgando com um anão de rosto triste atrás de si.

— Sim – disse o homem – encontrei-me com um cavaleiro assim por uma hora, e seu nome é Sir Gringamors. Ele vive em um castelo a duas milhas daqui, mas ele é um cavaleiro perigoso, e lhe aconselho a não o seguir, a não ser que lhe carregueis boa vontade.

Então, Sir Beaumains seguiu o caminho que o pobre homem lhe mostrou, e foi ao castelo. Cavalgando com grande ira até o portão, desembainhou sua espada, e gritou:

— Sir Gringamors, traidor! Entrega-me novamente meu anão, ou, por minha condição de cavaleiro, será pior para ti!

Sir Gringamors olhou por uma janela e disse:

— Sir Gareth de Orkney, deixe suas palavras de vanglória, pois tu não terás novamente teu anão.

Mas, a senhora Lyones disse a seu irmão:

— Não, irmão, eu quero que ele tenha seu anão, pois ele fez muito por mim e me libertou do Cavaleiro das Terras Vermelhas, e bem, o amo acima de todos os outros cavaleiros.

Então, Sir Gringamors desceu até Sir Gareth, clamou-lhe misericórdia e pediu que ele entrasse.

Ele desmontou de seu cavalo e seu anão correu para ele. Quando ele estava no salão, veio a senhora Lyones, vestida como uma princesa e Sir Gareth ficou feliz, de coração, quando a viu. Ela lhe contou como havia feito seu irmão tirar-lhe o anão e trazê-lo de volta para ela. E assim, ela prometeu a ele seu amor, e fielmente se apegar a ele e a nenhum outro em todos os dias de sua vida. Neste instante, eles se arremessaram um ao outro. Sir Gringamors pediu para que ele permanecesse no castelo, o que ele fez de bom grado.

— Pois – disse ele – prometi deixar a corte por doze meses, embora esteja certo de que, enquanto isso, serei procurado e encontrado por meu senhor, o rei Arthur, e muitos outros.

Então, ele permaneceu por muito tempo no castelo.

Sem demora, os cavaleiros Sir Perseant, Sir Perimones e Sir Pertolope, que Sir Gareth havia derrubado, foram à corte do rei Arthur com todos os cavaleiros que os serviam, e disseram ao rei que haviam sido conquistados por um cavaleiro de nome Beaumains. Enquanto ainda estavam conversando, foi dito ao rei que havia chegado um outro grande senhor, com quinhentos cavaleiros, quem fez uma homenagem e se declarou o Cavaleiro das Terras Vermelhas.

— Mas, meu verdadeiro nome – disse ele – é Ironside, e aqui sou enviado por um Sir Beaumains, que me conquistou e me encarregou de ceder à vossa graça.

— Tu és bem-vindo – disse o rei Arthur – pois há muito tempo és meu inimigo e dos meus, e estou muito grato ao cavaleiro que te enviou. Agora, Sir Ironside, se emendardes vossa vida e me abraçardes, eu te considerarei um amigo, e te farei cavaleiro da Távola Redonda, mas não podereis mais ser um assassino de nobres cavaleiros.

Então, o Cavaleiro das Terras Vermelhas ajoelhou-se diante do rei e lhe falou de sua promessa a Sir Beaumains, de nunca mais usar tais costumes vergonhosos. Depois, ajoelhou-se a Sir Lancelot e Sir Gawain, e pediu o perdão deles pelo ódio que ele lhes havia transmitido.

O rei e toda a corte se maravilharam com Sir Beaumains.

— Pois – disse o rei – ele é um cavaleiro totalmente nobre.

Sir Lancelot disse:

— Verdadeiramente, ele veio de sangue honrado, senão eu não lhe teria dado a ordem de cavaleiro, mas ele me fez prometer que esconderia seu segredo.

Enquanto falavam assim, foi dito ao rei Arthur que sua irmã, a rainha de Orkney, havia chegado à corte com um grande séquito de cavaleiros e damas. Houve uma grande alegria, e o rei se levantou e saudou sua irmã. Seus filhos, Sir Gawain, Sir Agravain e Sir Gaheris ajoelharam-se diante dela e pediram sua bênção, pois durante os últimos quinze anos eles não a haviam visto. Sem demora, ela disse:

— Onde está meu filho mais novo, Sir Gareth? Pois sei que ele esteve aqui uns doze meses contigo, e que fizeste dele um ajudante de cozinha.

Então, o rei e todos os cavaleiros descobriram que Sir Beaumains e Sir Gareth eram a mesma pessoa.

— Sinceramente – disse o rei – eu não o conhecia.

— Nem eu – disseram Sir Gawain e seus dois irmãos.

— Então – disse o rei – Deus seja agradecido, bela irmã, que ele provou ser um cavaleiro tão adorado quanto qualquer outro agora vivo, e pela graça dos Céus ele será encontrado imediatamente se estiver em algum lugar dentro destes sete reinos.

Sir Gawain e seus irmãos disseram:

– Senhor, se nos derdes licença, iremos procurá-lo.

Mas, Sir Lancelot disse:

— Seria melhor que o rei enviasse um mensageiro à senhora Lyones e lhe pedisse que viesse aqui com toda a rapidez, e ela lhe aconselharia onde o encontrar.

— Assim será feito – respondeu o rei, e enviou um mensageiro rapidamente à senhora Lyones.

Ao ouvir a mensagem, ela prometeu que viria imediatamente, e disse a Sir Gareth o que o mensageiro havia dito, e lhe perguntou o que fazer.

— Peço-te – disse ele – que não digas onde estou, mas, quando meu senhor, o rei Arthur, perguntar por mim, avise-o que ele proclame um torneio diante deste castelo, no Dia da Assunção, e que o cavaleiro que melhor lutar, ganhará a ti e todas as tuas terras.

Assim, a senhora Lyones partiu e chegou à corte do rei Arthur, e lá foi recebida nobremente. Quando lhe perguntaram onde Sir Gareth estava, ela disse que não sabia dizer.

— No entanto, senhor – disse ela – com vossa boa vontade, proclamarei um torneio diante de meu castelo no Dia da Assunção, e o prêmio serei eu mesma e todas as minhas terras. Então, se for proclamado que tu, senhor, e teus cavaleiros estareis lá, encontrarei cavaleiros para lutar contra ti e contra os teus, e assim estou certa de que ouvirá as notícias de Sir Gareth.

— Assim seja feito – respondeu o rei.

Sir Gareth enviou mensageiros secretamente a Sir Perseant e Sir Ironside, e os encarregou de estarem prontos no dia designado, com suas companhias de cavaleiros, para ajudá-lo e a sua equipe contra o rei. Assim que chegaram, ele disse:

— Agora, estejais certos de que seremos equiparados com os melhores cavaleiros do mundo e, portanto, devemos reunir todos os bons cavaleiros que pudermos encontrar.

Assim foi feita a proclamação em toda Inglaterra, País de Gales, Escócia, Irlanda e Cornualha, e nas ilhas e outros países, que na Festa da Assunção de Nossa Senhora, todos os cavaleiros que participassem do torneio do Castelo Perilous deveriam escolher se iriam ficar do lado do rei ou do castelo. Então, vieram muitos bons cavaleiros ao lado do castelo. Sir Epinogris, filho do rei de Northumberland, e Sir Palomedes, o Sarraceno, e Sir Grummore Grummorsum, um bom cavaleiro da Escócia, e Sir Brian des Iles, um cavaleiro nobre, e Sir Carados da Torre Dolorous, e Sir Tristram, que ainda não era cavaleiro da Távola Redonda, e muitos outros. Mas, ninguém entre eles conhecia Sir Gareth.

Do lado do rei Arthur estavam o rei da Irlanda e o rei da Escócia, o nobre príncipe Sir Galahaut, Sir Gawain e seus irmãos, Sir Agravain e Sir Gaheris, Sir Ewaine, Sir Tor, Sir Perceval e Sir Lamoracke, Sir Lancelot também e seus parentes, Sir Lionel, Sir Ector, Sir Bors e Sir Bedivere, da mesma forma, Sir Key e a maior parte da Távola Redonda. As duas rainhas também, a rainha Guinevere e a rainha de Orkney, mãe de Sir Gareth, vieram com o rei. Assim, havia uma grande festa dentro e fora do castelo, com todo tipo de banquete e trovadores.

Antes do início do torneio, Sir Gareth rogava privadamente para que a senhora Lyones, Sir Gringamors, Sir Ironside e Sir Perseant, de forma alguma, revelassem seu nome, nem fizessem mais dele do que de qualquer cavaleiro comum. Então, disse a senhora Lyones:

— Caro senhor, peço-te que tome este anel, que tem o poder de mudar a roupa do portador para qualquer cor que ele queira, e o protege de qualquer perda de sangue. Mas, devolva-me, peço-te, quando o torneio terminar, pois ele aumenta muito a minha beleza quando o uso.

— Muita agradecido, minha senhora – disse Sir Gareth – não desejei nada melhor, pois, agora, posso estar disfarçado enquanto o usar.

Sir Gringamors deu a Sir Gareth um cavalo de baía, que era um bom cavalo de passagem, com armadura segura, e uma nobre espada, conquistada por seu pai de um tirano pagão. E cada cavaleiro se preparou para o torneio.

No dia da Assunção, enquanto acontecia a missa, os arautos tocavam suas trombetas e chamavam para o torneio. Sem demora, os cavaleiros do castelo e os cavaleiros do rei Arthur se encontraram.

Sir Epinogris, filho do rei de Northumberland, um cavaleiro do castelo, encontrou Sir Ewaine, e ambos quebraram suas lanças ao meio. Depois, veio Sir Palomedes, do castelo, e encontrou Sir Gawain, e eles feriram um ao outro, caindo ao chão. Então, Sir Tristram, do castelo, encontrou-se com Sir Bedivere, e o feriu na terra, cavalo e homem. O Cavaleiro das Terras Vermelhas e Sir Gareth se encontraram com Sir Bors e Sir Bleoberis, e o Cavaleiro das Terras Vermelhas e Sir Bors se feriram tão duramente que suas lanças explodiram, e seus cavalos caíram. Sir Bleoberis enfiou sua lança sobre Sir Gareth, mas ele mesmo foi atirado ao chão. Quando Sir Galihodin viu isso, pediu que Sir Gareth o poupasse, ao que ele não deu ouvidos. Então, Sir Galihud conseguiu uma lança para vingar seu irmão, mas foi abatido da mesma maneira. E Sir Dinadam, e seu irmão La-cote-male-taile, e Sir Sagramour le Desirous, e Dodinas le Savage, ele derrubou todos com uma lança.

Quando o rei Anguish, da Irlanda viu isto, espantou-se com aquele cavaleiro que parecia, em um momento, verde, e em outro, azul, pois, a cada embate, ele mudava sua cor para que ninguém o reconhecesse. Então, ele correu em sua direção e o encontrou, e Sir Gareth o feriu. Da mesma maneira, ele feriu o rei da Escócia, o rei Urience de Gore e o rei Bagdemagus.

Então, Sir Galahaut, o nobre príncipe, gritou:

— Cavaleiro das muitas cores! Tu te lançaste bem, agora, prepara-te para disputar comigo.

Sir Gareth o ouviu, pegou uma grande lança e o encontrou rapidamente. A lança do príncipe quebrou-se, mas Sir Gareth o feriu no lado esquerdo do capacete, de modo que ele recuou aqui e ali, e teria caído se seus homens não o tivessem resgatado.

— Por minha fé – disse o rei Arthur – aquele cavaleiro de muitas cores é um bom cavaleiro. Peço-te, Sir Lancelot du Lake, que lutes com ele.

— Senhor – disse Sir Lancelot – com a tua licença, perdoa-me. Prefiro, em meu coração, poupá-lo neste momento, pois ele já fez trabalho suficiente para um dia, e quando um bom cavaleiro está tão bem, não é cavalheiresco impedi-lo desta honra. E, porventura, seu motivo de disputa está aqui hoje, e ele pode ser o melhor amado da senhora Lyones de todos os que estão aqui, pois vejo bem que ele se forçou para realizar grandes feitos. Portanto, quanto a mim, neste dia, ele terá a honra, pois, embora eu pudesse vencê-lo, não o faria.

— Falaste a verdade – disse o rei.

Depois das lutas de lanças, desembainharam espadas, e ali começou um grande torneio, e ali Sir Lancelot realizou maravilhosos feitos pois, primeiro, lutou com Sir Tristram e Sir Carados, embora fossem os mais perigosos de todo o mundo. Depois, veio Sir Gareth e os separou, mas não quis dar um golpe contra Sir Lancelot, pois, por ele, havia sido nomeado cavaleiro. O capacete de Sir Gareth precisava de conserto, e ele cavalgou para cuidar dele e beber água. Enquanto bebia, seu anão lhe disse:

— Dá-me o anel, para que não o percas enquanto bebes esta água.

Então, Sir Gareth o tirou. E quando terminou, voltou ansioso para o campo e, em sua pressa, esqueceu-se de levar o anel. Então, todas as pessoas viram que ele usava uma armadura amarela. E o rei Arthur disse a um arauto:

— Cavalga e descobre quem é aquele valente cavaleiro, pois eu perguntei a muitos e ninguém pode me dizer.

O arauto se aproximou e viu escrito em volta de seu capacete, em letras de ouro, "Sir Gareth de Orkney". E, instantaneamente, o arauto gritou seu nome, e todos os homens aproximaram-se para vê-lo.

Assim que percebeu que havia sido descoberto, ele empurrou com pressa por toda a multidão, e gritou a seu anão:

— Fizeste mal ao manter meu anel, devolva-me, para que eu possa estar escondido.

E assim que ele o colocou, sua armadura mudou novamente, e nenhum homem sabia para onde ele tinha ido. Ele passou pelo campo, mas Sir Gawain, seu irmão, cavalgou atrás dele.

Quando Sir Gareth cavalgou para longe, na floresta, ele tirou seu anel, e o mandou de volta pelo anão para a senhora Lyones, pedindo que ela fosse verdadeira e fiel a ele enquanto estivesse fora.

Sir Gareth cavalgou por muito tempo pela floresta, até que a noite caiu e, chegando a um castelo, subiu até o portão, e pediu para que deixassem-no entrar. Mas, de forma rude, o porteiro respondeu que ele não deveria se alojar lá. Então, Sir Gareth disse:

— Diz ao teu senhor e senhora que eu sou um cavaleiro da corte do rei Arthur, e por ele peço para que me abriguem.

O porteiro foi até a rainha, que disse.

— Deixa-o entrar imediatamente – pelo bem do rei, ele não ficará desabrigado! – e desceu para recebê-lo.

Quando Sir Gareth a viu chegar, ele a saudou e disse:

— Senhora justa, peço-te que me dê abrigo para esta noite, e se houver aqui algum campeão ou gigante com quem eu deva lutar, poupe-me até amanhã, quando eu e meu cavalo teremos descansado, pois estamos completamente cansados.

— Senhor cavaleiro – disse ela – falas corajosamente, pois o senhor deste castelo é inimigo do rei Arthur e de sua corte, e se quiser descansar aqui, deve concordar que, onde quer que encontre meu senhor, deves ceder a ele como prisioneiro.

— Qual é o nome de teu senhor? – disse Sir Gareth.

— Duque de la Rowse – disse ela

— Eu te prometo – disse ele – cederei a ele, se ele prometer não me fazer mal, mas se ele recusar, eu me libertarei com minha espada e minha lança.

— Está bem – disse a duquesa, e ordenou que a ponte levadiça fosse levantada.

Ele entrou no salão e, quando tirou sua armadura, a duquesa e suas damas o fizeram passar com alegria. Depois do jantar, sua cama foi feita no salão, e lá ele descansou naquela noite. No dia seguinte, ele se levantou e ouviu a missa, e tendo terminado seu jejum, despediu-se e partiu.

Enquanto passava por uma certa montanha, ele encontrou-se com um cavaleiro chamado Sir Bendelaine, que gritou:

— Não passarás, a menos que combatas comigo.

— Vamos combater – respondeu Sir Gareth.

Eles deixaram seus cavalos correr a toda velocidade, e Sir Gareth feriu Sir Bendelaine tão dolorosamente em seu corpo que ele mal chegou a seu castelo antes de cair morto. Quando Sir Gareth passou pelo castelo, os cavaleiros e servos de Sir Bendelaine saíram para vingar seu senhor. E vinte deles caíram imediatamente sobre ele, embora sua lança estivesse quebrada. Mas, desembainhando sua espada, ele colocou seu escudo diante de seu corpo. Embora eles tenham quebrado suas lanças sobre Sir Gareth, e o pressionassem gravemente, ele sempre se defendeu como um nobre cavaleiro. Sem demora, achando que não conseguiriam vencê-lo, concordaram em matar seu cavalo e, tendo-o matado com suas lanças, colocaram-se sobre Sir Gareth enquanto ele lutava a pé. No entanto, cada um que golpeava, ele matava e o arrastava com golpes de medo, até matar todos eles, menos quatro, que fugiram. Então, levando o cavalo de um dos que ali estavam mortos, ele seguiu seu caminho.

Rapidamente, Sir Gareth chegou a outro castelo e ouviu um som como de muitas mulheres gemendo e chorando. Então, ele disse a um pajem que estava na frente.

— Que barulho é este que ouço?

— Senhor cavaleiro – disse ele – há cerca de trinta senhoras, as viúvas de trinta cavaleiros que foram mortos pelo senhor deste castelo. Ele é chamado de Cavaleiro Marrom, sem piedade, e é o cavaleiro mais perigoso que vive, por isso, eu te previno a fugir.

— Isso eu nunca farei, pois não o temo – disse Sir Gareth.

Naquele momento, o pajem viu chegar o Cavaleiro Marrom e disse a Sir Gareth:

— Meu senhor está perto.

Então, os cavaleiros se prepararam e galoparam em direção um ao outro, e o Cavaleiro Marrom enfiou sua lança sobre o escudo de Sir Gareth, mas ele o feriu através do corpo, fazendo-o cair morto. Ao chegar ao castelo, ele disse às senhoras que havia matado o inimigo delas. Elas ficaram gratas de coração e lhe deram toda a alegria que puderam. No dia seguinte, ele encontrou as senhoras chorando na capela, sobre diversos túmulos que estavam lá. E ele sabia que naqueles túmulos jaziam seus maridos. Ele as consolou e, com palavras nobres e elevadas, pediu para que todas estivessem na corte de Arthur na próxima Festa de Pentecostes.

Então, Sir Gareth partiu e cavalgou por uma montanha, onde um bom cavaleiro lhe disse:

— Fica, senhor cavaleiro, e luta comigo!

— Qual és teu nome? – disse Sir Gareth.

— Eu sou o Duque de la Rowse – respondeu ele.

— Não faz muito tempo que me alojei em teu castelo, e ali prometi que me renderia a ti sempre que nos encontrássemos - disse Sir Gareth.

— Tu és aquele cavaleiro orgulhoso – disse o duque – que estavas pronto para lutar comigo?

— Prepara-te!

Eles correram no mesmo instante, e Sir Gareth feriu o duque e seu cavalo. Eles desmontaram e desembainharam suas espadas, lutaram com toda a força pelo espaço de uma hora e, no final, Sir Gareth feriu o duque no chão e o teria matado, mas teve misericórdia.

— Então, tu deves ir – disse Sir Gareth – a meu senhor, o rei Arthur, na próxima Festa de Pentecostes, e dizer que eu, Sir Gareth, te enviei.

— Como quiserdes – disse o duque, entregando seu escudo por penhor.

Enquanto Sir Gareth cavalgava sozinho, ele viu um cavaleiro armado vindo em sua direção. E, colocando o escudo do duque diante do corpo, cavalgou rapidamente para se encontrar com ele; e assim eles se encontraram e quebraram suas lanças um sobre o outro. Lutaram ferozmente com suas espadas e desferiram golpes tão poderosos que o sangue correu para o chão, de todos os lados. Depois de duas horas, a donzela Linet passou por ali, e quando os viu, gritou:

— Sir Gawain e Sir Gareth, deixai vossas lutas, pois sois irmãos!

Ao jogarem fora seus escudos e suas espadas, tomaram um ao outro em seus braços e choraram muito antes de poderem falar. Cada um deu ao outro a honra da batalha, e havia muitas palavras amáveis entre eles. Então, disse Sir Gawain:

— Oh, meu irmão, por teu bem, tive grande tristeza e trabalho! Mas, verdadeiramente, eu te honraria mesmo que não fostes meu irmão, pois fizeste grande adoração ao rei Arthur e sua corte, e enviaste mais cavaleiros para ele do que qualquer um da Távola Redonda, exceto Sir Lancelot.

Em seguida, a donzela Linet, que cuidou de suas feridas, e de seus cavalos, montou em seu cavalo em direção à corte do rei Arthur, contando-lhe esta estranha aventura. Sendo assim, o próprio rei montou seu cavalo e pediu que todos viessem com ele. Então, uma grande companhia de senhores e senhoras foi ao encontro dos irmãos. Quando o rei Arthur os viu, ele teria dito palavras sinceras, mas, para sua alegria, não pôde. Tanto Sir Gawain quanto Sir Gareth caíram de joelhos ao tio e o homenagearam, criando uma grande alegria e felicidade entre todos eles.

Então, o rei disse à donzela Linet:

— Que tal a senhora Lyones vir visitar seu cavaleiro, Sir Gareth, que teve tanto trabalho por seu amor?

— Ela não sabe, meu senhor, que ele está aqui – respondeu a donzela – mas ela realmente deseja muito vê-lo.

— Busca-a – disse o rei.

A donzela cavalgou para dizer a sua irmã onde Sir Gareth estava. Ela ouviu, regozijou-se de todo coração e veio com toda a rapidez que pôde. E quando Sir Gareth a viu, houve grande alegria e conforto entre eles.

O rei perguntou a Sir Gareth se ele teria aquela senhora para sua esposa.

— Meu senhor – respondeu Sir Gareth – sabes bem que eu a amo acima de todas as senhoras que vivem.

— Agora, bela dama – disse o rei Arthur – o que dizes?

— Muito nobre rei – respondeu ela – meu senhor, Sir Gareth, é meu primeiro amor e será meu último, e se eu não puder tê-lo para meu marido, não terei nenhum.

Então, o rei lhes disse:

— Estai certos de que, por minha coroa, eu não seria a causa da separação de vossos dois corações.

Assim, foi feita uma alta preparação para o casamento, pois o rei desejava que fosse na próxima Festa de São Miguel, em Kinkenadon.

Sir Gareth enviou mensagens a todos os cavaleiros que ele havia vencido em batalha, para que estivessem lá no dia de seu casamento.

Portanto, na Festa de São Miguel seguinte, uma grande companhia dirigiu-se para Kinkenadon, onde o Arcebispo de Cantuária casou Sir Gareth e a Senhora Lyones, com toda solenidade. Todos os cavaleiros que Sir Gareth havia vencido estavam na festa, e todos os tipos de jogos foram realizados com música e trovadores, durante três dias. Mas, por causa de sua noiva, o rei não solicitou que Sir Gareth participasse de uma das disputas. Então, o rei Arthur deu grandes terras e propriedades, com reservas de ouro, a Sir Gareth e sua esposa, para que eles pudessem viver juntos, até o fim de suas vidas.

CAPÍTULO XI

As Aventuras de Sir Tristram de Lyonesse

Mais uma vez, rei Arthur realizou o alto festival em Caerleon, em Pentecostes, e reuniu-se em torno dele toda a comunhão da Távola Redonda, e assim, de acordo com seu costume, sentou-se e esperou até que alguma aventura surgisse, ou algum cavaleiro retornasse à corte com feitos e perigos que pudessem ser contados.

Naquele momento, ele viu Sir Lancelot e uma multidão de cavaleiros entrando pelas portas e conduzindo, em seu meio, o poderoso cavaleiro Sir Tristram. Assim que rei Arthur o viu, levantou-se e passou pela metade do salão, estendeu as mãos e gritou:

— Bem-vindo, bom Sir Tristram, tão bem-vindo como qualquer cavaleiro que já tenha entrado nesta corte. Há muito eu desejo ter-te entre minha irmandade.

Todos os cavaleiros e barões se levantaram, com um só acordo, aproximaram-se, e gritaram:

— Bem-vindo!

A rainha Guinevere também veio, e muitas damas com ela, e todas, com uma só voz, disseram o mesmo.

Então, o rei tomou Sir Tristram pela mão e o levou à Távola Redonda, dizendo:

— Bem-vindo, novamente, um dos melhores e mais gentis cavaleiros do mundo, um chefe em guerra, um chefe em paz, um chefe no campo e na floresta, um chefe na câmara das damas, bem-vindo, de coração, a esta corte, e que possais permanecer por muito tempo nela.

Quando ele disse isso, olhou para cada assento vazio, até chegar ao que tinha sido de Sir Marhaus, e lá encontrou escrito, em letras douradas: "Este é o assento do nobre cavaleiro Sir Tristram". Onde o fizeram, com grande alegria e felicidade, um companheiro da Távola Redonda.

A história de Sir Tristram era a seguinte:

Havia um rei de Lyonesse, chamado Meliodas, casado com a irmã do rei Mark, da Cornualha, uma bela e boa dama. Certo dia, caçando na floresta, o rei Meliodas foi levado pelo encanto e feito prisioneiro num castelo. Quando sua esposa, Elizabeth, ouviu isso, ficou quase louca de desgosto e correu para a floresta para procurar seu senhor. Mas, depois de muitos dias de caminhada e tristeza, ela não encontrou nenhum vestígio dele, e se deitou em um vale profundo e rezou para encontrar sua morte. E assim fez, mas, antes de morrer, deu à luz, no meio de toda sua tristeza, a um menino, e o chamou, com seu último suspiro, Tristram, pois ela disse:

— Este nome mostrará quão tristemente ele veio a este mundo.

Com isso, ela entregou sua alma, e a gentil mulher que estava com ela, pegou a criança e a protegeu do frio tão bem quanto pôde, e deitou-se com ela nos braços, à sombra de uma árvore próxima, esperando que a morte, por sua vez, viesse até ela também.

Entretanto, pouco depois, surgiu uma companhia de senhores e barões em busca da rainha, encontrando a senhora e a criança, e as levou para casa. No dia seguinte, veio o rei Meliodas, que Merlin havia resgatado, e quando soube da morte da rainha, sua tristeza foi maior do que as palavras podiam dizer. Ele a enterrou solene e nobremente, e chamou a criança de Tristram, como ela desejava.

Então, durante sete anos, o rei Meliodas lamentou e não se confortou e, por todo esse tempo, o jovem Tristram foi bem cuidado, porém, em pouco tempo, o rei Meliodas se casou com a filha de Howell, rei da Bretanha, quem, para que seus próprios filhos pudessem desfrutar do reino, planejou como ela poderia destruir Tristram. Assim, em um certo dia, ela colocou veneno em um copo de prata, enquanto Tristram e seus filhos estavam brincando juntos, para que, quando tivesse sede, ele pudesse beber dele e morrer. Mas, aconteceu que seu próprio filho viu a taça e, pensando que ela devia conter uma boa bebida, pegou-a e bebeu profundamente dela. De repente, ele caiu morto.

Quando a rainha soube disso, sua dor foi muito grande, mas sua raiva e inveja tornaram-se mais ferozes do que antes, e logo, novamente, ela colocou mais veneno no copo. Seu marido o encontrou, quando estava com sede, segurou-o e estava prestes a beber dele, porém, vendo-o, ela surgiu com um poderoso grito e o arrancou de suas mãos.

Naquela época, o rei Meliodas, assustado, chamou a atenção para a morte súbita de seu jovem filho, tomou-a ferozmente pela mão e ele gritou:

— Traidora, diz-me que bebida está neste cálice ou eu te matarei num instante, e com isso, arrancando sua espada, jurou matá-la se ela não lhe dissesse logo a verdade.

— Ah, misericórdia, senhor - disse ela, e caiu a seus pés - misericórdia, e eu te direi tudo.

E, então, ela lhe contou sobre sua trama de assassinar Tristram, para que seus próprios filhos pudessem desfrutar do reino.

— A lei te julgará – disse o rei.

Ela foi julgada diante dos barões, e acabou condenada à morte na fogueira.

Mas, quando o fogo foi preparado e ela foi levada para fora, Tristram ajoelhou-se aos pés de seu pai e pediu-lhe um favor.

— O que quer que desejes, eu te darei – disse o rei.

— Dá-me, então, a vida da rainha, minha madrasta – disse ele.

— Fazes mal em pedi-la – disse Meliodas – pois ela teria te matado com seus venenos se pudesse e, principalmente, por tua causa, ela deveria morrer.

— Senhor – disse ele – quanto a isso, suplico que a perdoe e, de minha parte, que Deus a perdoe como eu a perdoo. Assim, peço-te que me conceda minha bênção e, por amor a Deus, que cumpra tua promessa.

— Se assim deve ser – disse o rei – tome-a, pois a ti a dou, e vai fazer com ela o que quiseres.

O jovem Tristram foi para o fogo e soltou a rainha de todos os seus laços, libertando-a da morte.

E, depois de um bom tempo, por seus bons meios, o rei a perdoou e viveu em paz com ela, embora nunca mais nos mesmos alojamentos.

Posteriormente, Tristram foi enviado ao exterior, para a França, aos cuidados de Governale. E lá, por sete anos, ele aprendeu a língua da terra, e todos os exercícios cavalheirescos e artesanato gentil. Ele tornou-se muito bom na música e na caça, principalmente na harpa. Aos dezenove anos de idade, ele voltou para seu pai. Ele era tão robusto e forte de corpo, e tão nobre de coração, como nenhum outro homem.

Pouco depois de seu retorno, o rei Anguish, da Irlanda, enviou ao rei Mark, da Cornualha, uma cobrança de tributo devido à Irlanda, mas que agora era referente a sete anos. O rei Mark respondeu dizendo que, se ele o quisesse, deveria vir e lutar pelo tributo, e eles encontrariam um campeão para lutar contra ele.

O rei Anguish chamou Sir Marhaus, irmão de sua esposa, um bom cavaleiro da Távola Redonda que vivia em sua corte, e o enviou com um séquito em seis grandes navios para a Cornualha. E, lançando âncora no castelo de Tintagil, ele enviava cobranças diariamente ao rei Mark para que pagasse o tributo ou lutasse. Porém, nenhum cavaleiro de lá se aventuraria a atacá-lo, pois sua fama era muito boa em todo o reino, por sua força e sua robustez.

Então, o rei Mark fez uma proclamação em toda Cornualha, que se algum cavaleiro lutasse contra Sir Marhaus, ele ficaria à direita do rei para sempre, e teria grande honra e riqueza durante o resto de seus dias. Rapidamente, esta notícia chegou à terra de Lyonesse e, quando o jovem Tristram a ouviu, ficou com raiva e vergonha de pensar que nenhum cavaleiro da Cornualha iria competir com o campeão irlandês.

— Infelizmente – disse ele – eu não sou um cavaleiro, pois eu poderia igualar-me a este Marhaus! Peço-te que me dês licença, senhor, para partir para a corte do rei Mark e implorar sua graça para me fazer cavaleiro.

— Sê governado por tua própria coragem – disse seu pai.

Então, Tristram partiu imediatamente para Tintagil, para a corte do rei Mark. Foi até ele e, corajosamente, disse:

— Senhor, dá-me a ordem de cavaleiro e eu lutarei até o extremo com Sir Marhaus, da Irlanda.

— Quem sois, e de onde vieste? – disse o rei, vendo que ele era apenas um jovem, embora forte e bem-feito tanto no corpo quanto nos membros.

— Meu nome é Tristram - disse ele - eu nasci no país de Lyonesse.

— Mas, saibas – disse o rei – este cavaleiro irlandês não lutará com ninguém que não venha de sangue real e próximo de reis ou rainhas, como ele mesmo é, pois sua irmã é a rainha da Irlanda.

— Então – disse Tristram - faze-o saber que eu vim tanto do lado de meu pai como do lado de minha mãe de sangue tão bom quanto o dele, pois meu pai é o rei Meliodas e minha mãe é a rainha Elizabeth, tua irmã, que morreu na floresta ao meu nascimento.

Quando o rei Mark soube, o recebeu de todo o coração, e o armou imediatamente. Preparou-o para partir assim que quisesse, e o vestiu com uma armadura coberta de ouro e prata.

Então, ele mandou dizer a Sir Marhaus que um homem melhor do que ele lutaria contra ele, Sir Tristram de Lyonesse, filho do rei Meliodas e da própria irmã do rei Mark.

A batalha foi marcada para ser travada numa ilha perto dos navios de Sir Marhaus, e lá, Sir Tristram desembarcou no dia seguinte, apenas acompanhado por Governale, que o assistiu como escudeiro, e quem ele mandou de volta para a terra enquanto se preparava.

Quando Sir Marhaus e Sir Tristram foram deixados sozinhos, Sir Marhaus disse:

— Jovem cavaleiro Sir Tristram, o que fazes aqui? Tenho muita pena de tua precipitação, pois, muitas vezes, fui atacado em vão, e pelos melhores cavaleiros do mundo. Sê avisado, a tempo, volte para aqueles que o enviaram.

— Justo senhor – respondeu Sir Tristram – estejas certo de que nunca desistirei desta briga, até que um de nós seja superado. Por esta causa fui nomeado cavaleiro, e tu deves saber antes de nos separarmos que, embora ainda não provado, eu sou filho de um rei e primogênito de uma rainha. Além disso, prometi libertar a Cornualha deste antigo fardo, ou morrer. Tu deverias saber, Sir Marhaus, que tua valentia e seu poder são apenas as melhores razões pelas quais eu deveria atacar-te, pois, se eu ganhar ou perder, ganharei a honra de ter encontrado um cavaleiro tão grande como tu.

Então, eles começaram a batalha, e se inclinaram com mais força um contra o outro, de modo que tanto cavaleiros como cavalos caíram ao chão. A lança de Sir Marhaus atingiu Sir Tristram, fazendo uma grande ferida na lateral do corpo. Saltando de seus cavalos, eles golpearam-se com suas espadas, como dois javalis. E, quando se agarravam bem juntos, deixavam golpes nas viseiras um do outro, mas vendo isso, não voltaram a se atirar um ao outro para se abaterem.

Eles lutaram por mais da metade do dia, até que ambos ficaram esgotados e o sangue correu deles para o chão, de todos os lados. Mas, por esta altura, Sir Tristram permanecia com mais energia do que Sir Marhaus e com melhor fôlego, e com um poderoso golpe, ele o atingiu de tal forma que cortou seu capacete até o crânio, e ali sua espada ficou presa tão profundamente que três vezes Sir Tristram puxou até conseguir tirá-la de sua cabeça. Em seguida, Sir Marhaus caiu de joelhos, e o fio da espada de Sir Tristram quebrou-se no seu crânio. E, de repente, quando parecia morto, Sir Marhaus levantou-se e jogou sua espada e escudo longe. Correu e fugiu para dentro de seu navio. E Tristram gritou atrás dele:

— Aha! Senhor cavaleiro da Távola Redonda, tu te retiras de um cavaleiro tão jovem? É uma vergonha para ti e para todos os seus parentes, eu preferiria ter sido cortado em cem pedaços a ter fugido de ti.

Mas, Sir Marhaus não respondeu a nada e, com os gemidos dolorosos, fugiu.

— Adeus, senhor cavaleiro, adeus - riu Tristram, cuja própria voz agora estava rouca e fraca pela perda de sangue - tenho tua espada e teu escudo em meu cofre, e os usarei em todos os lugares por onde cavalgar em minhas aventuras, e diante do rei Arthur e da Távola Redonda.

Sir Marhaus foi levado de volta à Irlanda por sua companhia e, assim que chegou, suas feridas foram tratadas. Quando revistaram sua cabeça, encontraram ali um pedaço da espada de Tristram, mas toda a habilidade dos cirurgiões foi inútil para retirá-la. Logo, Sir Marhaus morreu.

A rainha, sua irmã, pegou o pedaço da espada e o colocou em segurança, pois pensou que um dia poderia ajudá-la a vingar a morte de seu irmão.

Enquanto isso, Sir Tristram, ferido gravemente, sentou-se suavemente em um pequeno monte e o sangue passava rápido. Nesse estado terrível ele foi encontrado pelos cavaleiros de Governale e do rei Mark. Eles o colocaram gentilmente em uma barcaça e o levaram de volta ao castelo, onde suas feridas foram cuidadosamente curadas.

Mas, por um bom tempo, ele ficou muito doente, e era provável que tivesse morrido do primeiro golpe que Sir Marhaus havia lhe dado com a lança, pois a ponta dela estava envenenada. Embora os cirurgiões mais sábios viessem de todas as partes, ele não podia, de forma alguma, ser curado. Finalmente, veio uma senhora sábia e disse claramente que Sir Tristram nunca poderia ser curado, a menos que ele fosse e permanecesse naquele mesmo país de onde veio o veneno. Quando isto foi entendido, o rei enviou Sir Tristram em um navio justo e bondoso para a Irlanda e, por sorte, ele chegou rapidamente a um castelo onde estavam o rei e a rainha. Enquanto o navio estava sendo ancorado, ele se sentou em sua cama e tocou alegremente uma harpa, fazendo uma música extremamente doce.

Quando o rei soube que o doce harpista era um cavaleiro ferido, mandou chamá-lo, e perguntou seu nome.

— Sou do país de Lyonesse – respondeu ele - e meu nome é Tramtrist – pois ele não ousou dizer seu verdadeiro nome para que a vingança da rainha, pela morte de seu irmão, não caísse sobre ele.

— Bem – disse o rei Anguish – és bem-vindo aqui, e terá toda a ajuda que esta terra puder te dar, mas não fique ansioso se eu ficar, às vezes, abatido e triste, pois, ultimamente, na Cornualha, o melhor cavaleiro do mundo, lutando por minha causa, foi morto, seu nome era Sir Marhaus, cavaleiro da Távola Redonda, do rei Arthur.

Ele contou a Sir Tristram toda a história da batalha de Sir Marhaus, e Sir Tristram fez de conta que estava muito surpreso e triste, embora ele conhecesse os detalhes muito melhor do que o próprio rei.

Em seguida, ele ficou aos cuidados da filha do rei, La Belle Isault, para ser curado de sua ferida, e ela era uma senhora tão bela e nobre quanto os olhos dos homens poderiam ver. Ela era tão maravilhosamente hábil na medicina que, em poucos dias, ela o curou completamente e, em troca, Sir Tristram lhe ensinou a tocar harpa. Então, os dois começaram a amar muito um ao outro.

Naquela época, um cavaleiro pagão, Sir Palomedes, estava na Irlanda, e era muito querido pelo rei e pela rainha. Ele também amava poderosamente La Belle Isault, e não se cansava de trazer grandes presentes, tentando conquistar seu carinho, e estava pronto até mesmo para ser batizado por ela. Sir Tristram, portanto, o odiava fora de medida, e Sir Palomedes estava cheio de raiva e inveja de Tristram.

O rei Anguish proclamou um grande torneio a ser realizado, cujo prêmio seria uma donzela chamada Senhora das Lavandas, de parentesco próximo ao rei. Ela deveria se casar com o vencedor do tornei três dias depois, e possuir todas as suas terras. Quando La Belle Isault contou a Sir Tristram sobre este torneio, ele disse:

— Bela senhora! Eu ainda estou fraco. Tu sabes bem que talvez eu não lute.

— Ah, Tristram – disse ela - por que não lutarás neste torneio? Sir Palomedes estará lá, e fará o seu melhor. Portanto, esteja lá também, peço-te, ou ele será o vencedor do prêmio.

— Senhora – disse Tristram – eu irei, e por tua causa farei o meu melhor, mas deixai-me ir desconhecido para todos os homens, e te peço, ajuda-me a disfarçar-me.

Assim, no dia da batalha, Sir Palomedes, com um escudo negro, derrubou muitos cavaleiros. E todo o povo se maravilhou com sua destreza, pois, no primeiro dia, ele superou Sir Gawain, Sir Gaheris, Sir Agravaine, Sir Key, e muitos outros, de longe e de perto. No dia seguinte, ele foi novamente o conquistador, e derrubou o rei com 100 cavaleiros e o rei da Escócia. Mas, Sir Tristram subiu a uma torre privada do castelo, onde ninguém podia vê-lo. La Belle Isault o vestiu com uma armadura branca e lhe deu um cavalo e um escudo brancos e, assim, ele entrou subitamente no campo, como se fosse um anjo brilhante.

Assim que Sir Palomedes o viu, correu contra ele com uma grande lança em posição de ataque, mas Sir Tristram estava pronto e, no primeiro encontro, atirou-o ao chão. Então, surgiu um grande grito de que o cavaleiro com o escudo negro havia sido derrubado. Palomedes sofreu muito e, envergonhado, procurou um caminho secreto para deixar o campo, mas Tristram o observou, cavalgou atrás dele e o mandou ficar, pois ele ainda não tinha terminado com ele. Sir Palomedes virou-se com fúria, e golpeou Sir Tristram com sua espada, mas, ao primeiro golpe, Sir Tristram deixou-o no chão, e gritou:

— Faz agora todas as minhas ordens, ou te levarei à morte.

Então, ele cedeu à misericórdia de Sir Tristram, e prometeu abandonar La Belle Isault e, por doze meses, não usar armas ou armaduras. Levantando-se, ele cortou sua armadura em pedaços, com raiva e loucura, deixou o campo, e Sir Tristram também deixou os equipamentos e voltou para o castelo pelo portão da torre.

Sir Tristram há muito havia conquistado o carinho do rei, da rainha da Irlanda e, especialmente, de La Belle Isault. Entretanto, num certo dia, enquanto ele tomava banho, a rainha e La Belle Isault entraram em seu quarto, e viram sua espada na cama, ela a tirou da bainha e olhou para ela por um longo tempo. Ambas perceberam que, no final, havia um grande pedaço quebrado, e enquanto a rainha olhava para a abertura, de repente, ela se lembrou do pedaço de lâmina de espada que foi encontrado no crânio de seu irmão, Sir Marhaus.

Ela se virou e gritou:

— Pela minha fé, este é o cavaleiro criminoso que matou seu tio.

E, correndo para seu quarto, ela procurou em seu baú o pedaço de ferro da cabeça de Sir Marhaus e o trouxe de volta, encaixando-o na espada de Tristram, tão perfeitamente quanto havia sido.

Enraivecida, a rainha pegou a espada e correu para o quarto onde Sir Tristram ainda estava em seu banho, indo direto para ele. Se seu escudeiro, Sir Hebes, não a tivesse detido, teria atravessado o corpo de Tristram.

Ela correu para o rei, e caiu de joelhos diante dele, dizendo:

— Senhor e marido, tu tens aqui, em tua casa, aquele cavaleiro criminoso que matou meu irmão Marhaus!

— Quem é? – disse o rei.

— É o Sir Tristram! – disse ela – a quem Isault curou.

— Ai de mim! – respondeu o rei – estou de luto por ele, pois ele é um bom cavaleiro, mas eu te ordeno que o deixes, e deixa-me tratar dele.

O rei foi aos aposentos de Sir Tristram e o encontrou todo armado, pronto para montar seu cavalo, e lhe disse:

— Sir Tristram, não é para me provar contra ti que venho, pois, seria vergonhoso para o teu anfitrião buscar tua vida. Parte em paz, mas diz-me teu nome e se mataste meu cunhado, Sir Marhaus.

Então, Sir Tristram lhe disse toda a verdade, e como ele havia escondido seu nome, para permanecer desconhecido na Irlanda. Quando ele havia terminado, o rei declarou que não o responsabilizava.

— No entanto, não posso, por minha honra, reter-te nesta corte, pois assim devo desagradar aos meus barões, à minha esposa e a todos os seus parentes.

— Senhor – disse Sir Tristram – agradeço-te pela bondade que me mostrou aqui, e pela grande bondade que minha senhora, tua filha, me mostrou, e poderá ser mais vantajoso se eu viver do que se eu morrer, pois onde quer que eu esteja, sempre buscarei teu serviço, e estarei com minha senhora, servo de tua filha, em todos os lugares, e teu cavaleiro no bem e no mal, e nunca deixarei de fazer por ela tanto quanto um cavaleiro pode fazer.

Nesse momento, Sir Tristram foi para La Belle Isault, e se despediu dela.

— Oh, gentil cavaleiro – disse ela – estou cheia de tristeza com tua partida, pois nunca vi um homem a quem amei tão bem.

— Senhora – disse ele – prometo que toda a minha vida serei teu cavaleiro.

Sir Tristram lhe deu um anel, e ela lhe deu outro. Depois, ele a deixou, chorando e lamentando, e foi para o meio dos barões, e se despediu de todos eles, dizendo:

— Bondosos senhores, é tão importante que agora devo partir daqui, portanto, se houver alguém a quem eu tenha ofendido ou que esteja bravo comigo, que o diga agora e, antes de partir, eu o emendarei até o máximo de meu poder. Se houver alguém que fale nas minhas costas, que o diga agora ou nunca, e aqui está meu corpo para provar isso, corpo contra corpo.

Todos ficaram parados e não disseram uma palavra sequer, embora houvesse alguns parentes da rainha que o teriam assaltado se pudessem.

Assim, Sir Tristram partiu da Irlanda, tomou o mar e foi com um vento justo para Tintagil. Quando o rei Mark soube que Sir Tristram havia retornado, curado de sua ferida, ele ficou feliz, assim como todos os seus barões. Ele cavalgou até seu pai, o rei Meliodas, e lá teve todas as mais calorosas boas-vindas que poderiam ser feitas. Tanto o rei quanto a rainha lhe deram grande parte de suas terras e bens.

Em seguida, ele foi novamente à corte do rei Mark, e ali viveu em grande alegria e prazer, até que, em pouco tempo, o rei ficou com ciúmes de sua fama, do amor e da admiração que todas as donzelas demonstravam a ele. E, enquanto o rei Mark viveu, ele nunca mais amou Sir Tristram.

Certo dia, o bom cavaleiro Sir Bleoberis de Ganis, irmão de Sir Blamor de Ganis, e primo próximo de Sir Lancelot du Lake, veio à corte do rei Mark e lhe pediu um favor. E, embora o rei se espantasse, vendo que era um homem de grande renome e um cavaleiro da Távola Redonda, ele lhe concedeu seu pedido. Então, Sir Bleoberis disse:

— Terei a senhora mais bela de sua corte, à minha escolha.

— Não posso dizer que não – respondeu o rei – escolha, portanto, mas tome todas as questões de sua escolha.

Quando olhou em volta, ele escolheu a esposa do conde Segwarides, pegou-a pela mão, colocou-a no cavalo atrás de seu escudeiro, e cavalgou em seu caminho.

Logo em seguida, o conde montou em seu cavalo e saiu logo atrás dele, em fúria. Mas todas as senhoras gritaram insultos a Sir Tristram, por ele não ter reagido, e uma delas o repreendeu e o chamou de cavaleiro covarde, pois ele tinha presenciado uma senhora forçada a se afastar da corte de seu tio. Mas, Sir Tristram lhe respondeu:

— Senhora justa, não cabe a mim tomar parte nesta briga enquanto teu senhor e marido estiver aqui para fazê-lo. Se ele não estivesse nesta corte, porventura, eu teria sido teu salvador. E se ele falhar, então, que eu buscarei aquele cavaleiro imundo antes que ele suma deste reino.

Veio, então, um dos escudeiros de Sir Segwarides e disse que seu mestre estava gravemente ferido, à beira da morte. Quando Sir Tristram soube disso, armou-se, montou seu cavalo, chamou Governale, seu servo, o seguiu com escudo e lança.

Enquanto cavalgava, ele encontrou seu primo, Sir Andret, que havia sido enviado pelo rei Mark para trazer para casa dois cavaleiros da corte do rei Arthur, que percorriam o país em busca de aventuras.

— Quais as notícias? – disse Sir Tristram.

— Deus me ajude, nunca pior – respondeu seu primo – pois aqueles que eu fui buscar, me bateram e derrotaram, e deixaram minha mensagem em branco.

— Primo justo – disse Sir Tristram – segue teu caminho e, se eu os encontrar, poderei vingar-te

Sir Andret cavalgou até Cornualha, mas Sir Tristram cavalgou atrás dos dois cavaleiros que o haviam vencido, a saber, Sir Sagramour le Desirous e Sir Dodinas le Savage. E, em pouco tempo, ele os viu.

— Senhor – disse Governale – por meu conselho, tu os deixarás em paz, pois eles são dois cavaleiros bem provados, da corte de Arthur.

— Não devo, portanto, preferir encontrá-los? - disse Sir Tristram e, cavalgando rapidamente atrás deles, chamou-os para parar e perguntou-lhes de onde vinham, para onde iam e o que faziam naquelas terras.

Sir Sagramour olhou arrogantemente para Sir Tristram, zombou de suas palavras, e disse:

— Cavaleiro justo, és um cavaleiro da Cornualha....

— Por que perguntas isso? – disse Tristram.

— Verdadeiramente, porque os cavaleiros da Cornualha são valentes com seus braços como com suas línguas. Passaram apenas duas horas desde que nos encontramos com um tal cavaleiro da Cornualha, que falou grandes palavras, com força e proeza, mas, em um instante, com pouca maestria, foi colocado no chão, tu ficarás também.

— Bons senhores – disse Sir Tristram – pode ser que eu seja um homem melhor do que ele, mas, seja como for, ele era meu primo e, por causa dele, eu vos atacarei, um cavaleiro da Cornualha contra vós.

Quando Sir Dodinas le Savage ouviu este discurso, ele pegou sua lança e disse:

— Senhor cavaleiro, prepara-te!

Então, eles se separaram e se uniram como se fossem um trovão, e a lança de Sir Dodinas se partiu. Sir Tristram o feriu com um golpe tão forte que o atirou de seu cavalo, e quase quebrou seu pescoço. Sir Sagramour, vendo a queda de seu companheiro, maravilhou-se com quem este novo cavaleiro poderia ser, levantou sua lança, e partiu contra Sir Tristram, como um redemoinho, mas Sir Tristram o feriu com um poderoso golpe, e o fez rolar com seu cavalo pelo chão.

Olhando para os dois enquanto eles rastejavam sobre a grama, Sir Tristram disse:

— Cavaleiros justos, continuareis a lutar? Não há cavaleiros maiores na corte do rei Arthur? Voltareis a falar da vergonha dos cavaleiros da Cornualha?

— Na verdade, nos derrotaste – respondeu Sir Sagramour – e, como um cavaleiro, exijo que nos diga teu nome correto?

— Vós me incumbistes de uma grande missão – disse Sir Tristram – eu vos responderei.

E, quando ouviram seu nome, os dois cavaleiros ficaram felizes por terem encontrado Sir Tristram, pois seus feitos eram conhecidos por toda a terra, e pediram para que ele permanecesse em sua companhia.

— Não – disse ele – preciso encontrar um cavaleiro seu, Sir Bleoberis de Ganis, a quem procuro.

— Deus te ajude – disseram os dois cavaleiros, e Sir Tristram cavalgou para longe.

Logo, ele viu diante dele, em um vale, Sir Bleoberis, com a esposa de Sir Segwarides cavalgando atrás de seu escudeiro, em cima de um palafrém. Ao que ele gritou:

— Para, senhor cavaleiro da corte do rei Arthur, leva aquela senhora de volta ou entrega-a para mim.

— Não o farei – disse Bleoberis – pois não temo nenhum cavaleiro da Cornualha.

— Por que não poderia um cavaleiro da Cornualha se sair bem como qualquer outro? – disse Sir Tristram – Neste dia, três milhas atrás, dois cavaleiros de tua própria corte me encontraram, e encontraram um cavaleiro da Cornualha suficiente para ambos, antes de nos separarmos.

— Quais eram seus nomes? – disse Sir Bleoberis.

— Sir Sagramour le Desirous e Sir Dodinas le Savage – disse Sir Tristram.

— Ah! – disse Sir Bleoberis, espantado – Já te encontrastes com eles então? Pela minha fé, eles eram dois bons cavaleiros e homens de adoração, e se venceste ambos, deves ser um bom cavaleiro, mas, terás de me vencer antes de ter esta senhora.

— Defenda-te, então! – gritou Sir Tristram

E partiu sobre ele rapidamente, com sua lança em posição de ataque. Mas, Sir Bleoberis foi tão rápido quanto ele, e cada um levou o outro, e o cavalo, para o chão.

Eles saltaram para longe de seus cavalos, e golpearam juntos, ávida e poderosamente, com suas espadas, traçando e atravessando à direita e à esquerda, por mais de duas horas e, às vezes, correndo juntos com tanta fúria que ambos se ajoelhavam no chão. Por fim, Sir Bleoberis voltou e disse:

— Agora, gentil cavaleiro, para e me responda...

— O que desejas saber? – disse Sir Tristram – e eu te responderei.

— Senhor – disse Sir Bleoberis – saberei teu nome, a corte, e o país?

— Não tenho vergonha de falar-te – disse Sir Tristram – sou filho do rei Meliodas e minha mãe era irmã do rei Mark, de cuja corte eu venho agora. Meu nome é Sir Tristram de Lyonesse.

— Verdadeiramente – disse Sir Bleoberis – fico feliz em ouvir isso, pois foi tu quem mataste Sir Marhaus, lutando pelo tributo à Cornualha, e venceste Sir Palomedes no grande torneio irlandês, onde também derrubaste Sir Gawain e seus nove companheiros.

— Eu sou esse cavaleiro – disse Sir Tristram – e, agora, peço-te que me digas teu nome.

— Sou Sir Bleoberis de Ganis, primo de Sir Lancelot du Lake, um dos melhores cavaleiros do mundo – respondeu ele.

— Tu dizes a verdade – disse Sir Tristram – pois Sir Lancelot, como todos os homens sabem, é inigualável na cortesia e na condição de cavaleiro, e pelo grande amor que carrego a seu nome, não lutarei mais contigo, seu parente.

— Em boa fé, senhor – disse Sir Bleoberis – estou tão relutante em lutar mais contra ti, mas, porque me seguiste para ganhar esta senhora, eu a ofereço a ti, de bondade, cortesia e gentileza. Esta senhora será livre para ir com qual de nós ela escolher.

— Estou contente – disse Sir Tristram – pois não duvido que ela venha até mim.

— Isso ela decidirá – disse ele.

Chamando seu escudeiro, colocou a senhora no meio, entre eles. Ela, no entanto, imediatamente caminhou até Sir Bleoberis e escolheu ficar com ele. Sir Tristram sentiu uma raiva enorme dela, e sentiu que mal podia, por vergonha, voltar à corte do rei Mark. Mas Sir Bleoberis disse:

— Ouve-me, bom cavaleiro, Sir Tristram, porque o rei Mark me deu livre escolha, de qualquer presente, e porque esta senhora escolheu ir comigo, eu a levei, mas agora eu cumpri minha busca e minha aventura, e por amor a ti, ela será enviada de volta para seu marido, na abadia onde ele se deita.

Sir Tristram voltou para Tintagil, e Sir Bleoberis para a abadia onde Sir Segwarides estava ferido, e lá entregou sua senhora, partindo como um nobre cavaleiro.

Após esta aventura, Sir Tristram permaneceu ainda na corte de seu tio, até que, pela inveja de seu coração, o rei Mark concebeu um plano para se livrar dele. Assim, em um certo dia, ele ordenou que Tristram partisse novamente para a Irlanda, e lá exigisse La Belle Isault em seu nome, para ser sua rainha, pois Sir Tristram havia elogiado tanto sua beleza e sua bondade que o rei Mark desejou casar-se com ela. Além disso, ele acreditava que seu sobrinho, certamente, seria morto pela parentela da rainha se ele fosse encontrado novamente na Irlanda.

Mas, Sir Tristram, desprezando o medo, preparou-se para partir, e levou consigo os cavaleiros mais nobres que poderiam ser encontrados, vestidos da maneira mais rica.

Chegando à Irlanda, Sir Tristram deu a mensagem de seu tio, e o rei Anguish consentiu com isso.

Quando La Belle Isault foi informada da notícia, ela estava muito triste e relutante, mas se preparou para partir com Sir Tristram, levando consigo Bragwaine, sua principal dama. Então, a rainha deu à Bragwaine e Governale, servo de Sir Tristram, um pequeno frasco, e ordenou-os que La Belle Isault e o rei Mark deveriam beber dele no dia de seu casamento e, então, eles certamente se amariam por toda a vida.

Sem demora, Sir Tristram e Isault, com uma grande companhia, tomaram o mar e partiram. E assim, um dia, sentados em seu camarote, ficaram com sede e viram um pequeno frasco de ouro que parecia guardar um bom vinho. Então, Sir Tristram pegou-o, e disse:

— Senhora justa, este parece ser o melhor dos vinhos, e sua empregada, Dama Bragwaine, e meu criado, Governale, o guardaram para si mesmos.

Ambos riram alegremente, e beberam um atrás do outro do frasco, e nunca haviam provado qualquer vinho que parecesse tão bom e doce. Assim que terminaram de beber, eles se amavam tanto que seu amor nunca mais poderia deixá-los, pelo bem ou pelo mal. E assim, embora Sir Tristram nunca pudesse se casar com La Belle Isault, ele faria as mais poderosas lutas de armas por ela, por toda sua vida.

Eles navegaram até chegarem a um castelo chamado Pluere, onde descansariam, porém, de repente, uma grande tropa surgiu e os fez prisioneiros. Quando estavam na prisão, Sir Tristram perguntou a um cavaleiro e a uma senhora que encontrou ali, pelo que eram tão vergonhosamente tratados.

— Pois – disse ele – nunca foi costume de um lugar de honra, agarrar um cavaleiro e uma senhora pedindo abrigo e os empurrar para a prisão, e é um costume totalmente maldoso e desdenhoso.

— Senhor – disse o cavaleiro – não sabeis que este se chama o Castelo Pluere, ou o castelo choroso, e que é um costume antigo aqui que qualquer cavaleiro que nele habite deve lutar contra o senhor dele, Sir Brewnor, e aquele que for o mais fraco perderá a cabeça. E se a senhora que estiver com ele não for tão bela quanto a esposa do senhor, ela perderá sua cabeça, mas se ela for mais bela, então, a senhora do castelo deverá perder sua cabeça.

— Que os Céus me ajudem – disse Sir Tristram – mas este é um costume sujo e vergonhoso. No entanto, tenho uma vantagem, pois minha dama é a mais bela que existe em todo o mundo, de modo que nada temo por ela, e quanto a mim, lutarei de bom grado por minha própria cabeça em um campo justo.

Então, disse o cavaleiro:

— Levanta-te amanhã, e prepara-te e tua senhora.

No dia seguinte, veio Sir Brewnor para Sir Tristram, e o colocou com Isault fora da prisão, e lhe trouxe um cavalo e uma armadura, e ordenou a ele que se preparasse, pois todos os povoados e propriedades daquele senhorio esperavam no campo para ver e julgar a batalha.

Sir Brewnor, segurando sua senhora pela mão, toda coberta com véu, saiu, e Sir Tristram foi ao seu encontro, com La Belle Isault ao seu lado, toda coberta com véu também. Sir Brewnor disse:

— Senhor cavaleiro, se tua senhora for mais bela do que a minha, com tua espada, desembainharei a cabeça de minha senhora, mas, se minha senhora for mais bela do que a tua, com minha espada, desembainharei a cabeça de tua senhora. E se eu te vencer, tua dama será minha, e tu perderás tua cabeça.

Ao que Sir Tristram respondeu:

— Senhor cavaleiro, este é um costume sujo e criminoso, e em vez de minha senhora perder a cabeça, perderei a minha.

— Não – disse Sir Brewnor – mas as damas serão agora comparadas e o julgamento será feito.

— Não concordo! – gritou Sir Tristram – pois quem está aqui para dar o justo julgamento? Não duvides que minha senhora seja muito mais bela do que a tua, e isso eu provarei.

Sir Tristram levantou o véu de La Belle Isault e ficou ao lado dela, com sua espada desembainhada na mão.

Então, Sir Brewnor tirou o véu de sua dama e fez da mesma maneira. Mas, quando ele viu La Belle Isault, ele sabia que ninguém poderia ser tão bela, e todos os presentes deram seu julgamento. Então Sir Tristram disse:

— Porque tu e tua senhora, há muito tempo, usam este costume maligno, e mataram muitos bons cavaleiros e damas, será justo destruir a ambos.

— Em boa hora – disse Sir Brewnor – tua senhora é mais bela que a minha, e de todas as mulheres, eu nunca vi uma tão bela. Portanto, matai minha dama se quiserdes, e duvido que não, mas eu te matarei e terei a tua.

— Tu terás que conquistá-la – disse Sir Tristram – como um cavaleiro sempre ganhou uma senhora, e por causa de teu próprio julgamento e do mau costume que tua senhora consentiu, eu a matarei como tu dizes.

Sir Tristram foi até ele e lhe tirou sua dama, e lhe arrancou a cabeça com um golpe.

— Agora, toma teu cavalo – gritou Sir Brewnor – pois desde que perdi minha dama, ganharei a tua e terei tua vida.

Eles pegaram seus cavalos e se juntaram o mais rápido que puderam, e Sir Tristram feriu levemente Sir Brewnor. Mas, ele levantou-se rapidamente, e quando Sir Tristram veio novamente, ele empurrou seu cavalo com os dois ombros, de modo que ele recuou e caiu. Porém, Sir Tristram foi leve e ágil. Levantou-se e vestiu seu escudo diante dele, embora, enquanto isso, antes que pudesse desembainhar sua espada, Sir Brewnor deu-lhe três ou quatro golpes dolorosos. Em seguida, eles se apressaram furiosamente e lutaram contra o arremesso e o abanar aqui e ali por quase duas horas, ferindo um ao outro com toda a dor. Por fim, Sir Brewnor se apressou até Sir Tristram e o tomou em seus braços, para esmagá-lo, pois ele confiava muito em sua força. Mas Sir Tristram, chamado naquela época de o cavaleiro mais forte e maior do mundo, pois ele era maior que Sir Lancelot, empurrou Sir Brewnor, soltou seu capacete e arrancou sua cabeça. Em seguida, vieram todos os que pertenciam ao castelo e lhe prestaram homenagem e fidelidade, e pediram para que ele ficasse ali por uma temporada e pusesse um fim a esse costume imundo.

Mas, em pouco tempo, ele partiu para Cornualha, onde o rei Mark casou-se com La Belle Isault, com grande alegria e esplendor.

Sir Tristram teve alta honraria, e sempre se apresentou à corte do rei. Mas, por todos os serviços que lhe prestou, o rei Mark o odiava e, certo dia, colocou dois cavaleiros para cair sobre ele enquanto cavalgava na floresta. Entretanto, Sir

Tristram feriu levemente a cabeça de um, e feriu gravemente o outro, fazendo-o levar o corpo de seu companheiro à corte. O rei disfarçou e escondeu de Sir Tristram que os cavaleiros haviam sido enviados por ele, no entanto, mais do que nunca, ele o odiava e procurou matá-lo.

Assim, com o consentimento de Sir Andret, um falso cavaleiro, e quarenta outros cavaleiros, Sir Tristram foi feito prisioneiro enquanto dormia e levado para uma capela sobre as rochas acima do mar, para ser lançado para as águas. Quando eles estavam prestes a lançá-lo, de repente, ele quebrou suas amarras e, correndo para Sir Andret, pegou sua espada e o atirou para baixo. Então, saltando pelas rochas, por onde ninguém podia segui-lo, escapou. Mas, uma flecha envenenada ferio-o no braço.

Sem demora, seu servo Governale, com Sir Lambegus, o procuraram e o encontraram a salvo entre as rochas, e lhe disseram que o rei Mark o havia banido e a todos os seus seguidores, para vingar a morte de Sir Andret. Então, eles pegaram o navio e partiram para a Bretanha.

Sir Tristram, sofrendo grande angústia por causa de sua ferida, foi instruído a procurar Isoude, a filha do rei da Bretanha, pois só ela poderia curar tais feridas. Por isso, ele foi à corte do rei Howell e disse:

— Senhor, vim a este país para ter ajuda de tua filha, pois os homens não me fazem nada, mas ela pode me ajudar.

E Isoude ofereceu-se para dar o melhor de si e, no prazo de um mês, ele foi curado.

Enquanto ele ainda estava naquela corte, um conde chamado Grip fez guerra ao rei Howell e o cercou, e Sir Kay Hedius, filho do rei, saiu contra ele, mas foi espancado em batalha e ficou ferido. Então, o rei pediu a ajuda de Sir Tristram, que atendeu ao chamado e levou consigo os cavaleiros que pôde encontrar.

No dia seguinte, em outra batalha, promoveu tais atos com armas que toda a terra falou dele, pois, Sir Tristram matou o conde com suas próprias mãos e mais de cem cavaleiros.

Quando voltou, o rei Howell o encontrou, e o saudou com toda honra e alegria que se pudesse imaginar, tomou-o em seus braços, e disse:

— Sir Tristram, todo o meu reino se resignará a ti.

— Não - respondeu ele – Deus me livre, pois tenho uma dívida contigo, para sempre, por causa de tua filha.

Então, o rei rogou-lhe que tomasse Isoude em casamento, com um grande dote de terras e castelos. A isso, Sir Tristram logo consentiu, e eles se casaram na corte.

Em pouco tempo, Sir Tristram desejava muito ver a Cornualha, e Sir Kay Hedius desejava ir com ele. Então, eles embarcaram, mas assim que estavam no mar, o vento os soprou para o norte do País de Gales, perto do Castelo Perigoso, onde muitas coisas estranhas costumavam acontecer. Então, Sir Tristram disse a Sir Kay Hedius:

— Vamos provar algumas delas antes de partirmos.

Eles pegaram seus cavalos e partiram.

Quando cavalgaram uma milha ou mais, Sir Tristram espiou um cavaleiro bem armado diante dele, que se sentou junto a uma fonte clara, com um cavalo forte por perto, amarrado a uma árvore de carvalho.

— Justo senhor – disse ele, quando se aproximaram – pareces ser um cavaleiro errante por seus braços e arreios, portanto, prepara-te para disputar com um de nós, ou ambos.

O cavaleiro nada respondeu, mas pegou seu escudo e afivelou--o no pescoço e, saltando sobre seu cavalo, pegou uma lança da mão de seu escudeiro.

Então, disse Sir Kay Hedius a Sir Tristram:

— Deixa-me testá-lo.

— Faz o teu melhor – disse ele.

Os dois cavaleiros se encontraram, e Sir Kay Hedius caiu gravemente ferido no peito.

— Saíste bem – gritou Sir Tristram ao cavaleiro – agora prepara-te para mim!

— Estou pronto – respondeu ele.

E o encontrou, e feriu tanto Sir Tristram que ele caiu de seu cavalo. Envergonhado, Sir Tristram colocou seu escudo diante do corpo e desembainhou sua espada, clamando ao estranho cavaleiro para fazer o mesmo. Depois, eles lutaram por quase duas horas, até se cansarem.

Finalmente, Sir Tristram disse:

— Em toda minha vida, nunca encontrei um cavaleiro tão forte e bem-preparado como tu. Foi uma pena que nós tenhamos ferido ainda mais um ao outro. Diz-me teu nome, justo cavaleiro.

— Isso eu farei – respondeu ele – se me disseres o teu.

— Meu nome é Sir Tristram de Lyonesse – disse ele.

— E o meu, Sir Lamoracke de Gália.

Então, os dois gritaram juntos:

— Muito prazer!

Sir Lamoracke disse:

— Senhor, por tua grande fama, entregar-me-ei a ti – pegando a própria espada para entregá-la.

— Não – disse Sir Tristram – não o farás, pois bem sei que o fazeis por cortesia, e não por pavor.

Com isso, ele ofereceu sua espada a Sir Lamoracke, dizendo:

— Senhor, como cavaleiro vencido, eu me entrego a ti como ao homem dos poderes mais nobres que já encontrei.

— Espera! – disse Sir Lamoracke – juremos agora, juntos, nunca mais lutarmos um contra o outro.

O que eles fizeram.

Então, Sir Tristram voltou para Sir Kay Hedius, e quando ele estava inteiro de suas feridas, eles partiram juntos, em um navio, e desembarcaram na costa da Cornualha. Ao chegarem, Sir Tristram avidamente procurou notícias sobre La Belle Isault. E alguém lhe disse, por engano, que ela estava morta. Então, por dor e tristeza, ele desmaiou, e assim ficou, por três dias e três noites.

Quando acordou, ficou louco, correu para a floresta e lá permaneceu como um homem selvagem por muitos dias, pelo que ficou magro e fraco de corpo, e teria morrido, porém, um ermitão deixou alguma carne ao seu lado enquanto dormia. Naquela floresta, havia um gigante chamado Tauleas que, por medo de Tristram, havia se escondido em um castelo, mas, quando lhe disseram que Tristram estava louco, apareceu e saiu novamente. Certo dia, ele viu um cavaleiro da Cornualha chamado Sir Dinaunt e quando este havia encontrado um poço para descansar, o gigante saltou de sua emboscada e o ergueu pela garganta, para matá-lo. Mas Sir Tristram, enquanto vagueava pela floresta, veio sobre eles enquanto lutavam, e quando o cavaleiro clamou por ajuda, ele correu sobre o gigante, pegou a espada de Sir Dinaunt, cortou a cabeça do gigante e desapareceu entre as árvores.

Sir Dinaunt, então, pegou a cabeça de Tauleas e a levou com ele para a corte do rei Mark, para onde estava indo, e contou suas aventuras.

— Onde tiveste essa aventura? – disse o rei Mark.

— Em uma bela fonte, em tua floresta – respondeu ele.

— Eu desmaiaria ao ver aquele homem selvagem – disse o rei. Assim, em um ou dois dias, ele comandou seus cavaleiros a uma grande caça na floresta. Assim que chegou ao poço, o rei viu um homem selvagem deitado, dormindo, tendo uma espada ao seu lado, mas ele não sabia que era Sir Tristram. Então, ele tocou sua corneta, e convocou todos os seus cavaleiros para levá-lo gentilmente até a corte.

Chegando lá, deram banho e o lavaram, e o trouxeram um pouco à sua correta consciência. La Belle Isault não sabia que Sir Tristram estava em Cornualha, mas quando soube que um homem selvagem havia sido encontrado na floresta, veio vê-lo. E ele mudou tanto que ela não o reconhecia.

— Mesmo assim, ela disse à senhora Bragwaine:

— Parece que já o vi muitas vezes.

Enquanto ela falava, um pequeno cão de caça, que Sir Tristram lhe havia dado quando veio à Cornualha pela primeira vez, e que estava sempre com ela, viu Sir Tristram deitado ali, e saltou sobre ele, lambendo suas mãos e seu rosto, chorando e ladrando de alegria.

— Ai de mim – gritou La Belle Isault – é o meu verdadeiro cavaleiro, Sir Tristram.

E, escutando à sua voz, os sentidos de Sir Tristram voltaram ao normal, e ele chorou de alegria ao ver sua dama viva.

Nunca mais o cão de caça abandonaria Sir Tristram, e quando o rei Mark e outros cavaleiros foram vê-lo, o animal se sentou sobre seu corpo e afastou todos que se aproximavam demais. Então, um dos cavaleiros disse:

— Certamente este é Sir Tristram, eu o vejo pelo cão.

— Não – disse o rei – não pode ser - e perguntou a Sir Tristram quem ele era.

— Meu nome – disse ele – é Sir Tristram de Lyonesse, e agora podes fazer o que quiseres comigo.

Então, o rei disse:

— Arrepender-se-á de estar recuperado – e procurou fazer com que seus barões o matassem.

No entanto, a maioria deles não concordou com isso, e aconselhou-o a banir Tristram por dez anos da Cornualha, por ele ter voltado sem ordens do rei. Por isso, ele jurou partir imediatamente.

Quando Sir Tristram foi em direção ao navio, um cavaleiro do rei Arthur chamado Sir Dinadan, o procurou e disse:

— Cavaleiro justo, antes que partas deste país, peço-te que combata comigo.

— Com boa vontade – disse ele.

Eles correram juntos, e Sir Tristram o feriu levemente. Sem demora, ele rogou a licença de Sir Tristram para lhe fazer companhia, e quando este consentiu, eles cavalgaram juntos para o navio.

Sir Tristram estava cheio de amargura no coração e disse a todos os cavaleiros que o levaram para a costa:

— Saudai bem o rei Mark e todos os meus inimigos, e dizei-lhes que voltarei quando puder. Assim sou recompensado por ter matado Sir Marhaus e ter livrado este reino da escravidão; por ter trazido La Belle Isault da Irlanda ao rei; por tê-la tirado do Castelo Pluere; por ter matado o gigante Tauleas, e por todos os outros feitos que realizei pela Cornualha e pelo rei Mark – assim, com raiva, ele falou, e seguiu seu caminho.

Depois de navegar por algum tempo, o navio ficou em um local de desembarque na costa do País de Gales, e lá, Sir Tristram e Sir Dinadan desembarcaram. Na costa, eles encontraram dois cavaleiros, Sir Ector e Sir Bors. Sir Ector se encontrou com Sir Dinadan e o atirou ao chão, mas Sir Bors não se encontrou com Sir Tristram,

— Pois – disse ele – nenhum cavaleiro da Cornualha é um homem valente.

Ouvindo isso, Sir Tristram ficou furioso, mas logo se encontrou com mais dois cavaleiros, Sir Bleoberis e Sir Driant, e Sir Bleoberis ofereceu-se para disputar com Sir Tristram, que logo o derrubou.

— Eu pensei – gritou Sir Bors – que qualquer cavaleiro da Cornualha poderia fazer isso com valentia.

Então, Sir Tristram e Sir Dinadan partiram, cavalgaram por uma floresta e encontraram uma donzela. Em nome de Sir Lancelot, ela procurava qualquer cavaleiro nobre para resgatá-lo, pois a rainha Morgan le Fay, que o odiava, tinha ordenado a trinta homens de armas que fizessem uma emboscada para Sir Lancelot, com a intenção de matá-lo.

Ouvindo isso, Sir Tristram disse:

— Leva-me àquele lugar, bela donzela.

Mas, Sir Dinadan gritou:

— Não é possível para nós nos encontrarmos com trinta cavaleiros! Eu não participarei de tal dureza, pois, superar um, dois ou três cavaleiros é possível, mas superar quinze, eu nunca fiz isso.

— Que vergonha – respondeu Sir Tristram – faz apenas a tua parte.

— Não o farei – disse ele – portanto, peço-te, empresta-me teu escudo, pois ele é da Cornualha, e os homens daquele país são considerados covardes, então não serei incomodado por outros cavaleiros.

— Não – disse Sir Tristram – nunca darei meu escudo. Mas, se não quiseres ficar ao meu lado hoje, certamente, te matarei, pois não te peço mais do que lutar contra um cavaleiro, e se não puder fazê-lo, ficarás ao meu lado e olharás para mim e para eles.

— Quisera Deus que eu nunca tivesse me encontrado contigo! – gritou Sir Dinadan – Mas, prometo olhar e fazer tudo o que puder para me salvar.

Rapidamente, eles chegaram ao lugar onde os trinta cavaleiros estavam esperando, e Sir Tristram correu sobre eles, dizendo:

— Aqui está um que luta por amor a Lancelot!

Em seguida, matou dois deles no primeiro ataque com sua lança, e mais dez rapidamente, com sua espada. Nesse momento, Sir Dinadan tomou coragem, e atacou os outros com ele, até que eles se viraram e fugiram.

Sir Tristram e Sir Dinadan cavalgaram até o anoitecer e, encontrando-se com um pastor, perguntaram-lhe se ele sabia de algum alojamento por lá.

— Verdadeiramente, senhores – disse ele – há um bom alojamento em um castelo próximo, mas é um costume lá que ninguém se aloje nele, a não ser uma única vez e, assim que estiveres dentro, encontrarás um outro cavaleiro para lutar.

— É um alojamento maligno – disse Sir Dinadan – eu não me alojarei ali.

— Que vergonha! – disse Sir Tristram – Es é um cavaleiro de fato?

Então, ele exigiu, em sua condição de cavaleiro, que fossem, e eles cavalgaram juntos até o castelo. Assim que se aproximaram, dois cavaleiros saíram e correram a toda velocidade contra eles, mas ambos forma derrubados. Sir Tristram e Sir Dinadan foram para dentro do castelo, e ficaram bastante alegres. Quando já estavam desarmados e prontos para descansar, chegaram mais dois cavaleiros, Sir Palomedes e Sir Gaheris, e desejaram o costume local.

— Eu preferiria, de longe, descansar – disse Sir Dinadan.

— Talvez isso não seja possível – respondeu Sir Tristram – pois precisamos defender o costume do castelo, visto que superamos seus senhores, portanto, prepara-te.

— Infelizmente, eu já entrei – disse Sir Dinadan.

Eles se prepararam, e Sir Gaheris encontrou Sir Tristram e caiu diante dele, mas Sir Palomedes derrubou Sir Dinadan. Então todos lutariam a pé, exceto Sir Dinadan, pois ele estava gravemente ferido e assustado. Então, Sir Tristram pediu a ele que lutasse:

— Não lutarei – respondeu ele - pois fui ferido por aqueles trinta cavaleiros com quem lutamos esta manhã, e quanto a ti, estas, na verdade, como um louco! Só há dois cavaleiros no mundo tão loucos, e o outro é Sir Lancelot, com quem, certa vez, cavalguei. Ele me manteve sempre em batalha, de modo que, por um quarto de ano depois, eu me deitei em minha cama. Que os Céus me defendam novamente de qualquer uma dessas amizades.

— Bem – disse Sir Tristram – se tiver que ser, lutarei contra ambos.

Com isso, ele desembainhou sua espada e atacou Sir Palomedes e Sir Gaheris juntos, mas Sir Palomedes disse:

— Não, é uma vergonha para dois lutar contra um.

Então, ele pediu a Sir Gaheris que ficasse de prontidão, e ele e Sir Tristram lutaram juntos por muito tempo, mas, no final Sir Tristram o empurrou para trás, enquanto Sir Gaheris e Sir Dinadan os separaram. Sir Tristram pediu para que os dois cavaleiros se hospedassem ali, mas Sir Dinadan partiu e cavalgou para um convento próximo, e lá se hospedou naquela noite.

No dia seguinte, Sir Tristram foi ao convento para encontrá-lo e, vendo-o tão cansado, deixou-o e partiu. Nesse mesmo convento estava alojado Sir Pellinore, que perguntou o nome de Sir Tristram a Sir Dinadan, o que ele não pôde revelar, pois Sir Tristram havia dito que deveria permanecer desconhecido. Então, Sir Pellinore disse:

— Já que não me dirás isso, eu mesmo o seguirei e o encontrarei.

— Cuidado, senhor cavaleiro – disse Sir Dinadan – podes arrepender-te.

Mas, Sir Pellinore montou imediatamente e o alcançou, gritando para que se preparasse. Sir Tristram imediatamente se virou e o feriu no ombro, e o feriu gravemente.

No dia seguinte, Sir Tristram encontrou um arauto que lhe contou sobre um torneio proclamado entre o rei Carados, da Escócia, e o rei do Norte do País de Gales, a ser realizado no Castelo da Donzela. O rei Carados havia procurado Sir Lancelot para lutar ao seu lado, e o rei do Norte do País de Gales havia procurado Sir Tristram, que tinha a intenção de estar lá. Então, enquanto cavalgava, ele encontrou Sir Key, o senescal, e Sir Sagramour. Sir Key ofereceu-se para disputar com ele, mas Sir Tristram recusou, desejando não se cansar para o torneio. Diante da recusa, Sir Key gritou:

— Senhor cavaleiro da Cornualha, combata comigo, ou ceda como um covarde.

Ouvindo isso, Sir Tristram virou-se ferozmente, colocou sua lança em posição de ataque e impulsionou seu cavalo em direção a ele. No entanto, assim que Sir Key o viu tão loucamente, recuou, sendo chamado de covarde por Sir Tristram e, por vergonha, obrigou-se a confrontá-lo. Sir Tristram o feriu levemente, e cavalgou para longe. Mas, Sir Sagramour o perseguiu, gritando que combatesse com ele também. Então, Sir Tristram virou-se e rapidamente o derrubou, da mesma forma, e partiu.

Uma donzela o encontrou enquanto ele cavalgava, e contou-lhe sobre um cavaleiro aventureiro que fez um grande mal e pediu a ajuda de Sir Tristram. No entanto, quando ele foi com ela, encontrou Sir Gawain, que conhecia a donzela como uma dama da rainha Morgan le Fay. Sabendo, portanto, que ela poderia ter complôs malignos contra Sir Tristram, Sir Gawain, gentilmente, quis saber para onde ele ia.

— Não sei para onde – disse ele - salvo como esta donzela me conduz.

— Senhor – disse Sir Gawain – não cavalgues com ela, pois ela e sua dama nunca fizeram o bem a ninguém.

E, desembainhando sua espada, disse à donzela:

— Diz-me, agora, imediatamente, por qual causa conduzes este cavaleiro ou, então, morrereis, pois sei da velha traição de tua dama.

— Misericórdia, Sir Gawain – gritou a donzela – eu te direi tudo.

Então, ela lhe disse que a rainha Morgan havia ordenado que trinta donzelas justas procurassem Sir Lancelot e Sir Tristram e, por suas artimanhas, os persuadissem a ir até o seu castelo, onde ela tinha trinta cavaleiros à espera, para matá-los.

— Oh, que vergonha! – gritou Sir Gawain – que uma rainha e irmã de um rei possa forjar tal traição.

Então, ele disse a Sir Tristram:

— Senhor cavaleiro, se me acompanhardes, provaremos a maldade desses trinta cavaleiros.

— Não falharei – respondeu ele – há poucos dias estive com trinta cavaleiros dessa mesma rainha e confio que poderemos ganhar honra agora, como naquela época.

Eles cavalgaram juntos, e quando chegaram ao castelo, Sir Gawain gritou:

— Rainha Morgan le Fay, envia teus cavaleiros para que possamos lutar com eles.

A rainha exortou seus cavaleiros a saírem, mas eles não o fizeram, pois conheciam bem Sir Tristram, e o temiam muito.

Então, Sir Tristram e Sir Gawain seguiram seu caminho e, enquanto cavalgavam, viram um cavaleiro chamado Sir Brewse-sem-piedade perseguindo uma senhora, com a intenção de matá-la. Sir Gawain pediu para que Sir Tristram ficasse quieto e o deixasse atacar aquele cavaleiro. Ele correu entre Sir Brewse e a senhora, e gritou:

— Falso cavaleiro, volta-te para mim e deixa aquela senhora.

Sir Brewse virou-se e pôs sua lança em posição de ataque. Correu contra Sir Gawain e o derrubou, jogou seu cavalo sobre ele enquanto jazia, ao que Sir Tristram gritou:

— Supera essa vilania! – e galopou contra ele.

Mas, quando Sir Brewse percebeu, pelo escudo, que era Sir Tristram, ele fugiu. E, embora Sir Tristram o tenha seguido rapidamente, ele cavalgava tão bem que escapou.

Sir Tristram e Sir Gawain chegaram perto do Castelo da Donzela, e lá, um velho cavaleiro chamado Sir Pellonnes lhes deu alojamento. Sir Persides, o filho de Sir Pellonnes, um bom cavaleiro, saiu para recebê-los e, enquanto conversavam na janela da baía do castelo, viram um bom cavaleiro montado em um cavalo preto, carregando um escudo preto também.

— Que cavaleiro é esse? – perguntou Tristram.

— Um dos melhores cavaleiros do mundo – disse Sir Persides.

— Ele é Sir Lancelot? – disse Sir Tristram.

— Não – respondeu Sir Persides – é Sir Palomedes, que ainda não foi batizado.

Em pouco tempo, alguém chegou e lhes disse que um cavaleiro com um escudo negro havia abatido treze cavaleiros.

— Vamos ver esta disputa - disse Sir Tristram.

Eles se armaram e foram ao chão. Quando Sir Palomedes viu Sir Persides, ele mandou um escudeiro até ele e se ofereceu para a disputa. Então, eles fizeram uma luta, e Sir Persides foi derrubado. Em seguida, Sir Tristram se preparou para a disputa, mas antes que preparasse sua lança, Sir Palomedes o golpeou no escudo, para que ele caísse. Sir Tristram ficou furioso e envergonhado, pelo que enviou um escudeiro e rogou a Sir Palomedes para que ele voltasse a golpear. Mas, ele não quis, dizendo:

— Diz ao teu mestre para se vingar amanhã, no Castelo da Donzela, onde ele me verá novamente.

Assim, no dia seguinte, Sir Tristram ordenou a seu servo que lhe desse um escudo negro, sem nenhuma identificação, e ele e Sir Persides entraram no torneio ao lado do rei Carados.

Os cavaleiros do rei do norte do País de Gales saíram, houve uma grande luta, a quebra de lanças e a queda de muitos homens e cavalos.

O rei Arthur sentou-se em uma galeria alta, para poder ver o torneio e dar seu julgamento. Sir Lancelot estava ao lado dele. Sir Bleoberis e Sir Gaheris, do norte do País de Gales, mais outros dois cavaleiros, enfrentaram Sir Tristram e Sir Persides, que foi ferido e quase morto, pois os quatro cavaleiros o atacaram. Sir Tristram cavalgou contra Sir Gaheris e o feriu de seu cavalo, e quando Sir Bleoberis o encontrou em seguida, ele também o derrubou. Rapidamente, eles cavalgaram novamente e, com eles, veio Sir Dinadan, a quem Sir Tristram imediatamente feriu tão dolorosamente que ele saltou de sua sela. Então, ele gritou:

— Ah! Senhor cavaleiro, sei que és melhor do que pensa, e prometo nunca mais vir contra ti.

Então, Sir Bleoberis avançou sobre ele pela segunda vez, e teve um golpe que o abateu até o chão. Logo depois, o rei ordenou que terminassem as competições naquele dia, e todos os homens assustaram-se de ver Sir Tristram, pois o prêmio do primeiro dia lhe foi dado em nome do Cavaleiro do Escudo Negro.

Sir Palomedes estava do lado do rei do norte do País de Gales, mas não havia reconhecido Sir Tristram. E, quando ele viu seus maravilhosos feitos, enviou um servo para perguntar seu nome.

— Quanto a isso – disse Sir Tristram – ele não saberá neste momento, mas diga-lhe que saberá quando eu tiver quebrado duas lanças sobre ele, pois eu sou o cavaleiro que ele derrubou ontem, e qualquer que seja o lado que ele tomar, eu tomarei o outro.

Então, disseram-lhe que Sir Palomedes estaria do lado do rei Carados, pois ele era parente do rei Arthur

— Desta forma, estarei ao lado do rei do norte do País de Gales – disse ele – mas, caso contrário, estaria do lado de meu senhor rei Arthur.

No dia seguinte, quando o rei Arthur chegou, os arautos anunciaram o início do torneio. O rei Carados fez um combate com o rei dos Cem Cavaleiros e caiu diante dele. Depois, entraram os cavaleiros do rei Arthur, trazendo de volta os do norte do País de Gales. Mas, Sir Tristram veio para auxiliá-los e desequilibrou a batalha. Ele lutou tão poderosamente que nenhum outro cavaleiro podia ficar contra ele.

— Desde que eu me despi das armas – disse o rei Arthur – nunca vi um cavaleiro fazer atos mais maravilhosos.

Então, o rei dos Cem Cavaleiros e o do norte do País de Gales colocaram vinte cavaleiros, parentes de Sir Lancelot. Quando Sir Tristram viu sua nobreza e valentia, ficou maravilhado.

— Que ele seja corajoso e cheio de valentia – disse ele – que tem tais nobres cavaleiros por parentesco.

Porém, quando olhou para eles, achou vergonhoso ver duzentos homens atacando vinte e, cavalgando até o rei dos Cem Cavaleiros, disse:

— Peço-te, senhor rei, deixa tua luta com esses vinte cavaleiros, pois, sois muitos e eles são poucos demais. Pois não ganhareis honra se vencerdes, e isso vejo que não fareis se não os matardes, mas se não permanecerdes, cavalgarei com eles e os ajudarei.

— Não – disse o rei - -não o fará, pois, de bom grado, farei-te cortesia – e, assim, ele retirou seus cavaleiros.

Sir Tristram entrou na floresta, para que nenhum homem o reconhecesse. E o rei Arthur fez explodir as cornetas, indicando que as competições do dia haviam terminado, e dando o prêmio ao rei do norte de Gales, porque Sir Tristram estava do seu lado. E em todo o campo houve um grito tal que o som foi ouvido a duas milhas de distância:

— O cavaleiro com o escudo negro venceu!

— Ai de mim! – disse o rei Arthur – onde está aquele cavaleiro? É uma vergonha deixá-lo ir embora assim.

Ele consolou seus cavaleiros, dizendo:

— Não desanimem, meus amigos, embora tenham perdido o dia, tenham bom ânimo, amanhã eu mesmo estarei no campo, junto a vós.

Assim, todos descansaram naquela noite.

No dia seguinte, as cornetas sopraram para o campo. Então, o rei do norte do País de Gales e o rei dos Cem Cavaleiros enfrentaram o rei Carados e o rei da Irlanda, derrubando-os. Em seguida, veio o rei Arthur, e realizou poderosos feitos de armas. Ele derrubou o rei do norte do País de Gales e seus companheiros, e colocou vinte valentes cavaleiros em pior situação. Sir Palomedes apresentou-se também, e fez uma grande luta ao lado do rei Arthur. Mas, Sir Tristram cavalgou furiosamente contra Arthur e Sir Palomedes foi atirado de seu cavalo. Então, o rei Arthur gritou:

— Cavaleiro do Escudo Negro, prepara-te.

Enquanto falava, Sir Tristram o encontrou e o derrubou de sua sela, passando para outros cavaleiros. Sir Palomedes tinha, agora, outro cavalo para perseguir Sir Tristram, pensando em atropelá-lo, pois ele estava a pé. Mas, Sir Tristram percebeu as intenções de Sir Palomedes, afastou-se, agarrou Sir Palomedes pelos braços e o puxou de seu cavalo. Então, eles correram juntos, com suas espadas, e muitos pararam para assisti-los. Sir Tristram feriu Sir Palomedes com três poderosos golpes no capacete, gritando a cada um deles.

— Tome isto por Sir Tristram – fazendo Sir Palomedes cair ao chão.

Naquele momento, o rei do norte do País de Gales trouxe a Sir Tristram outro cavalo, e Sir Palomedes encontrou um também. Eles se enfureceram novamente, pois ambos já estavam como leões loucos. Porém, Sir Tristram evitou sua lança, e agarrou Sir Palomedes pelo pescoço, puxou-o de sua sela, fazendo-o cair. Neste momento, o rei Arthur desembainhou sua espada e deu a Sir Tristram dois ou três golpes dolorosos, antes que ele conseguisse chegar a sua própria espada. Assim que a teve em suas mãos, Sir Tristram deu um poderoso golpe no rei. Aqueles onze cavaleiros da parentela de Lancelot saíram contra ele, mas Sir Tristram feriu a todos, até o chão, fazendo com que todos os homens presentes se maravilhassem com seus atos.

E o grito era agora tão grande que Sir Lancelot recebeu uma lança em sua mão, e desceu para combater Sir Tristram, dizendo:

— Cavaleiro do Escudo Negro, prepara-te.

Quando Sir Tristram o ouviu, nivelou sua lança e ambos, inclinando a cabeça, correram poderosamente. A lança de Sir Tristram quebrou ao meio, e Sir Lancelot o atingiu profundamente na lateral do corpo, quebrando a própria lança, mas sem conseguir derrubá-lo. Sir Tristram, mesmo com muita dor, desembainhou sua espada e, correndo para Sir Lancelot, deu-lhe poderosos golpes no capacete, de modo que as faíscas voaram dele, e Sir Lancelot abaixou sua cabeça até o arco da sela. Porém, de repente, Sir Tristram virou-se e deixou o campo, pois sentiu sua ferida tão grave que considerou que deveria morrer em breve. Em seguida, Sir Lancelot segurou o campo contra todos os que vieram, e colocou o rei do norte do País de Gales, e seus cavaleiros, em pior situação. E, porque ele foi o último cavaleiro no campo, o prêmio foi dado a ele.

Entretanto, Sir Lancelot se recusou a recebê-lo, e um grito foi levantado:

— Sir Lancelot ganhou o dia!

Ele gritou:

— Não, Sir Tristram é o vitorioso, pois ele começou e ficou por último, e assim tem feito a cada dia.

E todos os homens honraram Lancelot mais por suas palavras cavalheirescas do que se ele tivesse levado o prêmio.

Assim terminou o torneio, e o rei Arthur partiu para Caerleon, pois a festa do Pentecostes estava próxima, e todos os cavaleiros aventureiros seguiram seus caminhos. Muitos procuraram Sir Tristram na floresta, para onde ele tinha ido e, finalmente, Sir Lancelot o encontrou, e o levou à corte do rei Arthur, como já foi dito.

CAPÍTULO XII

A Busca do Santo Graal e as Aventuras de Sir Percival, Sir Bors e Sir Galahad

Depois destas coisas, Merlin entrou em uma fase de amor por uma donzela da Senhora do Lago, e não a deixou descansar, a seguiu em todos os lugares. E está sempre o encorajava e o fazia bem-vindo, até que ela tivesse aprendido todos os truques que desejava conhecer.

Então, certa vez, ela foi com ele além do mar, para a terra de Benwicke e, enquanto iam, ele lhe mostrou muitas maravilhas, até que ela ficou com medo, desmaiou e foi socorrida por ele.

Como estavam na floresta de Broceliande, sentaram-se sob uma árvore de carvalho, e a donzela pediu para ver todo aquele encanto pelo qual os homens podiam ser fechados ainda vivos nas rochas ou nas árvores, mas, ele se recusou a contar. No entanto, seus pedidos e beijos o venceram, e ele lhe contou tudo. Ela o agradeceu muito, porém, sem demora, enquanto ele se deitava para dormir, ela se levantou suavemente, andou ao redor dele balançando as mãos, murmurando o feitiço e, naquele momento, fechou-o rapidamente dentro da árvore sob a qual ele dormia, de onde ele nunca mais poderia, por qualquer meio ou truque, sair. E, assim, ela partiu e deixou Merlin.

Na vigília da próxima Festa de Pentecostes, quando todos os Cavaleiros da Távola Redonda foram reunidos em Camelot, tinham ouvido a missa, e estavam prestes a sentar-se para comer, quando uma bela donzela cavalgou pelo salão, indo diretamente ao rei Arthur, que estava sentado em seu trono e, reverentemente, o saudou.

— Deus esteja contigo, bela donzela – disse o rei - o que desejas de mim?

— Rogo-te que me digas, senhor – respondeu ela – onde está Sir Lancelot?

— Lá podes vê-lo! – disse o rei Arthur.

Então, ela foi até Sir Lancelot e disse:

— Senhor, eu te saúdo em nome do rei Pelles, e te peço que venha comigo para a floresta, agora.

Ele perguntou-lhe com quem ela morava e o que ela desejava dele.

— Eu moro com o rei Pelles – disse ela – a quem Balin feriu tão dolorosamente. Foi ele quem me enviou para chamar-te.

— Irei contigo de bom grado – disse Sir Lancelot, e mandou seu escudeiro selar imediatamente seu cavalo e trazer sua armadura.

Em seguida, a rainha foi até ele e disse:

— Sir Lancelot, deixar-me-á assim, neste alto banquete?

— Senhora – respondeu a donzela – até a hora do jantar de amanhã ele estará volta.

— Penso que não – disse a rainha – que ele não deveria ir contigo.

Sir Lancelot e a donzela cavalgaram até chegar à floresta e, em um vale, encontraram uma abadia de freiras, onde um escudeiro estava pronto para abrir os portões. Quando entraram, uma multidão alegre pressionou Sir Lancelot e o saudou de coração, levando-o à câmara da abadessa. Naquele instante, ele viu ali também seus primos, Sir Bors e Sir Lionel, que também se alegraram muito ao vê-lo e disseram:

— Por que aventura estás aqui, pois pensamos que estaríeis em Camelot até amanhã?

— Uma donzela trouxe-me aqui – disse ele – mas ainda não sei para que serviço.

Enquanto eles conversavam, entraram doze freiras, trazendo com elas um jovem tão bem-feito e forte, que em todo o mundo não foi possível encontrar seu par. Seu nome era Galahad e, embora ambos não se conhecessem, Sir Lancelot era seu pai.

— Senhor – disseram as freiras – nós te trazemos aqui este jovem que alimentamos desde a infância, e te pedimos para fazer dele um cavaleiro, pois de nenhuma mão mais digna ele pode receber essa ordem.

Sir Lancelot, olhando para o jovem, viu que ele era elegante e recatado, com todas as feições boas e nobres, e pensou que nunca tinha visto um homem de sua idade mais bem formado.

— Vem este desejo de ti? – disse ele.

— Sim – respondeu Galahad.

— Amanhã, então, em reverência à festa, ele terá seu desejo – disse Sir Lancelot.

No dia seguinte, na primeira hora, ele o nomeou cavaleiro e disse:

— Deus faça de ti um homem tão bom quanto te fez belo.

Depois, com Sir Lionel e Sir Bors, ele retornou à corte. Quando entraram no salão de banquete, cada cavaleiro e barão encontrou seu nome escrito em algum lugar, em letras de ouro, como "aqui deve sentar-se Sir Lionel", "aqui deve sentar-se Sir Gawain", e assim por diante. Porém, no Assento Perigoso, no centro alto da mesa, também estava escrito um nome e todos se espantaram, pois, nenhum homem vivo jamais ousara sentar-se naquele lugar, exceto um que, quando o fez, uma chama saltou para fora e se abateu sob a terra, de modo que ele nunca mais foi visto.

Então, Sir Lancelot leu as letras naquele assento, e disse:

— Meu conselho é que esta inscrição seja agora encoberta, até que chegue o cavaleiro que realizará esta grande aventura.

Assim, eles cortaram um pedaço de seda e o colocaram sobre a inscrição.

Enquanto isso, Sir Gawain foi à corte e disse ao rei que tinha uma mensagem para ele, vinda de além-mar, de Merlin.

— Pois – disse ele – enquanto eu cavalgava pela floresta de Broceliande, ouvi a voz de Merlin falando comigo do meio de uma árvore de carvalho, de onde, em grande espanto, supliquei-lhe que saísse. Mas ele, com muitos gemidos, respondeu que nunca mais poderia fazê-lo, pois ninguém poderia libertá-lo, a não ser a donzela da Senhora do Lago, que o havia encarcerado ali com os próprios feitiços que ele lhe havia ensinado. "Vai" – falou ele – "ao rei Arthur, e diz-lhe que prepare os cavaleiros e toda a Távola Redonda para buscar o Santo Graal, pois é chegado o momento em que ele será alcançado".

Quando Sir Gawain falou isso, o rei Arthur se sentou pensativo, e falou profundamente do Santo Graal e de que santo cavaleiro poderia alcançá-lo.

Rapidamente, ele ordenou que eles se apressarem para o banquete.

— Senhor – disse Sir Key, o senescal – se fordes agora para a refeição, quebrarás o antigo costume de tua corte, pois nunca, nesta alta festa, o jantar foi servido até que tivesses ouvido alguma aventura empolgante.

— Dizes a verdade – disse o rei – mas minha mente estava cheia de pensamentos e reflexões que não lembrei do meu antigo costume.

Enquanto eles estavam conversando, um escudeiro correu e gritou:

— Senhor, trago-te uma maravilhosa notícia!

— O que? – disse o rei Arthur.

— Senhor – disse ele – aqui no rio está uma grande pedra maravilhosa, que eu mesmo vi nadar até aqui sobre a água, e nela está colocada uma espada. A pedra pesa e balança sobre a água, mas não afunda.

— Eu irei vê-la – disse o rei.

Todos os cavaleiros foram com ele, quando chegaram ao rio, encontraram uma pedra poderosa, de mármore vermelho, flutuando na água, como o escudeiro havia dito, e ali estava uma espada bela e rica, com o punho cheio de pedras preciosas, trabalhadas habilmente com ouro nestas palavras: "Ninguém me tirará daqui a não ser aquele ao lado de quem eu for enforcado, e ele será o melhor cavaleiro do mundo".

Quando o rei leu aquilo, voltou-se para Sir Lancelot, e disse:

— Justo senhor, esta espada deve, certamente, ser tua, pois és o melhor cavaleiro de todo o mundo.

Mas, Lancelot respondeu sobriamente:

— Certamente, senhor, não é para mim, nem terei a audácia de colocar minha mão sobre ela pois, aquele que a toca e falha em retirá-la, um dia, será ferido por ela mortalmente. Mas, não duvido que este dia mostrará as maiores maravilhas que já vimos, pois agora chegou o momento, como Merlin nos avisou, em que todas as profecias sobre o Santo Graal serão cumpridas.

Então, Sir Gawain avançou e puxou a espada, mas não conseguiu movê-la e, depois dele, Sir Percival. Porém, nenhum outro cavaleiro foi tão ousado a ponto de tentar.

— Agora, vamos ao jantar – disse Sir Key – depois dessa maravilhosa aventura.

Todos voltaram do rio, e cada cavaleiro sentou-se em seu próprio lugar. A festa e o banquete começaram suntuosamente, e todo o salão estava cheio de risos, conversas barulhentas, joias, escudeiros que serviam seus cavaleiros, e barulho de alegria e felicidade.

Então, de repente, aconteceu uma coisa assombrosa, pois todas as portas e janelas do salão se fecharam violentamente, criando uma escuridão espessa, em seguida, veio uma luz forte do Assento Perigoso, e encheu o palácio com seus feixes. Um silêncio mortal caiu sobre todos os cavaleiros, e cada homem olhou ansiosamente ao seu vizinho.

O rei Arthur levantou-se e disse:

— Senhores e cavaleiros justos, não tenhais medo, mas regozijai-vos, vimos coisas estranhas hoje, mas coisas estranhas ainda estão por vir. Sei que hoje veremos quem pode sentar-se no Assento Perigoso, e que alcançará o Santo Graal. Porque, como todos bem sabem, aquele cálice sagrado, do qual, na ceia, nosso Senhor bebeu o vinho com seus discípulos antes de Sua morte, está guardado o tesouro mais sagrado do mundo, e onde quer que esteja, a paz e a prosperidade estarão com ele na terra. Mas, desde o doloroso golpe que Balin deu ao rei Pelles, ninguém o viu, pois os Céus, irados com aquele golpe presunçoso, esconderam-no, ninguém sabe onde. No entanto, em algum lugar do mundo, ele ainda está e, talvez, seja deixado para nós, e para esta nobre ordem da Távola Redonda, encontrá-lo e trazê-lo para casa, e fazer deste nosso reino o mais feliz da terra. Muitas grandes missões e aventuras arriscadas todos vós tomastes e alcançastes, mas esta alta missão só alcançará quem tiver mãos limpas e um coração puro, e valentia e dureza além de todos os outros homens.

Enquanto o rei falava, entrou suavemente um velho vestido todo de branco, levando consigo um jovem cavaleiro vestido de vermelho de cima a baixo, mas sem armadura ou escudo, e tendo ao seu lado uma bainha vazia.

O velho foi ao rei e disse:

— Senhor, aqui te trago este jovem cavaleiro de linhagem real e do sangue de José de Arimatéia, por quem as maravilhas de tua corte serão plenamente realizadas.

O rei ficou feliz com aquelas palavras e disse:

— Senhor, sê bem-vindo, de coração, e o jovem cavaleiro também.

O velho vestiu Sir Galahad (pois era ele) com uma túnica carmesim enfeitada com fino arminho, e pegou-o pela mão e o conduziu ao Assento Perigoso. Levantando o pano de seda que estava nele, leu estas palavras escritas em letras douradas: "Este é o assento de Sir Galahad, o bom cavaleiro".

— Senhor – disse o velho – este lugar é teu.

Depois, sentou-se Sir Galahad com firmeza e certeza, e disse ao velho:

— Senhor, podes agora seguir teu caminho, pois fez bem e verdadeiramente tudo o que lhe foi ordenado, e recomenda-me ao meu avô, o rei Pelles, e diz que o verei em breve.

Então, o velho partiu com uma comitiva de vinte nobres escudeiros.

Todos os cavaleiros da Távola Redonda se maravilharam com Sir Galahad, com sua tenra idade e com a segurança com que tomou o Assento Perigoso.

Então, o rei conduziu Sir Galahad para fora do palácio, para lhe mostrar a aventura da pedra flutuante.

— Aqui – disse ele – há uma maravilha tão grandiosa como eu nunca vi, e alguns bons cavaleiros tentaram e não conseguiram ganhar aquela espada.

— Eu não me surpreendo com isso – disse Galahad – pois esta aventura não é deles, mas minha, e pela certeza que eu tinha dela, não trouxe nenhuma espada comigo, como podes ver por esta bainha vazia.

Ele colocou a mão sobre a espada, tirou-a levemente da pedra, colocou-a em sua bainha e disse:

— Esta espada foi aquela que encantou e que pertenceu ao bom cavaleiro Sir Balin, com a qual ele matou, através de um erro, seu irmão Balan, que também o matou ao mesmo tempo. Tudo o que aconteceu a ele foi em razão do doloroso golpe que ele deu a meu avô, o rei Pelles, pela ferida que ainda não está inteira, nem estará até que eu a cure.

Enquanto ele falava, os dois viram uma donzela cavalgando rapidamente pela margem do rio em direção a eles, sobre um palafrém branco que, saudando o rei e a rainha, disse:

— Senhor rei, Nacien, o eremita, envia-te a mensagem de que a ti virá, hoje, a maior honra e adoração que já se abateu sobre um rei da Grã-Bretanha, pois hoje aparecerá o Santo Graal em tua casa.

Com isso, a donzela se despediu, e partiu do mesmo modo que veio.

— Agora – disse o rei – sei que a partir de hoje começará a busca pelo Santo Graal, e todos vós da Távola Redonda sereis dispersos para que nunca mais sejam vistos juntos, como agora, deixai-me, então, ver um torneio entre vós pela última vez antes de partirdes.

Então, todos pegaram seus equipamentos e se reuniram nos prados de Camelot, e a rainha e todas as suas damas se sentaram em uma torre para assistir.

Sir Galahad, a pedido do rei e da rainha, vestiu uma armadura leve e um capacete, mas não tomou um escudo e, agarrando uma lança, dirigiu-se para o meio dos combates dos cavaleiros, e começou a quebrar lanças maravilhosamente, de modo que todos os homens ficaram maravilhados. Em pouquíssimo tempo ele havia excedido e superado o restante, exceto Sir Lancelot e Sir Percival.

Então, o rei e todos os outros voltaram para o palácio. Eles cantaram na grande catedral e, depois disso, sentaram-se no salão para jantar, cada cavaleiro em seu próprio lugar.

Subitamente, houve um som de grandes trovões, até que as paredes do palácio foram abaladas dolorosamente, e eles pensaram vê-las despedaçadas.

No meio da explosão, entrou um raio de sol, sete vezes mais claro do que já haviam visto, e uma grande glória maravilhosa caiu sobre todos eles. Então, cada cavaleiro, olhando para seu vizinho, achou seu rosto mais justo do que jamais havia visto e, todos de pé, olharam uns para os outros sem saber o que dizer.

Em seguida, entrou no salão o Santo Graal, levado sem mãos pelo meio do raio de sol, e coberto com samito branco, para que ninguém o visse. Todo o salão estava cheio de perfume e incenso, e cada cavaleiro era alimentado com a comida que mais amava. Quando o cálice sagrado foi assim transportado pelo salão, de repente, partiu, ninguém viu para onde. Assim que recuperaram o fôlego, o rei Arthur se levantou, e cedeu graças a Deus e a nosso Senhor.

Então, Sir Gawain saltou e disse:

— Todos nós fomos alimentados, por milagre, com qualquer alimento que pensávamos ou desejávamos, mas, com nossos olhos, não vimos de onde veio o cálice abençoado, que tão cuidadosa e preciosamente foi escondido. Portanto, faço um voto, que, de amanhã em diante, trabalharei doze meses e um dia em busca do Santo Graal, e mais tempo, se necessário. Não voltarei a esta corte até que meus olhos o tenham visto claramente.

Ao ouvi-lo, cavaleiro após cavaleiro se levantou e jurou a mesma demanda, até que a maior parte da Távola Redonda tivesse assim feito.

Quando o rei Arthur ouviu todos eles, ele não pôde conter as lágrimas e disse:

— Sir Gawain, Sir Gawain, tu me colocaste em grande tristeza, pois temo que minha verdadeira comunhão nunca mais se reunirá aqui e, certamente, nunca, um rei cristão teve tal companhia de cavaleiros dignos ao redor de sua mesa em um só momento.

Quando a rainha e suas damas e companheiras ouviram os votos, tiveram tamanha dor e tristeza que nenhuma palavra podia expressar. Então, a rainha Guinevere disse:

— Maravilho-me que, meu senhor, sofras por se afastar deles.

E muitas das damas que amavam os cavaleiros teriam ido com eles, mas foram proibidas pelo eremita Nacien, que enviou esta mensagem a todos os que haviam jurado a busca: "Não levareis nenhuma dama nem companheira, pois, para um serviço tão alto como o que entrais, não há pensamento senão ao nosso Senhor e aos Céus".

Na manhã seguinte, todos os cavaleiros levantaram-se cedo, e quando estavam totalmente armados, com escudos e capacetes em mãos, foram com o rei e a rainha para prestar serviço na catedral. O rei contou todos os que haviam tomado a aventura sobre si mesmos, totalizando cento e cinquenta cavaleiros da Távola Redonda. Todos eles colocaram seus capacetes e cavalgaram juntos, em meio a lamentos da corte, das damas, e de toda a cidade.

A rainha foi sozinha aos seus aposentos, para que nenhum homem pudesse ver sua tristeza, e Sir Lancelot a seguiu para dizer adeus.

Quando ela o viu, gritou:

— Oh, Sir Lancelot, tu me traíste, mataste-me partindo assim e deixando meu senhor, o rei.

— Ah, senhora – disse ele – não fiques descontente ou zangada, pois eu voltarei assim que puder, com honra.

— Que Aquele que sofreu a morte na cruz por toda a humanidade seja para ti segurança e boa conduta, e para toda a tua companhia.

Então, Sir Lancelot a saudou e ao rei, e saiu com os demais para o Castelo Vagon, onde eles moravam. No dia seguinte, partiram em caminhos separados, cada cavaleiro tomando a direção que mais lhe agradou.

Sir Galahad partiu sem escudo, e cavalgou por quatro dias sem aventura. Logo ele chegou a uma abadia de monges brancos, onde foi recebido e conduzido a um aposento. Lá ele estava desarmado e conheceu dois cavaleiros da Távola Redonda, o rei Bagdemagus e Sir Uwaine.

— Senhores – disse Sir Galahad – que aventura vos trouxestes aqui?

— Dentro deste lugar, como nos foi dito – responderam eles – há um escudo que nenhum homem pode carregar ao redor de seu pescoço sem receber um doloroso infortúnio, ou a morte dentro de três dias.

— Amanhã – disse o rei Bagdemagus – tentarei a aventura, e se eu falhar, Sir Galahad, pega-o depois de mim.

— De bom grado. Como vês, ainda não tenho escudo – disse ele.

Então, no dia seguinte, eles se levantaram, ouviram a missa e, em seguida, o rei Bagdemagus perguntou onde o escudo estava guardado. Um monge o conduziu atrás do altar, onde o escudo estava pendurado, branco como a neve, e com uma cruz vermelha, como de sangue, no meio dele.

— Senhor – disse o monge – este escudo não deve ser pendurado no pescoço de nenhum cavaleiro, a menos que ele seja o mais valioso do mundo. Eu vos previno, portanto, cavaleiros, considerai bem antes de ousais tocá-lo.

— Sei bem que estou longe de ser o melhor cavaleiro do mundo, mas farei a prova – disse o rei Bagdemagus, e assim ele pegou o escudo, e o tirou do mosteiro.

— Se te agradas – disse ele a Sir Galahad – fica aqui par ver como eu ficarei.

— Eu te esperarei – disse ele.

Então, levando consigo um escudeiro que poderia voltar com qualquer notícia a Sir Galahad, o rei cavalgou, e antes de percorrer duas milhas, ele viu em um belo vale um eremitério, e um cavaleiro que saiu vestido com uma armadura branca, cavalo e tudo, que cavalgou rapidamente contra ele. Quando se depararam, Bagdemagus quebrou sua lança sobre o escudo do Cavaleiro Branco, mas ele mesmo foi atingido no ombro com uma ferida dolorosa, e atirado de seu cavalo. Então, o Cavaleiro Branco aproximou-se e tirou o escudo branco do rei, dizendo:

— Fizeste uma grande loucura, pois este escudo nunca deveria ser carregado, apenas por alguém que não tem par vivo.

Voltando-se para o escudeiro, ele disse:

— Leva este escudo ao bom cavaleiro, Sir Galahad, e cumprimenta-o da minha parte.

— Em nome de quem o cumprimentarei? – disse o escudeiro.

— Não tomes isso em consideração – respondeu ele – não é para ti e nem para nenhum homem terreno saber.

— Diz-me, senhor justo, pelo menos – falou o escudeiro – por que este escudo nunca poderá ser carregado, a não ser que seu portador venha a se machucar ou morrer?

— Porque não pertence a nenhum homem, a não ser a seu legítimo proprietário, Galahad – respondeu o cavaleiro.

Então, o escudeiro foi até seu senhor e o encontrou ferido, quase morto. Foi buscar seu cavalo e o levou de volta com ele para a abadia. Lá o deitaram numa cama, cuidaram de suas feridas, mas ele estava gravemente machucado e não escapou com vida.

— Sir Galahad – disse o escudeiro – o cavaleiro que derrubou o rei Bagdemagus enviou-te saudações, e pediu que leves este escudo.

— Abençoado seja Deus – disse Sir Galahad, e pendurou o escudo em seu pescoço, armou-se e cavalgou adiante.

No caminho, ele encontrou o Cavaleiro Branco junto ao eremitério, e cada um saudou o outro com cortesia.

— Senhor – disse Sir Galahad – este escudo que carrego tem, certamente, uma história maravilhosa.

— Tu falas com razão – respondeu ele. Esse escudo foi feito nos dias de José de Arimatéia, o cavaleiro gentil que tirou nosso Senhor da cruz. Ele, quando deixou Jerusalém com sua parentela, veio ao país do rei Evelake, que guerreou continuamente com o rei Tollome; pelos ensinamentos de José, o rei Evelake tornou-se cristão. Este escudo foi feito para ele em nome de nosso Senhor e, com sua ajuda, o rei Tollome foi derrotado pois, quando o rei Evelake o encontrou, na batalha, ele o escondeu em um véu e, de repente, o descobriu, mostrando a seus inimigos a figura de um homem sangrando, pregado em uma cruz, à vista do qual eles fugiram. Logo depois disso, um homem cuja mão foi golpeada tocou a cruz no escudo e teve sua mão restaurada, e muitos outros milagres aconteceram. Mas, de repente, a cruz que estava sobre ele desapareceu. Em seguida, tanto José como o rei Evelake vieram à Grã-Bretanha, e com a pregação de José, o povo se tornou cristão. Quando ele se deitou no leito de sua morte, o rei Evelake implorou-lhe um sinal antes de morrer, então, chamando por seu escudo, ele mergulhou seu dedo em seu próprio sangue, pois estava sangrando rápido, e ninguém conseguia estancar a ferida, e marcou aquela cruz sobre ele, dizendo:

— Esta cruz aparecerá sempre tão brilhante como agora, e o último de minha linhagem usará este escudo em seu pescoço, e mostrará para todos os maravilhosos feitos que ele realizará.

Quando o Cavaleiro Branco contou essa história, ele desapareceu repentinamente, e Sir Galahad voltou à abadia.

Assim que ele desmontou de seu cavalo, um monge veio e pediu para que ele fosse ver um túmulo no adro da igreja, de onde vinha um barulho tão alto e horrível que ninguém conseguia escutar nada além dele.

— Senhor – disse ele – considero um demônio.

— Leva-me até lá – disse Sir Galahad, seguindo para o local.

— Agora – disse o monge – vai até o túmulo e levanta-o.

E Galahad, nada temeroso, levantou rapidamente a pedra, deixando sair uma fumaça imunda. Do meio dela, saltou a figura mais odiosa que ele já havia visto, e Galahad se abençoou, pois ele sabia que era um ser do inferno. Então, ele ouviu uma voz gritando:

— Oh, Galahad, não posso te rasgar como eu faria, vejo tantos anjos à tua volta que não posso ir a ti.

O demônio desapareceu de repente, com um grande grito, e Sir Galahad, olhando para o túmulo, viu ali um corpo todo armado, com uma espada ao seu lado.

— Agora, irmão justo – disse ele ao monge – vamos remover este corpo amaldiçoado, que não está apto a ficar no adro de uma igreja, pois, quando viveu, um homem cristão falso e perjurado habitou nele. Lança-o para fora, e não ouvireis mais ruídos hediondos do túmulo. Agora, devo partir – acrescentou ele – pois tenho muito em mãos, e estou na busca do Santo Graal, com muitos outros bons cavaleiros.

Ele se despediu, e viajou muitas vezes para um lado e para o outro como a aventura o levava. Finalmente, certo dia, ele partiu de um castelo sem ouvir primeiro a missa, que era seu costume antes de deixar seu alojamento. Ele encontrou uma capela em ruínas em uma montanha, entrou, ajoelhou-se diante do altar e rezou por bons conselhos sobre o que fazer. Enquanto rezava, ouviu uma voz que dizia:

— Parta, cavaleiro aventureiro, para o Castelo da Donzela, e corrija a violência e os erros que lá foram cometidos!

Ouvindo estas palavras, ele se levantou alegremente, montou seu cavalo e cavalgou apenas meia milha, quando viu diante de si um forte castelo, com valas profundas e um rio com correnteza forte correndo ao seu redor. Ao ver um velho transeunte passar, perguntou-lhe como os homens chamavam aquele castelo.

— Justo senhor – disse ele – é o Castelo da Donzela.

— É um lugar amaldiçoado – disse Galahad – e todos os seus senhores não passam de criminosos, cheios de maldade, dureza e vergonha.

— Por essa boa razão – disse o velho – deves afastar-te.

— Por essa mesma razão – disse Sir Galahad – continuarei a me aproximar.

Então, olhando cuidadosamente para sua armadura, para ver que nada lhe faltava, ele foi para frente, e logo encontrou sete donzelas, que gritaram:

— Senhor cavaleiro, cavalgas em grande perigo, pois tens duas fossas para passar.

— Por que eu não deveria passar por cima delas? – disse ele, e seguiu em frente.

Ele encontrou um escudeiro, que disse:

— Senhor cavaleiro, os senhores deste castelo te desafiam e te mandam não ir mais longe, até que mostres a eles quais negócios tens aqui.

— Justo companheiro – disse Sir Galahad – vim aqui para destruir teus costumes perversos.

— Se esse for teu propósito – respondeu ele - terás muito a fazer.

— Vai agora! – disse Galahad – e apressa-te com minha mensagem.

Poucos minutos depois, cavalgando furiosamente das portas do castelo, surgiram sete cavaleiros, todos irmãos, gritando:

— Cavaleiro, prepara-te!

Eles avançaram sobre Sir Galahad de uma só vez. Mas, empurrando sua lança, ele feriu o mais avançado para o chão, de modo que seu pescoço estava quase quebrado, e se protegeu com seu escudo das lanças de todos os outros, que cada uma quebrou e ficou em pedaços. Então, ele sacou sua espada, lançou-se forte e ferozmente sobre eles, arrastou-os e os perseguiu até a porta do castelo, onde os matou.

Neste instante, apareceu um homem antigo, com vestes de padre, dizendo:

— Eis aqui, senhor, as chaves deste castelo.

Ele abriu os portões e encontrou dentro uma multidão, que gritava:

— Senhor cavaleiro, sê bem-vindo, por muito tempo esperamos a tua libertação!

As pessoas lhe disseram que os sete criminosos que ele havia matado haviam escravizado o povo por muito tempo, e matado todos os cavaleiros que passaram por ali, porque a donzela que eles haviam roubado do castelo havia predito que por um cavaleiro eles mesmos deveriam ser derrubados.

— Onde está a donzela? – perguntou Sir Galahad.

— Ela fica em um calabouço – disseram eles.

Então, Sir Galahad desceu e a libertou, restaurando sua herança. Quando ele chamou os barões do país para fazer sua homenagem, pediu sua licença, e partiu.

Logo depois, enquanto cavalgava em uma floresta, ele entrou em uma clareira, onde encontrou dois cavaleiros que o chamaram para uma disputa. Estes eram Sir Lancelot, seu pai, e Sir Percival, mas nenhum deles conhecia o outro. Assim, ele e Sir Lancelot se encontraram primeiro, e Sir Galahad derrubou seu pai. Depois, desembainhando sua espada, pois sua lança estava quebrada, ele lutou com Sir Percival, e bateu-lhe de tal forma que conseguiu tirar o capacete de Sir Percival, e o feriu de seu cavalo.

Onde eles lutavam, havia um eremitério, onde habitava uma mulher piedosa, uma reclusa que, ao ouvir o som da batalha, saiu, e vendo Sir Galahad cavalgar, gritou:

— Deus esteja contigo, o melhor cavaleiro do mundo, se os cavaleiros o conhecessem tão bem quanto eu, eles não teriam duelado contigo.

Quando Sir Galahad ouviu isso, temendo ser reconhecido, imediatamente bateu em seu cavalo com suas esporas, e partiu em grande ritmo.

Sir Lancelot e Sir Percival também ouviram suas palavras, e cavalgaram rápido atrás dele, mas dentro de pouco tempo ele estava fora da vista. Sir Percival voltou à senhora para perguntar o nome daquele cavaleiro, e Sir Lancelot foi adiante, em sua busca. Seguindo qualquer caminho que seu cavalo tomasse, após o cair da noite, ele passou por uma cruz de pedra próxima de uma antiga capela. Ele desmontou, amarrou seu cavalo a uma árvore e olhou através da porta da capela, que estava em ruínas. Lá dentro, ele viu um altar, ricamente adornado com seda, onde havia um belo candelabro de prata, com seis grandes velas. Sir Lancelot tentou entrar na capela, mas não conseguiu encontrar por onde. Então, cansado, ele voltou ao seu cavalo, e quando o tinha desamarrado e liberado para pastar, soltou o capacete, desembainhou sua espada e se colocou para dormir sobre seu escudo diante da cruz.

Enquanto ele ainda estava deitado, entre o despertar e o sono, viu passar por ele dois palafréns brancos carregando um cavaleiro doente. Eles pararam junto à cruz e Sir Lancelot ouviu o doente dizer:

— Oh, doce Senhor, quando me deixarás esta tristeza, e o cálice sagrado passará por mim, para ser abençoado?... pois há muito sofro.

Nesse momento, Sir Lancelot viu a capela se abrir, e o castiçal com os seis candelabros vieram diante da cruz, mas ele não pôde ver ninguém que as carregasse. Depois, veio também uma mesa de prata e, sobre ela, o cálice sagrado do Santo Graal. E quando o cavaleiro doente viu isso, sentou-se, levantou as duas mãos, e disse:

— Senhor justo, doce Senhor, que estás aqui dentro deste santo cálice, tem piedade de mim, para que eu esteja inteiro.

Ele se ajoelhou tão perto que pôde tocar o cálice, e quando o beijou, saltou, levantou-se e disse em voz alta:

— Senhor Deus, eu Te agradeço, pois estou inteiro.

Então, o Santo Graal partiu com a mesa e o candelabro de prata para dentro da capela, para que Sir Lancelot não o visse mais, e para que não pudesse segui-lo, por causa de seus pecados. E o cavaleiro que foi curado seguiu seu caminho.

Sir Lancelot levantou-se, e se questionou se ele não tinha visto nada além de um sonho. E, enquanto se admirava, ouviu uma voz dizendo:

— Sir Lancelot, tu és indigno, vai-te daqui, e retira-te deste lugar santo.

Quando ouviu isso, ele estava ficando pesado, pois pensava em todos seus pecados.

Então, ele partiu, chorando, e amaldiçoou o dia de seu nascimento, pois as palavras entraram em seu coração, e ele sabia o motivo pelo qual havia sido expulso daquela forma. Sir Lancelot foi procurar suas armas e seu cavalo, mas não os encontrou, então, considerou-se o mais miserável e infeliz de todos os cavaleiros, e disse:

— Meu pecado me trouxe uma grande desonra, porque, quando buscava honras terrenas, as alcancei sempre, mas agora, minha culpa me envergonha, por isso, não tive poder para falar quando o sangue santo apareceu diante de mim.

Assim, ele se entristeceu até o dia nascer, e ouviu os pássaros cantarem, depois, um pouco confortado e partindo da cruz a pé, entrou numa floresta selvagem, e a uma alta montanha, onde encontrou um eremitério. Ajoelhando-se, clamou por misericórdia por suas obras perversas e pediu que sua confissão fosse ouvida. Entretanto, quando disse seu nome, o ermitão se espantou por vê-lo em uma situação tão dolorosa, e disse:

— Senhor, deves agradecer a Deus mais do que qualquer cavaleiro vivo, pois Ele te deu mais honra do que qualquer outro, contudo, por tua presunção, enquanto em pecado mortal para entrar na presença de Sua carne e sangue, Ele sofreu e não te viu segui-lo.

Portanto, acredita que todas as tuas forças e tua virilidade pouco te servirão quando Deus estiver contra ti.

Sir Lancelot chorou e disse:

— Eu bem sei que me dizes a verdade.

Então, ele confessou-lhe, e contou-lhe todos os seus pecados, e como ele havia servido apenas à rainha Guinevere, e havia esquecido de Deus. Ele contou como havia realizado grandes feitos de armas por ela, e não pelos Céus, e pouco ou nada havia agradecido a Deus pela honra que ganhou. Em seguida, Sir Lancelot disse:

— Peço-te que me aconselhes.

— Eu te aconselharei – disse ele – nunca mais fique na companhia daquela rainha quando puderes evitá-la.

O que Sir Lancelot lhe prometeu.

— Vigia para que teu coração e tua boca estejam de acordo – disse o bom homem – e terás mais honra e mais nobreza do que nunca.

Então, suas armas e seu cavalo lhe foram restituídos, e assim ele se despediu, e cavalgou, arrependendo-se muito.

Sir Percival havia cavalgado de volta à senhora, para saber quem era aquele cavaleiro que ela havia chamado de o melhor do mundo. Quando ele lhe disse que era Sir Percival, ela teve uma grande alegria por ele, pois era irmã de sua mãe, por isso, ela abriu sua porta, e o recebeu muito bem. No dia seguinte, ela lhe falou de sua parentela com ele, e ambos se regozijaram muito. Então, ele perguntou quem era aquele cavaleiro, e ela lhe disse:

— Ele é quem, no último Domingo de Pentecostes, estava vestido com o manto vermelho, retirou as armas abençoadas e não tem par, pois trabalha por fé, e nunca será vencido por nenhuma mão terrena.

— Por minha boa vontade – disse Sir Percival – jamais, depois destas notícias, terei um combate com Sir Galahad, mas sempre no caminho da bondade, eu gostaria de saber onde posso encontrá-lo.

— Sobrinho justo – disse ela – cavalga até o Castelo de Goth, onde ele tem um primo, e ele te ensinará o caminho a seguir, mas se ele não puder dizer-te qualquer notícia, cavalga diretamente até o Castelo de Carbonek, onde o rei ferido está deitado, pois lá, certamente, ouvirás a verdadeira notícia dele.

Sir Percival partiu da casa de sua tia, e cavalgou até a hora do entardecer, chegando a um mosteiro fechado com muros e valas profundas, onde bateu no portão e, rapidamente, foi permitido que entrasse. Ele teve uma boa recepção naquela noite e, no dia seguinte, ouviu a missa. Ao lado do altar onde estava o padre, havia um rico banco com seda e tecido de ouro e, sobre o banco, havia um homem idoso, com uma coroa de ouro sobre sua cabeça, e todo seu corpo estava cheio de grandes feridas, e seus olhos quase totalmente cegos. Ele sempre levantava suas mãos e dizia:

— Meu Deus, não me esqueças!

Então, Sir Percival perguntou a um dos monges quem ele era.

— Senhor – disse o bom homem – ouviste falar de José de Arimatéia, como ele foi enviado de Jesus Cristo a esta terra para pregar e ensinar a fé cristã. Agora, na cidade de Sarras, ele converteu um rei chamado Evelake, e este é ele. Ele veio com José para esta terra, e sempre desejou muito ver o Santo Graal, assim, em um momento, ele chegou perto dele, foi atingido e quase ficou cego. Então, ele clamou por misericórdia e disse: "Senhor justo, peço-te que nunca me deixes morrer até que um bom cavaleiro do meu sangue alcance o Santo Graal, e eu possa vê-lo e beijá-lo". Quando ele assim orou, ouviu uma voz que dizia: "Tuas orações sejam ouvidas e respondidas, pois não morrerás até que aquele cavaleiro te beije, e quando ele vier, teus olhos se abrirão e tuas feridas serão curadas". Ele viveu aqui por trezentos invernos, em uma vida santa, e os homens dizem que um certo cavaleiro da corte do rei Arthur o curará em breve.

Sir Percival maravilhou-se, pois sabia bem quem deveria ser aquele cavaleiro, e assim, despedindo-se do monge, partiu.

Ele cavalgou até o meio-dia, e chegou a um vale onde encontrou vinte homens armados com um cavaleiro morto numa carroça fúnebre. E eles gritaram para ele:

— De onde vens?

— Da corte do rei Arthur – respondeu ele.

Então, todos gritaram juntos:

— Matemo-nos! – e o atacaram.

Mas, ele feriu o primeiro homem no chão, e jogou seu cavalo sobre ele. Sete deles, ao mesmo tempo, o assaltaram, e outros mataram seu cavalo. Assim, ele tinha sido levado ou morto, mas por bom acaso, Sir Galahad passava por ali e, vendo 20 homens atacando um, gritou:

— Não o mateis – e correu sobre eles.

Tão rápido quanto seu cavalo podia cavalgar, ele encontrou com o homem mais importante, e o abateu. Então, com sua lança quebrada, ele sacou sua espada e atacou à direita e à esquerda, derrubando um homem a cada golpe, até que os demais fugiram, e ele os perseguiu.

Sir Percival, sabendo que era Sir Galahad, gostaria de tê-lo ultrapassado, mas não pôde, pois seu cavalo foi morto. No entanto, ele o seguiu a pé o mais rápido que conseguiu, e encontrou um escudeiro montado em um palafrém, conduzindo em sua mão um grande corcel preto. Então, Sir Percival rogou para que ele lhe emprestasse o corcel, para que ele pudesse alcançar Sir Galahad. Ao que o escudeiro respondeu:

— Isso não posso fazer, senhor justo, pois o cavalo é do meu senhor, e se eu o emprestar, ele me matará.

O escudeiro partiu, e Sir Percival sentou-se debaixo de uma árvore com o coração pesado. Enquanto estava sentado, rapidamente, um cavaleiro passou cavalgando sobre o corcel negro que o escudeiro estava conduzindo e, logo depois, o escudeiro voltou apressado e perguntou a Sir Percival se ele havia visto um cavaleiro montando o corcel negro.

— Sim – disse Sir Percival.

— Ai de mim – disse o escudeiro – ele o tirou de mim pela força, e meu amo me matará.

O escudeiro suplicou a Sir Percival para que ele pegasse seu cavalo e o seguisse, e recuperasse seu corcel. Então, ele cavalgou rapidamente, e ultrapassou o cavaleiro, e gritou:

— Cavaleiro, volta-te.

O cavaleiro virou e armou sua lança, ferindo o cavalo de Sir Percival no peito, matando-o. Depois, seguiu seu caminho. Sir Percival gritou:

— Vira-te agora, falso cavaleiro, e luta comigo a pé! – mas ele não quis, e cavalgou para longe da vista.

Sir Percival ficou irado e com o coração em amargura. Deitou-se para descansar debaixo de uma árvore e dormiu até à meia-noite. Quando acordou, viu uma mulher ao seu lado, que lhe disse ferozmente:

— Sir Percival, o que fazes aqui?

— Eu não faço nem o bem nem o mal – disse ele.

— Se me prometeres – disse ela – fazer minha vontade sempre que eu te pedir, eu te trarei aqui um cavalo que te levará para onde quer que desejes.

Ele ficou plenamente satisfeito, e prometeu o que ela havia pedido. Então, ela voltou com um grande corcel preto, forte e bem selado. Sir Percival montou, cavalgou através da luz do luar e, em menos de uma hora, tinha feito uma viagem de quatro dias, até chegar a uma água bruta que rugia, e seu cavalo o teria carregado, mas Sir Percival não o toleraria, pois ele mal poderia contê-lo.

E vendo a água tão furiosa, ele fez o sinal da cruz sobre sua testa e o cavalo o sacudiu, saltando na água e desaparecendo. Sir Percival sabia que era um demônio que lhe havia trazido o cavalo, então, ele se dirigiu a Deus, rezou para que pudesse escapar das tentações, e continuou em oração até que fosse dia.

Ele viu que estava em uma montanha selvagem, quase cercada por todos os lados pelo mar, e cheio de animais selvagens. Indo em direção a um vale, ele viu uma serpente carregando um leão jovem pelo pescoço, e outro leão, rugindo atrás a serpente, e começou a lutar com ela. Sir Percival ajudou o leão, desembainhou sua espada e deu à serpente um golpe tal que ela caiu morta. O leão bajulou-o como um cão, lambendo suas mãos e agachando-se aos seus pés. À noite, deitou-se ao seu lado e dormiu.

Ao meio-dia do dia seguinte, Sir Percival viu um navio aproximando-se, navegando diante de um vento forte. Ele se levantou e foi em direção a ele e, quando chegou à costa, o encontrou coberto de samito branco. No convés, havia um velho com vestes de padre, que disse:

— Deus esteja contigo, senhor justo, de onde vens?

— Eu sou um cavaleiro da corte do rei Arthur – disse ele – e sigo em busca do Santo Graal, mas aqui, nesta região selvagem, eu me perdi.

— Não temas nada – disse o velho – pois vim de um país estranho para te confortar.

Ele disse a Sir Percival que era um demônio do inferno, o qual ele havia cavalgado até o mar, e que o leão, que ele havia libertado da serpente, significava a Igreja. Sir Percival regozijou-se com essas notícias e entrou no navio.

Quando Sir Bors partiu de Camelot em busca do Santo Graal, encontrou um homem santo montado em um asno e o saudou com gentileza.

— Quem és, filho? – disse o bom homem.

— Sou um cavaleiro – disse ele – em busca do Santo Graal, e gostaria de ter o teu conselho, pois terá muita honra terrena quem o encontrar.

— Isso é verdade – disse o bom homem - pois ele será o melhor cavaleiro do mundo, mas saibas que ninguém o ganhará senão por uma vida sem pecado.

Então, eles cavalgaram juntos até seu eremitério, e lá ele pediu para que Sir Bors ficasse naquela noite. Eles entraram na capela e Sir Bors confessou. Eles comeram pão e beberam água juntos.

— Agora – disse o ermitão – peço-te que não comas outra comida até que te sentes à mesa onde estará o Santo Graal.

Sir Bors concordou.

— Além disso – disse o ermitão – seria sábio que usasses uma roupa feita de saco, para penitência – e isto também fez Sir Bors como lhe foi aconselhado.

Depois, ele se armou e pediu licença para partir.

Ele cavalgou todo aquele dia, e enquanto cavalgava, viu um grande pássaro sentado em uma velha árvore seca, onde não havia folhas, e muitos passarinhos deitavam-se ao redor do grande, quase mortos de fome. Então, o pássaro grande bateu em si mesmo com seu próprio bico, sangrou até morrer entre os pequenos, e eles recuperaram a vida ao beber seu sangue. Quando Sir Bors viu isto, ele sabia que era um sinal, e cavalgou cheio de pensamentos. Ao entardecer, ele chegou a uma torre, onde rogou pela admissão, e foi recebido pela senhora do castelo. Mas, quando uma ceia de muitas carnes e delicadezas foi posta diante dele, ele se lembrou de seu voto, e pediu a um escudeiro que lhe trouxesse água, e ali ele mergulhou seu pão, e o comeu.

Então, disse a senhora:

— Sir Bors, temo que não gostes da minha carne.

— Aprecio tua refeição – disse ele – e te agradeço, senhora, mas não posso comer carne neste dia.

Depois do jantar veio um escudeiro, e disse:

— Senhora, pense nele para o torneio de amanhã, ou então tua irmã terá teu castelo.

A senhora chorou, e ficou em uma grande tristeza. Sir Bors quis ajudá-la e lhe perguntou por que o torneio seria realizado. Ela lhe contou como ela e sua irmã eram as filhas do rei Anianse, que as deixou todas as suas terras, e como sua irmã era a esposa de um cavaleiro forte, chamado Sir Pridan le Noir, que havia tirado dela todas as suas terras, exceto a única torre em que ela morava.

— E agora – disse ela – isto também eles levarão, a menos que eu encontre um campeão até amanhã.

Então, Sir Bors disse:

— Esteja tranquila, amanhã lutarei por ti.

Ela ficou muito contente, e mandou dizer a Sir Pridan que estava preparada e pronta. Sir Bors deitou-se no chão, em vez de cama, e seria assim até que tivesse alcançado sua missão.

No dia seguinte, ele se levantou, se vestiu, entrou na capela, onde a senhora o encontrou e eles ouviram a missa juntos. Em seguida, pediu por sua armadura e foi com uma boa companhia de cavaleiros para a batalha. A senhora pediu para que ele se refrescasse antes da luta, mas ele se recusou a quebrar seu jejum até que o torneio terminasse. Então, todos cavalgaram juntos para os prados e lá viram a irmã mais velha da dama e seu marido, Sir Pridan le Noir. Os arautos anunciaram que aquela que ganhasse, deveria ter todas as terras da outra.

Os dois cavaleiros partiram separados por um pequeno espaço, e se juntaram com tal força que ambas as lanças quebraram, seus escudos e cavalos foram atravessados, e ambos caíram no chão gravemente feridos, com seus cavalos debaixo deles. Entretanto, rapidamente, eles se levantaram e desembainharam suas espadas, e se feriram na cabeça com muitos golpes pesados, até que o sangue escorreu por seus corpos, e Sir Pridan era um cavaleiro muito bom, de modo que Sir Bors teve mais trabalho do que pensava para vencê-lo.

Por fim, Sir Pridan perdeu um pouco das forças, o que Sir Bors imediatamente percebeu, e se apressou sobre ele com mais veemência, ferindo-o. Sir Bors retirou o capacete de seu adversário, deu-lhe grandes golpes em seu rosto com a parte plana de sua espada, e ordenou que ele se rendesse ou morreria.

Sir Pridan gritou-lhe misericórdia e disse:

— Por amor de Deus, não me mates, e nunca mais guerrearei contra tua dama.

Sir Bors o deixou ir, e sua esposa fugiu com todos os seus cavaleiros.

Todos aqueles que ocupavam as terras da dama da torre se aproximaram, fizeram uma nova homenagem a ela e juraram fidelidade. Quando o país estava em paz, Sir Bors partiu, e cavalgou para uma floresta até o meio do dia, e lá lhe aconteceu uma aventura maravilhosa.

Em um local onde dois caminhos se separavam, encontrou-se com dois cavaleiros que levavam Sir Lionel, seu irmão, todo nu, amarrado a um cavalo. Enquanto cavalgavam, espancaram-no dolorosamente com espinhos, de modo que o sangue se arrastava em mais de cem lugares de seu corpo, mas, mesmo assim, ele não proferiu qualquer palavra ou gemido, tão grande era de coração. Assim que Sir Bors reconheceu seu irmão, ele colocou sua lança em repouso para correr e resgatá-lo, porém, no mesmo momento, ouviu a voz de uma mulher gritando ao seu lado no bosque:

— Santa Maria, socorra tua donzela!

E, olhando em volta, ele viu uma donzela que um cavaleiro criminoso arrastou atrás dele para a mata, e ela, percebendo-o, clamou piedosamente por socorro. Sir Bors ficou muito perturbado, e não sabia o que fazer, pois, ele pensava: "Se eu deixar meu irmão, ele será assassinado, mas se eu não ajudar a donzela, ela ficará envergonhada para sempre, e meu voto me obriga a libertá-la, por isso, preciso primeiro ajudá-la, e confiar meu irmão a Deus".

Então, cavalgando até o cavaleiro que segurava a donzela, ele gritou:

— Senhor cavaleiro, tira a mão da donzela, ou serás morto.

Quando o cavaleiro derrubou a donzela, segurou seu escudo e desembainhou sua espada contra Sir Bors, que correu contra ele, feriu-o através do escudo e do ombro, jogou-o no chão e, quando ele puxou sua lança, o cavaleiro desistiu. A donzela agradeceu de coração a Sir Bors, e ele a colocou no cavalo do cavaleiro, e a trouxe até seus escudeiros, que procuravam por ela. Eles ficaram muito felizes e pediram-lhe que viesse até seu pai, um grande senhor, por quem ele seria bem-recebido.

— Verdadeiramente – disse ele – neste momento, não posso, pois ainda tenho uma grande tarefa a fazer – e, recomendando-os a Deus, ele partiu com muita pressa para encontrar seu irmão.

Sir Bors cavalgou, buscando os rastros dos cavalos por um bom tempo. No caminho, ele encontrou um homem aparentemente santo, montado em um forte cavalo negro, e perguntou-lhe se ele tinha visto passar por ali um cavaleiro sendo conduzido amarrado e espancado com espinhos por outros dois:

— Sim, realmente, eu o vi – disse o homem – mas ele está morto, e seu corpo está num arbusto.

Então, ele lhe mostrou um corpo recém-abatido deitado em um arbusto que, de fato, parecia ser Sir Lionel. Sir Bors ficou de luto e a tristeza era tal que, de repente, ele caiu no chão. Quando voltou a si, tomou o corpo em seus braços, colocou-o sobre a sela de seu cavalo, levou-o a uma capela próxima, e o enterrou. Entretanto, quando fez o sinal da cruz, ouviu um grande barulho e gritou como se todos os demônios do inferno tivessem estado sobre ele e, repentinamente, o corpo, a capela e o velho desapareceram. Ele sabia que era o diabo que assim o tinha enganado, e que seu irmão ainda vivia.

Ele levantou suas mãos para o céu e agradeceu a Deus por sua própria fuga do mal, e cavalgou em frente; ao passar por um eremitério numa floresta, ele viu seu irmão sentado, armado, junto à porta. E quando o viu, encheu-se de alegria, desceu de seu cavalo, correu para ele e disse:

— Irmão justo, quando chegastes aqui?

Mas, Sir Lionel respondeu, com um rosto irado:

— Que palavras vãs são essas, quando para ti eu poderia ter sido morto? Não me viste preso e sendo levado à morte, e me deixaste naquele perigo para ir socorrer uma dócil mulher? Agora, por tua falsa ação, eu te desafio e te asseguro uma morte rápida.

Sir Bors suplicou para que seu irmão diminuísse sua raiva, e disse:

— Irmão justo, lembra-te do amor que deveria estar entre nós dois.

Porém, Sir Lionel não quis ouvir, preparou-se para lutar, montou seu cavalo e veio diante dele, gritando:

— Sir Bors, afasta-te de mim, pois eu te matarei como um criminoso e um traidor, portanto, monta em teu cavalo, pois se não quiseres, eu correrei sobre ti como estás.

Apesar de todas as suas palavras, Sir Bors não se defenderia de seu irmão. E, o demônio agitou Sir Lionel a tal fúria, que ele se precipitou sobre Sir Bors e o derrubou com os cascos de seu cavalo, de modo que ele desmaiou. Ele teria retirado seu capacete e o matado, mas o ermitão daquele lugar correu, pediu para que ele parasse, e protegeu Sir Bors com seu corpo.

Sir Lionel gritou:

— Agora, ajuda-me, Senhor, mas matarei a ti e a ele também, depois de ti.

Quando o bom homem se recusou totalmente a deixar Sir Bors, ele o feriu na cabeça, até a morte e, então, pegou seu irmão pelo capacete e o soltou, para arrancar-lhe a cabeça, e assim teria feito, mas, de repente, foi puxado para trás por um cavaleiro da Távola Redonda que, pela vontade dos Céus, estava passando por aquele lugar, Sir Colgrevance era seu nome.

— Sir Lionel – gritou ele – matarás teu irmão, um dos melhores cavaleiros de todo o mundo? Isso nenhum homem deveria fazer.

— Por quê? – disse Sir Lionel – vais intrometer-te nesta luta? Cuidado, para que eu não mate tanto a ti quanto a ele.

Quando Sir Colgrevance se recusou a deixá-los continuar, Sir Lionel o desafiou e lhe deu um grande golpe através do capacete, então, Sir Colgrevance desembainhou sua espada e o feriu. Eles lutaram por tanto tempo que Sir Bors acordou de seu desmaio, tentou se levantar e separá-los, mas não tinha forças para ficar de pé.

Sir Colgrevance o viu, e clamou por ajuda, pois agora Sir Lionel o havia derrotado. Quando Sir Bors ouviu isso, ficou em pé, colocou o capacete e pegou sua espada, mas, neste momento, Sir Lionel golpeou o capacete de Sir Colgrevance, atirou-o no chão e o matou. Então, ele se voltou para seu irmão como um homem possuído por demônios, e deu-lhe um golpe que quase o dobrou.

Sir Bors ainda pediu a ele, pelo amor de Deus, para que desistisse daquela batalha.

— Se acontecer de matarmos um ao outro, deveríamos morrer por causa desse pecado.

— Nunca te pouparei se eu te dominar – gritou Sir Lionel.

Então, Sir Bors desembainhou sua espada chorando, e disse:

— Agora, Deus, tenhas piedade de mim, embora eu defenda minha vida contra meu irmão.

Com isso, ele levantou sua espada para atacar, mas, de repente, ouviu uma voz poderosa:

— Recolhe tua espada, Sir Bors, e foge ou, certamente, o matarás.

E, então, caiu sobre eles uma nuvem ardente, que incendiou e queimou seus escudos, e eles caíram no chão com muito pavor.

Sir Bors levantou e viu que Sir Lionel não tinha nenhum ferimento. Então, veio novamente a voz, e disse:

— Sir Bors, vai e deixa teu irmão. Cavalga até o mar, pois ali Sir Percival te espera.

Então, ele disse a seu irmão:

— Irmão, perdoa toda a minha ofensa contra ti.

E Sir Lionel respondeu:

— Deus te perdoe, como eu te perdoo.

Em seguida, ele partiu e cavalgou até o mar. Na praia, ele encontrou um navio todo coberto de samito branco, e assim que entrou ali, ele partiu da costa. No meio do navio estava um cavaleiro armado, que ele conhecia como sendo Sir Percival. Eles se regozijaram muito um com o outro e disseram:

— Agora, não nos falta nada além do bom cavaleiro Sir Galahad.

Depois que Sir Galahad resgatou Sir Percival dos 20 cavaleiros em uma vasta floresta, ele chegou a um castelo onde estava sendo realizado um torneio. Os cavaleiros do castelo estavam levando a pior, o que, quando Sir Galahad viu, correu para ajudá-los, ferindo muitos de seus adversários. Sir Gawain estava entre os cavaleiros estrangeiros, e quando ele viu o escudo branco com a cruz vermelha, ele sabia que era Sir Galahad, e se ofereceu para disputar com ele. Eles se encontraram, e tendo quebrado suas lanças, desembainharam suas espadas. Sir Galahad feriu Sir Gawain tão dolorosamente no capacete que ele caiu, e também o cavalo, fazendo Sir Gawain rolar.

Sir Galahad golpeou todos os que guerreavam contra o castelo, mas ele não esperou por agradecimentos, cavalgou para longe, para que nenhum homem o reconhecesse.

Naquela noite, ele descansou em um eremitério e, quando estava dormindo, ouviu uma batida à porta. Então, ele se levantou, e encontrou ali uma donzela, que disse:

— Sir Galahad, eu te armarei, montarás em teu cavalo e me seguirás, pois eu te mostrarei dentro destes três dias a maior aventura que qualquer cavaleiro já viu.

Sir Galahad colocou sua armadura, levou seu cavalo, pediu a proteção de Deus, e pediu que a dama fosse, e ele a seguiria para onde ela quisesse.

Então, eles cavalgaram para o mar tão rápido quanto seus cavalos podiam galopar, até chegarem a um castelo em um vale, cercado por água corrente e por muros altos. Eles entraram e tiveram grande alegria, pois a dama do castelo era a senhora da donzela.

E, quando ele estava desarmado, a donzela disse à sua senhora:

— Devemos ficar aqui esta noite?

— Não – disse ela – mas só até que ele tenha jantado e dormido um pouco.

Então, ele comeu e dormiu um pouco, até que a donzela o armou à luz da tocha, e eles continuaram cavalgando.

Eles foram para a praia e o navio onde estavam Sir Percival e Sir Bors ancorou junto à costa. Então, eles gritaram:

— Bem-vindo, Sir Galahad, pois esperamos por ti há muito tempo.

Eles se regozijaram ao se verem, e contaram todas as suas aventuras. A donzela entrou no navio com eles, e disse a Sir Percival:

— Sir Percival, não sabeis quem eu sou?

E ele respondeu:

— Não, certamente, não te conheço.

Então, ela disse:

— Sou tua irmã, filha do rei Pellinore, e sou enviada para ajudar-te e a esses cavaleiros, teus companheiros, a realizar a busca que todos vós seguis.

Sir Percival se alegrou ao ver sua irmã, e eles partiram. Depois de um tempo, eles se depararam com um redemoinho, ao qual seu navio não poderia sobreviver. Eles viram outro navio, maior, passar e foram em direção a ele, mas não viram nem homem nem mulher a bordo. Nele, estavam escritas tais palavras: "Tu que entrares em mim, guarda-te de estar em firme crença, pois eu sou Fé; e se duvidares, eu não poderei ajudar-te". Todos eles leram e, pedindo a proteção de Deus, entraram.

Assim que estavam a bordo, viram uma linda cama, onde jazia uma coroa de seda e, ao pé dela, estava uma espada bela e rica. O punho era de pedras preciosas, de muitas cores, cada cor representando uma virtude. A extensão do punho era feita de dois ossos de animais diferentes. Uma era osso de uma serpente da floresta de Calidone, chamada a serpente do demônio. A outra era de um peixe que assombra as inundações do Eufrates, chamado Ertanax, e sua virtude fazia o homem que a segurasse esquecer todas as outras coisas, seja de alegria ou de dor, salvo o que ele visse diante de si.

— Em nome de Deus – disse Sir Percival – tentarei manejar esta espada – e colocou a mão sobre ela, mas não conseguiu segurá-la – pela minha fé – disse ele – falhei.

Sir Bors colocou sua mão nela, e falhou também.

Então, veio Sir Galahad, e viu estas letras escritas em vermelho como sangue: "Ninguém me manuseará, senão o mais duro de todos os homens, mas aquele que me manusear jamais será envergonhado ou ferido até a morte".

— Pela minha fé – disse Sir Galahad – eu a seguraria, mas não ouso tentar.

— Podes tentar com segurança – disse a gentil mulher, irmã de Sir Percival - pois estejas certo de que o desenho desta espada é proibido a todos, exceto a vós. Pois esta era a espada de David, rei de Israel, e Solomon, seu filho, fez para ele este maravilhoso punho e esta maravilhosa bainha, e a colocou sobre esta cama até que a viesses e a levantasses. Embora antes de ti alguns ousassem levantá-la, ainda assim, todos eles foram mutilados ou feridos por tal ousadia.

— Onde – disse Sir Galahad – vamos encontrar um cinturão para isso?

— Justo senhor – disse ela — não desanimes.

Em seguida, ela tirou de uma caixa um cinturão, nobremente trabalhado com fio dourado, cheio de pedras preciosas e com uma rica fivela de ouro.

— Este cinturão, senhores – disse ela – é feito, na maior parte, do meu próprio cabelo, o que amei muito bem. Mas, quando soube que esta aventura me foi ordenada, cortei e teci como vedes agora.

Então, todos pediram para que Sir Galahad pegasse a espada, e logo ele a agarrou em seus dedos, e a donzela a enfiou em seu cinturão, dizendo:

— Agora, não creio que eu morra, pois te fiz o cavaleiro mais valioso de todo o mundo.

— Bela donzela – disse Sir Galahad – fizeste tanto que serei teu cavaleiro todos os dias de minha vida.

O navio percorreu um grande caminho no mar, e os levou para perto do Castelo de Carteloise e, assim que desembarcaram, veio um escudeiro e lhes perguntou:

— São da corte do rei Arthur?

— Sim – disseram eles.

— Em uma hora maligna vós viestes – disse ele, e voltastes rapidamente para o castelo.

Em pouco tempo, eles ouviram um grande toque de corneta, e viram uma multidão de cavaleiros que os mandou ceder ou morrer, ao que eles reagiram. Sir Percival feriu um na terra e montou seu cavalo, assim como Sir Bors e Sir Galahad, e logo eles tinham encaminhado todos os seus inimigos e entraram no castelo.

Então, veio um padre. Diante dele, Sir Galahad se ajoelhou e disse:

— Bom pai, arrependo-me desta matança, mas fomos atacados primeiro, senão, não teria sido assim.

— Não te arrependas – disse o bom homem – pois não podeis fazer melhor. Todos esses eram filhos de um bom cavaleiro, Earl Hernox, a quem lançaram numa masmorra e, em seu nome, mataram sacerdotes e destruíram capelas de longe e de perto.

Então, Sir Galahad pediu ao sacerdote para levá-lo ao conde, o qual, quando viu Sir Galahad, gritou:

— Esperei muito tempo pela tua vinda, e agora te rogo que me segures nos teus braços para que eu possa morrer em paz.

E assim, quando Sir Galahad o tomou em seus braços, sua alma partiu de seu corpo.

Neste momento, todos eles ouviram uma voz que dizia:

— Parta agora, Sir Galahad, e vai rapidamente para o rei mutilado, pois há muito tempo ele espera para receber saúde de tuas mãos.

Os três cavaleiros partiram, e a irmã de Sir Percival com eles. Chegando a uma vasta floresta, viram diante deles um veado branco, excessivamente forte, seguido por quatro leões. Espantados, eles os seguiram.

Chegaram a um eremitério e a uma capela, onde entrou o veado, e os leões com ele. Então, um sacerdote ofereceu uma missa, e logo viram o veado transformar-se na figura de um homem, muito bonito, e os quatro leões também mudaram e se tornaram um homem, uma águia, um leão e um boi. De repente, todas essas cinco figuras desapareceram. Os cavaleiros caíram de joelhos e, quando se levantaram, pediram ao sacerdote para lhes dizer o que aquela visão poderia significar.

— O que viram, senhores? – disse ele – pois eu não vi nada.

Então, eles lhe disseram.

— Ah, senhores! – disse ele – sois muito bem-vindos, agora sabei que eu bem sei que são os cavaleiros que alcançarão o Santo Graal, pois só para eles tais mistérios são revelados. O veado que viram é o único acima de todos os homens, branco e sem mancha, e os quatro leões com ele, são os quatro evangelistas.

Ao ouvirem tais palavras, alegraram seus corações e, agradecendo ao sacerdote, partiram.

Quando passaram por um certo castelo, um cavaleiro armado veio de repente atrás deles e gritou à donzela:

— Pela santa cruz, não vás até que tenhas cedido ao costume do castelo.

— Deixa-a ir – disse Sir Percival.

— Seja qual for a donzela que por aqui passar – respondeu o cavaleiro – deve dar um prato cheio de seu sangue de seu braço direito.

— É um costume sujo e vergonhoso – gritaram Sir Galahad e seus dois companheiros – e preferimos morrer a deixar esta donzela ceder a ele.

— Então, morrerás – respondeu o cavaleiro.

Enquanto ele falava, saíram de um portão, mais dez ou doze cavaleiros, e partiram para os três. Mas, eles resistiram, colocaram suas mãos sobre suas espadas, golpearam-nos e os mataram.

Em seguida, uma companhia de sessenta cavaleiros, todos armados.

— Senhores justos – disse Sir Galahad – tende piedade de vós mesmos e não vos aproximeis de nós.

— Não, senhores justos – responderam eles – sede aconselhados por nós, e cedei ao nosso costume.

— Essas palavras são inúteis – disse Galahad – em vão as dizeis.

— Bem – disseram eles – preferis morrer?

— Ainda não chegamos lá – respondeu Sir Galahad.

Então, eles caíram uns sobre os outros, e Sir Galahad desembainhou sua espada, feriu com a mão direita e a esquerda, e matou tão poderosamente que todos que o viram pensaram que ele era um monstro e não homem terreno. Os outros dois cavaleiros o ajudaram bem, e assim fizeram até a noite cair, quando um bom cavaleiro inimigo veio e disse:

— Cavaleiros justos, permanecei conosco e sede bem-vindos, pela fé de nossos corpos, como verdadeiros cavaleiros, amanhã ressuscitareis ilesos e, enquanto isso, talvez, por vossa própria vontade, aceitem o costume do castelo quando o souberdes melhor.

Eles entraram, desmontaram de seus cavalos e deram grande sorriso. Em seguida, perguntaram-lhes de onde vinha aquele costume.

— A senhora deste castelo é uma leprosa – disseram eles – e não pode ser curada, de maneira alguma, a não ser pelo sangue de uma donzela filha de um rei, portanto, para salvar sua vida, somos obrigados a retirar um pouco do sangue de todas as donzelas que passam, cerificando-nos que ele possa curar nossa senhora.

Então, disse a donzela:

— Tirai de meu sangue tanto quanto quiserdes, se ele puder salvar vossa dama.

E, embora os três cavaleiros a exortassem a não colocar sua vida nesse grande perigo, ela respondeu:

— Se eu morrer para curar o corpo de outra pessoa, eu conseguirei saúde para minha alma – e não serei persuadida a recusar.

Assim, no dia seguinte, ela foi levada à senhora doente, seu braço foi amarrado, uma veia foi aberta e o prato preenchido com seu sangue. Então, a senhora doente foi ungida com ele, e logo ela estava curada de sua doença. Com isso, a irmã de Sir Percival levantou a mão e a abençoou, dizendo:

— Senhora, vim para a minha morte a fim de que a senhora te tornasse inteira, pois o amor de Deus fala por mim – e, dizendo assim, ela caiu.

Sir Galahad, Sir Percival e Sir Bors começaram a levantá-la e a estancar seu sangue, mas ela havia perdido muito dele para viver. Então, quando ela voltou a si, disse a Sir Percival:

— Irmão justo, eu devo morrer pela cura desta senhora, e agora, peço-te, enterra-me não aqui, mas quando eu estiver morta, coloca-me num barco no próximo porto e me deixa flutuar em aventura no mar. E quando chegardes à cidade de Sarras, para alcançar o Santo Graal, encontrar-me-eis à espera, junto a uma torre, e ali, peço-vos, enterrai-me, pois ali Sir Galahad e vós também serão depositados - tendo dito isto, ela morreu.

Sir Percival escreveu toda a história da vida dela e a colocou em sua mão direita. Colocou-a em uma barcaça e a cobriu com seda. E o vento que se levantou impulsionou a barcaça, e todos os cavaleiros ficaram em pé, observando-a até que ela ficasse fora de vista.

Rapidamente, voltaram para o castelo, e logo caiu uma tempestade repentina, com muitos trovões e relâmpagos, como se a terra fosse quebrada. Metade do castelo foi derrubado e, então, os três cavaleiros ouviram uma voz que dizia:

— Parti agora, separai-vos, até que vos encontreis novamente onde o rei mutilado está deitado.

Então, eles se separaram e cavalgaram em diferentes direções.

Após Sir Lancelot ter deixado o ermitão, ele cavalgou por um longo tempo até não saber para onde ir e, assim, deitou-se para dormir, com a esperança de sonhar com o lugar para onde deveria ir.

Eis que em seu sonho, o cavaleiro ouviu alguém dizendo:

— Lancelot, levanta-te, toma a tua armadura e entra no primeiro navio que encontres.

Quando acordou, obedeceu à visão, e cavalgou até chegar à costa, onde encontrou um navio sem velas, nem remos, e assim que estava nele, sentiu o cheiro mais doce que já conhecera, e parecia cheio de tudo o que podia pensar ou desejar. Procurando em volta, ele viu uma cama, e lá estava uma gentil mulher morta, a irmã de Sir Percival. Enquanto Sir Lancelot olhava para ela, ele espiava a carta na mão direita dela e, tomando-a, leu a história dela. Por mais de um mês, ele ficou naquele navio e foi alimentado pela graça dos Céus, como Israel foi alimentado com maná no deserto.

Numa certa noite, ele foi a terra para passar o tempo, pois estava um pouco entediado, e ouviu um cavalo vir em sua direção. Então, o cavaleiro saltou do cavalo e entrou no navio. Quando viu Sir Lancelot, disse:

— Justo senhor, sê bem-vindo, pois eu sou teu filho Galahad, e há muito tempo que te procuro.

Com isso, ele se ajoelhou e pediu sua bênção, tirou o capacete e o beijou, e houve uma grande alegria entre eles.

Então, por meio ano, eles moraram no navio e serviram a Deus, noite e dia, com todos as suas forças, e foram para muitas ilhas desconhecidas, onde ninguém além de animais selvagens assombravam, e lá encontraram muitas aventuras estranhas e perigosas.

Em determinado momento, chegaram a uma floresta, diante de uma cruz de pedra, e viram um cavaleiro armado, todo de branco, conduzindo um cavalo branco também. Então, o cavaleiro os saudou e disse a Galahad:

— Já passaste tempo suficiente com seu pai, agora, portanto, deixa-o e monta este cavalo até alcançar a Missão Sagrada.

Então, Sir Galahad beijou seu pai com toda a cortesia e disse:

— Pai justo, não sei quando te verei novamente.

E, enquanto ele tomava seu cavalo, ouviu uma voz em seus ouvidos: "Não vos encontrareis mais nesta vida".

— Agora, meu filho, Sir Galahad – disse Sir Lancelot – já que devemos nos separar, eu peço ao Alto Pai dos Céus para preservar tanto a ti quanto a mim.

Eles se despediram, Sir Galahad entrou na floresta, e Sir Lancelot retornou ao navio, onde permaneceu por um mês através do mar. Nesse tempo, ele dormiu pouco e sempre orou para que pudesse ver o Santo Graal.

Assim, certa noite, a lua brilhando claro, ele chegou diante de um castelo forte e rico. O portão estava aberto em direção ao mar, e não havia nenhum guardião, a não ser dois leões na entrada.

Sir Lancelot ouviu uma voz: "Deixa agora teu navio e vai para dentro do castelo, e verás uma parte de teu desejo".

Então, ele se armou e foi em direção ao portão. Chegando aos leões, ele tirou sua espada, mas, de repente, um anão apareceu correndo e o feriu no braço, de modo que ele derrubou sua espada, e ouviu novamente a voz: "Oh, homem de má fé, e de pobre crença, por que confias em teus braços acima de teu Criador?"

Ele guardou sua espada e fez o sinal da cruz sobre sua testa, passando, assim, pelos leões sem se ferir.

Ao entrar, ele encontrou um cômodo com a porta fechada, a qual, inutilmente, ele tentou abrir. Porém, dali de dentro ele podia ouvir uma voz que cantava tão docemente que não parecia nada terreno:

— Alegria e honra ao Pai dos Céus! – então, ele se ajoelhou à porta, pois sabia bem que o Santo Graal estava lá dentro.

A porta foi aberta sem as mãos, e logo surgiu um esplendor tão grande, como se todas as tochas do mundo tivessem sido acesas juntas. Mas, quando ele tentou entrar, uma voz o proibiu. Ele se retirou e, em pé, olhou para a soleira da porta, onde viu uma mesa de prata, o cálice sagrado coberto de samito vermelho, e muitos anjos ao redor segurando velas acesas, uma cruz e todos os ornamentos do altar.

Em seguida, um sacerdote ofereceu a missa e, quando ele levou o cálice, parecia afundar sob aquele fardo. Naquele momento, Sir Lancelot gritou:

— Oh, sacerdote, não tomes por pecado que eu entre para ajudar-te, que tem muita necessidade disso.

Dizendo isso, ele entrou, mas quando foi em direção à mesa, sentiu um sopro de fogo que saiu dali e o atirou ao chão, de uma forma tão intensa que ele não tinha forças para se levantar.

Depois, sentiu muitas mãos à sua volta, as quais o levaram para cima e o deitaram do lado de fora da porta da capela. Lá, ele ficou deitado, de costas, durante toda aquela noite. No dia seguinte, algumas pessoas o encontraram fora de si, e o levaram para um cômodo interno, onde o deitaram em uma cama. Sir Lancelot descansou, vivo, mas sem mover seus membros, por vinte e quatro dias e noites.

No vigésimo quinto dia, ele abriu os olhos e viu os que estavam de pé, e disse:

— Por que me despertaste? Pois vi maravilhas que nenhuma boca é capaz de dizer, e mais do que qualquer coração pode pensar.

Logo depois, ele perguntou onde estava, e eles lhe disseram:

— No Castelo de Carbonek.

— Diz a teu senhor, o rei Pelles – disse ele – que eu sou Sir Lancelot.

E eles se maravilharam, e disseram a seu senhor que era Sir Lancelot quem tinha ficado ali por tanto tempo.

Então, o rei Pelles espantou-se e foi vê-lo, pedindo-lhe que ficasse ali por uma temporada. Mas, Sir Lancelot respondeu:

— Sei bem que agora vi tanto quanto os meus olhos podem contemplar do Santo Graal, por isso, voltarei ao meu próprio país.

Ele se despediu do rei Pelles, e partiu em direção a Logris.

Depois que Sir Galahad se separou de Sir Lancelot, ele cavalgou por muitos dias, até chegar ao mosteiro onde estava o rei cego

Evelake, que Sir Percival tinha visto. No dia seguinte, quando ouviu a missa, Sir Galahad desejou ver o rei, que gritou:

— Bem-vindo, Sir Galahad, servo do Senhor! Há muito tempo que tenho esperado a tua chegada. Toma-me agora em teus braços, para que eu possa morrer em paz.

Quando Sir Galahad o fez, os olhos do rei se abriram e ele disse:

— Senhor Jesus, justo Senhor, permita-me agora ir a Ti – e, sem demora, sua alma partiu.

Então, enterraram-no nobremente, como um rei deveria ser enterrado, e Sir Galahad seguiu seu caminho.

Em pouco tempo, ele chegou a uma capela numa floresta e, na cripta, viu um túmulo que sempre ardia e queimava. Perguntando aos irmãos o que aquilo poderia significar, eles lhe disseram:

— O filho de José de Arimatéia encontrou este mosteiro, e aquele que o prejudicou ficou aqui deitado por estes 350 anos e arde sempre mais, até que aquele perfeito cavaleiro que alcançará o Santo Graal apague o fogo.

Assim, ele disse:

— Peço que me leves ao túmulo.

E, quando ele tocou o lugar, imediatamente, o fogo se apagou, e uma voz emergiu do túmulo dizendo:

— Graças a Deus, tu me purificaste do meu pecado, e me tiraste das dores terrenas para as alegrias do paraíso.

Sir Galahad tomou o corpo em seus braços, levou-o para a abadia e, no dia seguinte, o colocou na terra, diante do altar-mor.

Partiu dali e cavalgou cinco dias por uma grande floresta, onde encontrou Sir Percival e, um pouco mais adiante, Sir Bors. Quando contaram uns aos outros suas aventuras, cavalgaram juntos para o Castelo de Carbonek, e lá, o rei Pelles lhes deu as mais calorosas boas-vindas, pois ele sabia que eles deveriam realizar a Missão Sagrada.

Assim que entraram no castelo, uma voz gritou no meio da sala:

— Que se levantem aqueles que não devem agora sentar-se à mesa do Senhor e partam daqui! Então, apenas aqueles três cavaleiros permaneceram.

Eles viram outros cavaleiros entrando com pressa nas portas do salão e tirando seus cinturões, e disseram a Sir Galahad:

— Senhor, seremos gratos de ficar contigo nesta mesa.

— Sede bem-vindos – disse ele – mas de onde sois?

Três deles disseram que eram da Gália, três da Irlanda e três da Dinamarca.

Então, surgiu a figura de um sacerdote, com uma cruz na mão. Quatro anjos estavam ao seu lado, e uma mesa de prata estava diante deles, na qual foi colocado o cálice do Santo Graal. Em seguida, surgiram outros anjos, dois com velas acesas, o terceiro com uma toalha, e o quarto com uma lança que sangrava maravilhosamente, as gotas caíam em uma caixa que ele segurava na mão esquerda. O sacerdote pegou a hóstia para consagrá-la e, ao levantá-la, viram a figura de uma Criança, cujo rosto era tão brilhante como qualquer chama. Ela se feriu no meio da hóstia e desapareceu, de modo que todos viram a carne transformar-se em pão.

O sacerdote foi até Galahad e o beijou. Mandou que ele fosse e beijasse seus companheiros; e disse:

— Agora, servos do Senhor, preparai-vos para um banquete como nunca foi visto desde o início do mundo.

De repente, ele desapareceu, e os cavaleiros encheram-se de um grande pavor e rezaram devotamente.

Então, viram sair do cálice sagrado a visão de um homem sangrando, que eles conheciam bem pelos sinais de Sua paixão pelo Próprio Senhor. E eles ficaram atônitos. Ele lhes trouxe o Santo Graal e disse palavras de conforto. Quando beberam dele, o sabor era mais suave do que qualquer desejo do coração. Então, uma voz disse a Galahad: "Filho, com este sangue que escorre da lança, unges o rei mutilado e cura-o. Quando o tiveres feito, parta daqui com teus irmãos em um navio que encontrareis, e segui para a cidade de Sarras. Levai convosco o cálice sagrado, pois ele não será mais visto no reino de Logris.

Naquele momento, Sir Galahad caminhou até a lança que sangrava, e daí, unindo seus dedos, saiu imediatamente para o mutilado rei Pelles, e tocou sua ferida. Então, de repente, ele levantou-se de sua cama como o homem como sempre foi, e louvou a Deus com todo seu coração.

Sir Galahad, Sir Bors e Sir Percival partiram como lhes havia sido dito, e quando tinham cavalgado por três dias, chegaram à costa e encontraram o navio que os aguardava. Eles entraram e, no meio da mesa de prata, viram o cálice do Santo Graal, coberto de samito vermelho. Então, fizeram grande reverência a ele. Sir Galahad rezou para que agora ele pudesse deixar o mundo e passar para Deus e, enquanto ele orava, uma voz lhe dizia:

— Galahad, tua oração é ouvida, e quando pedires a morte do corpo a terás, e encontrarás a vida de tua alma.

Mas, enquanto rezavam e dormiam, o navio partiu, e quando acordaram viram a cidade de Sarras diante deles, e o outro navio no qual estava a irmã de Sir Percival. Então, os três cavaleiros pegaram a mesa sagrada, o Santo Graal e o corpo da irmã de Sir Percival. Eles se dirigiram para a cidade e, ali, em uma capela, enterraram solenemente aquele corpo.

No portão da cidade, eles viram um velho aleijado sentado, a quem Sir Galahad chamou para ajudá-los a suportar seu peso.

— Sinceramente – disse o velho – há dez anos não dou um passo sem essas muletas.

— Não te preocupes – disse Sir Galahad – levanta agora e mostra boa vontade.

Então, ele se esforçou para se mover, e achou seus membros tão fortes quanto os de qualquer homem, e correu para ajudá-los. Surgiu um rumor na cidade de que um aleijado havia sido curado por certos cavaleiros maravilhosos e estranhos.

No entanto, assim que o rei Estouranse, que era um tirano pagão, soube disso, aprisionou Sir Galahad e seus companheiros em um buraco profundo. Ali eles permaneceram por muito tempo, mas sempre o Santo Graal estava com eles e os alimentava, para que não desmaiassem, mas tivessem toda a alegria e conforto que pudessem desejar.

No final do ano, o rei ficou doente e sentiu que morreria. Ele mandou chamar os três cavaleiros, e quando estavam diante dele, o rei pediu-lhes misericórdia por suas ofensas contra os três cavaleiros. Então, eles o perdoaram e logo o rei morreu.

Depois disso, os chefes da cidade reuniram-se para decidir quem seria rei em seu lugar e, enquanto falavam, uma voz gritou:

— Escolhei o mais jovem dos três cavaleiros que o rei Estouranse lançou na prisão.

Ao procurarem Sir Galahad, fizeram-no rei com o consentimento de toda a cidade.

Porém, dentro de doze meses, enquanto rezava diante do Santo Graal, chegou a ele um homem à semelhança de um sacerdote, com uma grande companhia de anjos. Ele ofereceu a missa e, ao final, chamou Sir Galahad:

— Aparece, servo do Senhor, pois chegou o momento que desejaste por tanto tempo.

Então, Sir Galahad levantou as mãos e rezou:

— Agora, bendito Senhor! Não viverei mais se isso Te agradar.

O sacerdote lhe deu o sacramento, o que ele recebeu com indizível alegria:

— Quem és tu, pai?

Eu sou José de Arimatéia – respondeu ele – a quem nosso Senhor enviou para te dar a comunhão.

Quando ouviu isso, Sir Galahad foi até Sir Percival e Sir Bors e os beijou, os recomendou a Deus, dizendo:

— Saúda Sir Lancelot em meu nome, meu pai, e diz-lhe que se lembre deste mundo frágil.

Com isso, ele se ajoelhou, rezou e, de repente, sua alma partiu, e uma multidão de anjos o levou para os Céus. Então, uma mão surgiu do alto, pegou o cálice e a lança, e os tirou da vista.

Desde então, o homem nunca foi tão ousado a ponto de dizer que tinha visto o Santo Graal.

Depois de todas estas coisas, Sir Percival retirou sua armadura, foi para um eremitério e, em pouco tempo, partiu deste mundo. Sir Bors, após enterrá-lo ao lado de sua irmã, chorando pela perda de seus dois irmãos, retornou ao rei Arthur, em Camelot.

CAPÍTULO XIII

Sir Lancelot e a Bela Donzela de Astolat

Depois que a busca pelo Santo Graal foi cumprida e todos os cavaleiros que sobreviveram voltaram à Távola Redonda, houve uma grande alegria na corte. O rei Arthur e a rainha Guinevere ficaram felizes por ver Sir Lancelot e Sir Bors, pois estavam há muito tempo ausentes naquela busca.

A fama de Sir Lancelot agora era tão grande que muitas damas e donzelas recorriam diariamente a ele e o imploravam por sua ajuda, e todas as brigas justas ele empreendeu com prazer, em nome do Senhor Cristo. E sempre que podia, ele se afastava da rainha.

Por isso, a rainha Guinevere, que contava com ele para seu próprio cavaleiro, estava brava e, em um certo dia, chamou-o para uma conversa:

— Sir Lancelot, vejo diariamente que tua lealdade para comigo se afrouxa, pois sempre estás ausente desta corte, e te importas mais com os problemas de outras damas. Agora eu te entendo, falso cavaleiro, e por isso nunca mais confiarei em ti. Afasta-te agora de minha vista, e não venhas mais para esta corte, sob pena de tua cabeça - com isso, ela se afastou dele e não quis ouvir desculpas.

Sir Lancelot partiu de coração pesado e, chamando Sir Bors, Sir Ector e Sir Lionel, contou-lhes como a rainha havia lidado com ele.

— Oh, senhor justo – respondeu Sir Bors – lembra-te da honra que tem neste país e de como és chamado o cavaleiro mais nobre do mundo, portanto, não vás, pois as mulheres são apressadas e fazem, muitas vezes, coisas de que se arrependem depois. Ouve meus conselhos. Cavalga para o eremitério ao lado de Windsor, e lá permanece até que eu te envie melhores notícias.

A isso Sir Lancelot consentiu, e partiu com um semblante triste.

Assim que a rainha ouviu falar de sua partida, sentiu-se triste, mas não fez nenhuma demonstração de pesar, tendo uma visão orgulhosa por fora. Em certo dia, ela ofereceu um banquete a todos os cavaleiros da Távola Redonda, para mostrar que tinha tanta alegria com todos os outros além de Sir Lancelot. Na ocasião estavam Sir Gawain, e seus irmãos Sir Agravaine, Sir Gaheris e Sir Gareth; também Sir Modred, Sir Bors, Sir Blamor, Sir Bleoberis, Sir Ector, Sir Lionel, Sir Palomedes, Sir Mador de la Port, e seu primo Sir Patrice, um cavaleiro da Irlanda, Sir Pinell le Savage, e muitos outros.

Sir Pinell odiava Sir Gawain porque tinha matado um de seus parentes por traição, e Sir Gawain tinha um grande amor por todo tipo de fruta que, quando Sir Pinell soube, envenenou certas maçãs que estavam sobre a mesa, com a intenção de matá-lo. Enquanto comiam e se alegravam, Sir Patrice, que se sentou ao lado de Sir Gawain, pegou uma das maçãs envenenadas e a comeu, e quando comeu, de repente inchou e caiu morto.

Naquele momento, todos os cavaleiros saltaram das cadeiras furiosos, pois não sabiam o que dizer, mas vendo que a rainha tinha feito o banquete, todos suspeitavam dela.

— Minha rainha – disse Sir Gawain – eu bem sabia que este fruto era destinado a mim, pois todos os homens conhecem meu amor por ele, e eu quase fui morto, por isso, temo que serás envergonhada.

— Isto não terminará assim – gritou Sir Mador de la Port – perdi um nobre cavaleiro, de meu próprio sangue e, por isto, o vingarei.

Então, ele desafiou a rainha Guinevere a respeito da morte de seu primo, mas ela ficou quieta, envergonhada e desmaiou com sua tristeza e pavor.

Ao barulho e ao súbito grito veio o rei Arthur, e a ele apelou para Sir Mador.

— Senhores justos – disse ele – sinto-me profundamente perturbado com este assunto, pois devo ser juiz por direito, e sofro por não poder lutar por minha esposa, pois, como eu considero, este ato não foi nenhum dos dela. Mas, suponho que não lhe faltará um campeão, e algum bom cavaleiro, certamente, colocará seu corpo em perigo para salvá-la.

Porém, todos os que haviam sido convidados para o banquete disseram que não poderiam desculpar a rainha, ou arriscarem-se por ela, pois a rainha tinha feito o banquete, e quer por ela mesma, ou por servos, aquilo havia acontecido.

— Ai de mim! – disse a rainha – Fiz este jantar com boas intenções e sem maldade, então, Deus me ajude na minha necessidade.

— Meu senhor rei – disse Sir Mador – exijo, de coração, como rei justo, que eu possa ter justiça.

— Bem – disse o rei – dou-te quinze dias, quando deverás estar pronto e armado no prado ao lado de Westminster, e se houver um cavaleiro para lutar convosco, Deus o permita, e se não, então minha rainha deverá ser queimada.

Quando o rei e a rainha estavam sozinhos, ele lhe perguntou como aquilo tinha acontecido.

— Eu não sei como, nem de que maneira – respondeu ela.

— Onde está Sir Lancelot? – disse o rei Arthur - pois ele não guardaria rancor para fazer a batalha por ti.

— Senhor – disse ela – não sei dizer, mas todos os seus parentes consideram que ele não está neste reino.

— Estas são notícias tristes – disse o rei – aconselho-te a encontrar Sir Bors, e rogar-lhe para que traga Sir Lancelot, para que ele que faça esta batalha por ti.

Assim, a rainha partiu e mandou chamar Sir Bors aos seus aposentos, e implorou seu socorro.

— Senhora, o que queres que eu faça? – disse ele – Não posso, com minha honra, tomar este assunto comigo, pois eu estava naquele mesmo jantar, e todos os outros cavaleiros duvidariam de mim. Agora, sentes saudades de Sir Lancelot, pois ele não lhe teria falhado no certo, nem no errado, como já provou muitas vezes, mas agora o expulsou do país.

— Oh, bom cavaleiro! – disse a rainha – Coloco-me à tua mercê, e tudo o que for feito será ruim, e eu farei como me aconselhar.

Ela se ajoelhou diante de Sir Bors, e implorou-lhe que tivesse piedade dela.

Em seguida, veio o rei Arthur, e pediu-lhe para ajudá-la, dizendo:

— Eu preciso de ti, pelo amor de Lancelot.

— Meu senhor – disse ele – exiges de mim a maior coisa que qualquer homem pode pedir, pois se eu fizer esta batalha pela rainha, enfurecerei todos os meus companheiros da Távola Redonda, contudo, por amor ao meu senhor Sir Lancelot, e a ti, eu serei o campeão da rainha, a menos que haja a chance de um cavaleiro melhor do que eu fazer a batalha por ela – e isto ele prometeu, por sua fé.

O rei e a rainha ficaram felizes, e agradeceram-lhe de coração, e assim partiram.

Mas, Sir Bors cavalgou em segredo até o eremitério onde Sir Lancelot estava, e contou-lhe todas essas notícias.

— Essa é a chance que eu queria – disse Sir Lancelot – prepara-te para a batalha, mas espere até que me vejas chegar.

— Senhor – disse Sir Bors – não duvides, farei a tua vontade.

No entanto, muitos dos cavaleiros ficaram furiosos com Sir Bors quando souberam que ele lutaria pela rainha, pois muitos consideraram-na culpada.

Então, Sir Bors disse:

— Vejam, senhores, seria uma vergonha para todos nós sacrificar uma senhora tão bela e nobre para ser queimada por falta de um campeão, pois ela sempre provou sua admiração por bons cavaleiros, por isso, não duvido que ela seja inocente desta traição.

Alguns ficaram bem contentes, mas outros demonstraram certa ira.

Quando chegou o dia, o rei e a rainha, e todos os cavaleiros, foram para o prado ao lado de Westminster, onde a batalha deveria ser travada. Em seguida, a rainha foi colocada em custódia, e uma grande fogueira foi preparada, onde ela deveria ser queimada caso Sir Mador ganhasse o dia.

Assim que os arautos deram o sinal, Sir Mador cavalgou e fez a declaração de que a rainha Guinevere era culpada da morte de Sir Patrice e, por juramento, ele enfrentaria qualquer um que dissesse o contrário. Em seguida, Sir Bors disse:

— A rainha Guinevere é inocente, e isso provarei, com minhas mãos.

Ambos partiram para suas tendas, para se prepararem para a batalha. Mas, Sir Bors demorou muito, esperando que Sir Lancelot viesse, até que Sir Mador gritou ao rei Arthur:

— Lança teu campeão, a menos que ele não ouse.

Sir Bors ficou envergonhado, pegou seu cavalo e cavalgou até o final do campo.

Mas, antes que ele pudesse encontrar Sir Mador, apareceu um cavaleiro sobre um cavalo branco, armado em todos os pontos, e com um estranho escudo, que cavalgou até ele e disse:

— Retira-te desta briga, pois ela é minha, e eu cavalguei de longe para lutar nela.

Sir Bors cavalgou até o rei Arthur, e lhe disse que outro cavaleiro faria a batalha pela rainha.

— Quem é ele? – disse o rei Arthur.

— Não posso dizer-te – disse Sir Bors – mas ele fez um pacto comigo para estar aqui hoje, motivo pelo qual estou dispensado.

Então, o rei chamou aquele cavaleiro e lhe perguntou se ele lutaria pela rainha.

— Por isso estou aqui, senhor rei – respondeu ele – mas não nos demoremos mais, pois tenho outros assuntos a fazer. Dirigindo-se aos Cavaleiros da Távola Redonda ele declarou:

— É vergonhoso para vós que uma rainha tão cortês sofra esta desonra.

E todos os homens se perguntavam quem poderia ser aquele cavaleiro, pois ninguém o conhecia, exceto Sir Bors.

Sir Mador e Sir Lancelot cavalgaram até uma das extremidades do prado e, deitando suas lanças, correram um contra o outro, com todas as suas forças, e a lança de Sir Mador quebrou-se, mas o cavaleiro misterioso levou a ele e a seu cavalo até o chão. Então, eles saltaram de suas selas e desembainharam suas espadas. Os dois partiram avidamente para a batalha, dando um ao outro muitos golpes fortes, feridas dolorosas e profundas.

Assim, lutaram por quase uma hora, pois Sir Mador era um cavaleiro muito forte e corajoso. No entanto, por fim, o cavaleiro misterioso o feriu até o chão, e lhe deu um golpe no capacete, para matá-lo. Então, Sir Mador cedeu, e rogou por sua vida.

— Eu só te concederei isso – disse o estranho cavaleiro – se tu libertares, para sempre, a rainha desta briga, e prometeres que nenhuma menção será feita ao túmulo de Sir Patrice de que, alguma vez, ela consentiu com essa traição.

— Tudo isso será feito – disse Sir Mador.

Os cavaleiros que os separaram, tomaram Sir Mador e o levaram para sua tenda, e o outro cavaleiro foi direto para o pé da escada do trono do rei Arthur, nesse momento, a rainha voltou-se ao rei e o beijou amorosamente.

Tanto o rei quanto ela se abaixaram, agradeceram ao cavaleiro, e pediram para que ele tirasse o capacete e tomasse uma taça de vinho. Assim que ele o fez, todas as pessoas puderam ver que era Sir Lancelot. Mas, quando a rainha o viu, ela chorou de tristeza e de alegria, pois ele lhe havia feito tanta bondade enquanto ela lhe havia mostrado tanta indelicadeza.

Os cavaleiros de seu sangue se reuniram em torno dele, e houve grande alegria e felicidade na corte. Sir Mador e Sir Lancelot logo foram curados de suas feridas e, pouco tempo depois, a Senhora do Lago foi à corte e contou a todos, por seus encantos, como Sir Pinell, e não a rainha, era culpado da morte de Sir Patrice. A rainha ouviu um pedido de perdão de todos os homens, e Sir Pinell fugiu do país.

Sir Patrice foi enterrado na igreja de Winchester, e estava escrito em seu túmulo que Sir Pinell mataste-o com uma maçã envenenada, por engano, pois a fruta era para Sir Gawain. Então, através do favor de Sir Lancelot, a rainha reconciliou-se com Sir Mador, e tudo foi perdoado.

Quinze dias antes da Festa da Assunção de Nossa Senhora, o rei proclamou um torneio a ser realizado no dia da festa, em Camelot, e ele mesmo e o rei da Escócia disputariam com todos os que viessem contra eles. Lá se encontravam o rei do norte do País de Gales, o rei Anguish, da Irlanda, e Sir Galahaut, o nobre príncipe, e muitos outros nobres de diversos países.

O rei Arthur se preparou para ir, e teria pedido que a rainha fosse com ele, mas ela disse que estava doente. Sir Lancelot, também, apresentou desculpas, dizendo que ainda não estava totalmente curado de suas feridas.

O rei ficou triste, sem ânimo e partiu sozinho em direção a Camelot. Ele se alojou em uma cidade chamada Astolat, e deitou-se, naquela noite, no castelo.

Assim que ele partiu, Sir Lancelot disse à rainha:

— Esta noite descansarei, e amanhã, irei para Camelot, pois, nestes combates, estarei contra o rei e sua irmandade.

— Podes fazer o que desejas — disse a rainha Guinevere – mas, por meu conselho, não fiques contra o rei, pois em sua companhia há muitos cavaleiros robustos, como bem sabes.

— Senhora – disse Sir Lancelot – peço que não fiques descontente comigo, pois tomarei a aventura que Deus me enviar.

No dia seguinte, ele foi à igreja, ouviu a missa, despediu-se da rainha e partiu.

Sir Lancelot cavalgou muito até chegar a Astolat, e lá se alojou no castelo de um velho barão chamado Sir Bernard de Astolat, que ficava perto do castelo onde o rei Arthur estava. Quando Sir Lancelot entrou, o rei o reconheceu. Então, ele disse aos cavaleiros:

— Acabo de ver um cavaleiro que lutará muito bem no torneio para o qual vamos.

— Quem é? – perguntaram-lhe.

— Ainda não sabereis – respondeu ele, sorrindo.

Enquanto Sir Lancelot estava em seu quarto, desarmado, o velho barão foi até ele, para saudá-lo, embora ele ainda não soubesse quem ele era.

Sir Bernard tinha uma filha que era linda, chamada a Bela Donzela de Astolat, e quando ela viu Sir Lancelot, ela o amou desde aquele instante, com todo o seu coração, e não pôde parar de olhar para ele.

No dia seguinte, Sir Lancelot pediu ao velho barão que lhe emprestasse um estranho escudo.

— Pois – disse ele – eu seria um desconhecido.

— Senhor – disse seu anfitrião – terás teu desejo, pois aqui está o escudo de meu filho mais velho, Sir Torre, que foi ferido no dia em que foi feito cavaleiro, de modo que não pôde montar, e seu escudo, portanto, não é conhecido. E, se te aprazes, meu filho mais novo, Sir Lavaine, cavalgará contigo para os combates, pois ele é forte e poderoso, e eu te considero um nobre cavaleiro, pelo que rogo que me digas teu nome.

— Quanto a isso – disse Sir Lancelot – deves me desculpar neste momento, mas se eu vencer os combates, virei novamente e te direi, mas, de qualquer maneira, deixa-me ter teu filho, Sir Lavaine, comigo, e empresta-me o escudo de seu irmão.

Então, antes de partirem, veio Elaine, filha do barão, e disse a Sir Lancelot:

— Peço-te, gentil cavaleiro, que uses meu símbolo no torneio de amanhã.

— Se eu te conceder isso, bela donzela – disse ele – poderás dizer que fiz por ti o que nunca fiz por outra dama ou donzela.

Então, ele apostou que, se ele atendesse ao pedido dela, ele estaria mais disfarçado, pois nunca havia usado o símbolo de qualquer dama. Então, ele disse:

— Bela donzela, eu usarei teu símbolo em meu capacete.

Ela correu contente, e lhe trouxe uma manga escarlate, bordada com pérolas, a qual Sir Lancelot pegou e colocou em seu capacete. Ele pediu para que ela guardasse seu escudo até que ele voltasse e, tomando o escudo de Sir Torre, cavalgou com Sir Lavaine em direção a Camelot.

No dia seguinte, as trombetas anunciaram o torneio, e havia muitos duques, condes, barões e outros cavaleiros nobres, e o rei Arthur sentou-se em uma galeria, para ver quem seria o melhor. Então, o rei da Escócia e seus cavaleiros, e o rei Anguish, da Irlanda, cavalgaram ao lado do rei Arthur. Contra eles vieram o rei do norte do País de Gales, o rei dos Cem Cavaleiros, o rei de Northumberland e o nobre príncipe Sir Galahaut.

Sir Lancelot e Sir Lavaine cavalgaram para um pequeno bosque atrás do grupo que estava contra o rei Arthur, para ver qual lado deveria provar-se o mais fraco.

Em seguida, houve uma forte luta entre as duas partes, pois o rei dos Cem Cavaleiros derrubou o rei da Escócia, e Sir Palomedes, que estava do lado do rei Arthur, derrubou Sir Galahaut. Depois, vieram quinze Cavaleiros da Távola Redonda e derrotaram os reis de Northumberland e do norte do País de Gales, com seus cavaleiros.

— Agora – disse Sir Lancelot a Sir Lavaine – se me ajudardes, verás tua irmandade voltar tão rápido quanto eles vieram.

— Senhor – disse Sir Lavaine – farei o que puder.

Eles se atiraram à batalha, e lá, com uma lança, Sir Lancelot derrotou cinco Cavaleiros da Távola Redonda, um após outro, e Sir Lavaine derrubou dois. E, pegando outra lança, pois sua própria foi quebrada, Sir Lancelot derrubou mais quatro cavaleiros, e Sir Lavaine derrubou um quinto. Então, desembainhando sua espada, Sir Lancelot lutou ferozmente à direita e à esquerda, e derrotou Sir Safire, Sir Epinogris, e Sir Galleron. Assim, os Cavaleiros da Távola Redonda se retiraram.

— Agora, por bondade – disse Sir Gawain, que se sentou ao lado do rei Arthur – que cavaleiro é aquele que faz tão maravilhosos atos de armas? Eu deveria considerá-lo, por sua força, Sir Lancelot, mas ele usa um símbolo de dama em seu capacete como nunca faz Lancelot.

— Esperemos – disse o rei Arthur – ele será conhecido e fará mais antes de partir.

O grupo contra o rei Arthur prosperou naquele momento, e seus cavaleiros ficaram muito envergonhados. Então, Sir Bors, Sir Ector e Sir Lionel convocaram os cavaleiros de seu sangue, nove em número, e concordaram em se unir em um grupo contra os dois cavaleiros misteriosos. Todos eles partiram para Sir Lancelot de uma só vez, ferindo seu cavalo até o chão. Por infortúnio, Sir Bors atingiu Sir Lancelot através do escudo, e a lança quebrou-se, deixando a ponta na ferida.

Quando Sir Lavaine viu aquilo, ele correu para o rei da Escócia e o abateu de seu cavalo, levando-o até Sir Lancelot, e o ajudou a montar. Então, Sir Lancelot levou Sir Bors e seu cavalo ao chão e, da mesma forma, derrubou Sir Ector e Sir Lionel. Voltando-se contra três outros cavaleiros, ele os feriu também, enquanto Sir Lavaine fez muitas ações corajosas.

No entanto, sentindo-se gravemente ferido, Sir Lancelot desembainhou sua espada, e ofereceu-se para lutar com Sir Bors, que, por esta altura, já estava montado de novo. Ao se encontrarem, Sir Ector e Sir Lionel vieram também, e as espadas dos três arrancaram ferozmente contra ele. Quando ele sentiu que sua ferida era muito grave, decidiu fazer o melhor que podia enquanto ainda podia suportar, e feriu Sir Bors com um golpe que baixou sua cabeça quase até o chão, arrancou seu capacete, e o arrancou de seu cavalo.

Em seguida, correndo para Sir Ector e Sir Lionel, ele os feriu e podia tê-los matado, porém, quando viu seus rostos, seu coração o proibiu. Deixando-os, portanto, no campo, ele atirou-se para a luta mais pesada, e fez proezas de armas como nunca foram vistas.

Sir Lavaine estava com ele em tudo isso, e derrubou 10 cavaleiros, mas Sir Lancelot derrubou mais de 30, a maioria deles, Cavaleiros da Távola Redonda.

Então, o rei ordenou que soprassem as trombetas indicando o final do torneio. O prêmio seria dado ao cavaleiro com o escudo branco e que tinha a manga escarlate.

Porém, antes que Sir Lancelot fosse encontrado pelos arautos, o rei dos Cem Cavaleiros, o rei do norte de Gales, o rei de Northumberland e Sir Galahaut vieram e lhe disseram:

— Cavaleiro justo, Deus te abençoe, pois muito fizestes por nós neste dia, por isso, pedimos que venhas conosco e recebas a honra e o prêmio como mereceis.

— Meus justos senhores – disse Sir Lancelot – mesmo com vossos agradecimentos, eu adquiri uma grande ferida, e posso não escapar com vida, portanto, peço-vos que me deixeis partir. Não me preocupo com a honra, pois prefiro descansar do que ser o senhor de todo o mundo.

Ele gemeu piedosamente e cavalgou para longe deles.

Sir Lavaine cavalgou atrás dele, triste de coração, pois a lança quebrada ainda estava presa no corpo de Sir Lancelot, e o sangue corria dolorosamente da ferida. Eles se aproximaram de um bosque, a mais de uma milha das lutas, onde ele sabia que poderia estar escondido.

Então, ele disse a Sir Lavaine:

— Oh, gentil cavaleiro, ajuda-me a arrancar esta ponta de lança, pois a dor dela quase me mata.

— Caro senhor – disse ele – eu te ajudaria prontamente, mas tenho medo de tirá-la e que morras por perda de sangue.

— Eu te suplico – disse Sir Lancelot – tira-a.

Eles desmontaram, e com um poderoso puxão, Sir Lavaine tirou a lança de Sir Lancelot, que deu um grito estrondoso e terrível, e todo seu sangue saltou para fora, como um riacho. Em seguida, ele afundou no chão, com um rosto pálido, como a morte.

— Ai de mim! – gritou Sir Lavaine – o que devo fazer agora?

Então, ele virou o rosto de seu mestre em direção ao vento, e sentou-se ao seu lado por meia hora, enquanto Sir Lancelot permanecia quieto, como um morto. Mas, por fim, levantou os olhos, e disse:

— Peço-te que me coloques em meu cavalo novamente, e me conduzas a um eremita que habita num raio de 3 milhas daqui, pois antes ele era cavaleiro da corte de Arthur, e agora tem grande habilidade em medicina e ervas.

Assim, com grande dor, Sir Lavaine colocou-o no cavalo e o levou ao eremitério dentro da floresta, ao lado de um riacho. Em seguida, bateu com sua lança na porta e rogou para entrar, sendo atendido por uma criança, a quem disse:

— Bela criança, roga ao bom homem, teu senhor, que venha aqui e deixe entrar um cavaleiro que está ferido.

Nesse momento, saiu o cavaleiro eremita, cujo nome era Sir Baldwin, e perguntou:

— Quem é este cavaleiro ferido?

— Não sei – disse Sir Lavaine – exceto que ele é o cavaleiro mais nobre que já encontrei, e fez hoje tão maravilhosos feitos de armas contra o rei Arthur que ganhou o prêmio do torneio.

O eremita olhou longamente para Sir Lancelot, e mal o conhecia, tão pálido estava com a hemorragia, mas disse:

— Quem és tu, senhor?

— Sir Lancelot respondeu fracamente:

— Sou um cavaleiro aventureiro estranho, que labuta por muitos reinos para ganhar a adoração.

— Por que escondes de mim teu nome, caro senhor? – gritou Sir Baldwin – pois te conheço como o mais nobre cavaleiro do mundo, meu senhor Sir Lancelot du Lake, com quem há muito tempo tive comunhão na Távola Redonda.

— Como me conheceis, senhor justo – disse ele – peço-te, por amor a Deus, que me ajudes, se puderes.

— Não duvides – respondeu ele – que viverás.

Em seguida, ele estancou sua ferida, e lhe deu remédios fortes e cuidados cordiais até que ele se recuperasse de suas fraquezas e voltasse a si.

Depois que a disputa terminou, o rei Arthur fez um banquete e pediu para ver o cavaleiro com a manga escarlate, para que ele pudesse levar o prêmio. Então, os outros cavaleiros lhe contaram como aquele cavaleiro tinha deixado o campo ferido, quase até a morte.

— Estas são as piores notícias que ouvi em muitos anos – gritou o rei – eu não gostaria que, pelo meu reino, ele estivesse morto.

Então, todos os homens perguntaram:

– Conhece-o, senhor?

— Posso não vos dizer neste momento – disse ele – mas, por Deus, teremos boas novas sobre ele.

Sir Gawain solicitou sair e buscar aquele cavaleiro, o que o rei, de bom grado, lhe cedeu. Ele montou e cavalgou por muitas léguas ao redor de Camelot, mas não pôde ouvir nenhuma notícia.

Dois dias depois, o rei Arthur e seus cavaleiros voltaram de Camelot, e Sir Gawain alojou-se em Astolat, na casa de Sir Bernard. Então, Elaine foi até ele, e rogou-lhe notícias sobre o torneio, e sobre quem havia ganhado o prêmio.

— Um cavaleiro com um escudo branco – disse ele – que possuía uma manga escarlate em seu capacete, derrotou todos os presentes e venceu o dia.

Naquele momento, o rosto de Elaine mudou subitamente de branco para vermelho, e ela agradeceu, de coração, à Nossa Senhora.

Então, Sir Gawain disse:

— Conheces aquele cavaleiro?

E a exortou até que ela lhe dissesse que era a manga dela que ele usava. Sir Gawain sabia que era por amor que ela a tinha dado, e quando ele soube que ela mantinha escudo daquele cavaleiro, pediu para vê-lo.

Assim que foi trazido, ele viu os brasões de Sir Lancelot e gritou:

— Oh! agora estou mais pesado de coração do que nunca.

— Por quê? – disse a bela Elaine.

— Ah, bela donzela – respondeu ele – saibas que o cavaleiro que amas é, entre todos os cavaleiros, o mais nobre do mundo, Sir Lancelot du Lake. Com todo o meu coração, eu rezo para que tenhas alegria, mas, ouso pensar que não o verás novamente neste mundo, pois ele está tão ferido que mal pode viver, e está fora de vista, onde ninguém pode encontrá-lo.

Elaine ficou quase louca de desgosto e tristeza e, com palavras piedosas, suplicou a seu pai para que pudesse ir procurar Sir Lancelot e seu irmão. Então, seu pai lhe deu licença e ela partiu.

No dia seguinte, veio Sir Gawain à corte e contou como havia encontrado o escudo de Sir Lancelot sob a guarda de Elaine, e como era a manga dela que ele havia usado, o que era maravilhoso, pois Sir Lancelot havia feito por ela mais do que jamais havia feito por qualquer mulher.

Quando a rainha Guinevere ouviu isso, ficou furiosa e mandou, secretamente, buscar Sir Bors, que se entristeceu muito porque através dele Sir Lancelot havia sido ferido

— Ouviste – disse ela – quão falsamente Sir Lancelot me traiu?

— Eu te suplico, senhora – disse ele – não fale assim, pois, de outra forma, talvez, eu não te escute.

— Não devo chamá-lo de traidor? – gritou ela – que usou o símbolo de outra senhora na disputa?

— Tem certeza de que ele o fez, senhora, sem má intenção – respondeu Sir Bors – mas porque ele poderia estar melhor disfarçado, pois nunca o tinha feito com tanta sabedoria.

— Uma vergonha para ele, e para ti, que o ajuda – gritou a rainha.

— Senhora, diz o que quiseres, mas devo apressar-me a buscá-lo, e Deus me mande logo boas notícias dele.

Assim, ele partiu para encontrar Sir Lancelot.

Elaine tinha cavalgado com toda a pressa de Astolat, e veio para Camelot, e lá procurou, por todo o país, por qualquer notícia sobre Lancelot. E assim, ela imaginou que Sir Lavaine cavalgava perto da ermida, para exercitar seu cavalo, e quando o viu, correu e gritou:

— Como vai meu senhor Sir Lancelot?

Ao que Sir Lavaine, maravilhando-se, respondeu:

— Como sabes o nome de meu senhor, bela irmã?

Ela lhe contou como Sir Gawain se alojara com Sir Bernard e conhecia o escudo de Sir Lancelot, e pediu para ver seu senhor imediatamente. Quando chegaram ao eremitério, e ela o encontrou deitado, doente e sangrando, Elaine desmaiou de tristeza. Porém, assim que voltou a si, Sir Lancelot a beijou e disse:

— Bela donzela, peço-te que te console, pois, pela graça de Deus, em breve, estarei inteiro desta ferida, e se vierdes cuidar de mim, estou de coração ligado à vossa grande bondade.

No entanto, ele ficou muito irritado ao saber que Sir Gawain o havia descoberto, pois sabia que a rainha Guinevere ficaria muito irritada por causa da manga escarlate.

Elaine descansou no eremitério e, por dias e noites, ela observava e esperava Sir Lancelot, e não deixava nenhum outro cuidar dele. À medida que o via, mais ela colocava seu amor sobre ele, e não podia, de forma alguma, retirá-lo. Então, Sir Lancelot disse a Sir Lavaine:

— Peço-te que ponhas alguns para procurar o bom cavaleiro Sir Bors, pois como ele me machucou, ele certamente me buscará.

Sir Bors já tinha chegado a Camelot, e estava procurando Sir Lancelot por toda parte, então, Sir Lavaine logo o encontrou, e o trouxe para o eremitério.

Assim que viu Sir Lancelot, pálido e fraco, chorou de pena e tristeza por ter lhe dado aquela ferida dolorosa.

— Deus te mande uma cura rápida, caro senhor – disse ele – pois sou um dos homens mais infelizes por ter te ferido, que é nosso líder e o cavaleiro mais nobre de todo o mundo.

— Justo primo – disse Sir Lancelot – sê consolado, pois só consegui o que procurava, e foi por orgulho que fui ferido, pois se vos tivesse avisado de minha vinda, não o teria sido. Portanto, falemos de outras coisas.

Então, eles conversaram por muito tempo, Sir Bors lhe falou da raiva da rainha e perguntou a Sir Lancelot:

— Foi desta donzela que te cuidas tão amorosamente que tiveste a lembrança?

— Sim – disse Sir Lancelot – e eu poderia persuadi-la a retirar seu amor de mim.

— Por que farias isso? – disse Sir Bors – Pois ela está passando por um caminho justo e amoroso. Eu gostaria que pudesses amá-la.

— Isso pode não acontecer – respondeu ele – mas, arrependo-me de entristecê-la.

Depois, falaram de outros assuntos, e da grande disputa em Allhallowtide, que se aproximava, entre o rei Arthur e o rei do norte do País de Gales.

— Fica comigo até lá – disse Sir Lancelot – pois nessa época eu confio estar inteiro novamente, e iremos juntos.

Elaine cuidava diariamente dele, dentro de um mês ele se sentia tão forte que se considerava totalmente curado. Então, em um dia, quando Sir Bors e Sir Lavaine saíram do eremitério, e o cavaleiro eremita também tinha saído, Sir Lancelot pediu para que Elaine lhe trouxesse algumas ervas da floresta.

Quando ela se foi, ele se levantou e se apressou para se armar, e acreditou que estivesse bem o suficiente para se levantar e montou em seu cavalo, que estava fraco com falta de trabalho por tanto tempo. Mas, quando ele colocou sua lança e tentou colocar sua armadura, o cavalo desabou, de modo que Sir Lancelot se esforçou para mantê-lo em pé. Com isso, sua ferida, que não estava totalmente curada, abriu novamente e, com um forte gemido, ele afundou, desmaiando no chão.

Ao ver aquela cena, a bela Elaine chorou e gemeu piedosamente. Quando Sir Bors e Sir Lavaine voltaram, ela os chamou de traidores por deixá-lo montar e por deixarem-no saber de qualquer rumor sobre o torneio. O eremita voltou e ficou irado ao ver Sir Lancelot desmaiado, mas, em pouco tempo, ele o recuperou de seu desmaio e estancou a ferida. Então, Sir Lancelot contou a ele como ele havia ressuscitado de sua própria vontade para testar sua força para o torneio. No entanto, o eremita o fez descansar e deixou Sir Bors ir sozinho, pois, de outra forma, ele correria perigo de vida. E Elaine, com lágrimas nos olhos, falou-lhe com a mesma sabedoria, ao que Sir Lancelot, no final, aceitou.

Sir Bors partiu para o torneio, e lá fez tais façanhas de armas que o prêmio foi dividido entre ele e Sir Gawain.

Quando as batalhas terminaram, ele voltou e contou tudo a Sir Lancelot, e o encontrou tão bem que ele pôde se levantar e caminhar. Em pouco tempo, portanto, ele partiu do eremitério e foi com Sir Bors, Sir Lavaine e a bela Elaine para Astolat, onde Sir Bernard os recebeu alegremente.

Porém, depois de alguns dias, Sir Lancelot e Sir Bors deviam partir e voltar à corte do rei Arthur.

Assim, quando Elaine soube que Sir Lancelot deveria ir, foi até ele e disse:

— Tem piedade de mim, formoso cavaleiro, e não me deixes morrer por seu amor.

Então Sir Lancelot, muito triste, disse:

— Bela donzela, o que eu poderia fazer por ti?

— Se eu não posso ser tua esposa, caro senhor – respondeu ela – devo morrer.

— Ai de mim! – disse ele - Rezo aos Céus que não permitam, pois não posso ser teu marido. Mas, eu te mostraria o agradecimento que posso por todo o teu amor e bondade para comigo. E sempre serei teu cavaleiro, bela donzela e, se por acaso, alguma vez te casares com algum nobre cavaleiro, de todo o coração, te darei um dote tal qual metade de minhas terras.

— No que isso me ajudará? – respondeu ela – pois devo morrer – caindo ao chão, em profundo desmaio.

Sir Lancelot sentiu um peso em seu coração, e disse a Sir Bernard e Sir Lavaine:

— O que devo fazer por ela?

— Oh, meu senhor! – disse Sir Bernard – Sei bem que ela morrerá por tua causa.

E Sir Lavaine disse:

— Não me admira que ela lamente tanto a tua partida, pois realmente farei o que ela está fazendo, e como já te vi uma vez, senhor, não posso deixar-te.

Em breve, com o coração cheio de tristeza, Sir Lancelot partiu, e Sir Lavaine o acompanhou à corte. O rei Arthur e os Cavaleiros da Távola Redonda se alegraram muito ao vê-lo curado de sua ferida, mas a rainha Guinevere se indignou dolorosamente, e não falou com ele, nem o cumprimentou.

Quando Sir Lancelot partiu, a Dama de Astolat não podia comer, beber, nem dormir de tristeza, e tendo assim aguentado dez dias, ela sentiu dentro de si que deveria morrer.

Então, ela mandou buscar um homem santo e recebeu o sacramento. Mas quando ele lhe disse que ela deveria deixar seus pensamentos terrenos, ela respondeu:

— Não sou uma mulher terrena? Que pecado é amar o cavaleiro mais nobre de todo o mundo? E, pela minha verdade, não sou capaz de suportar o amor que sinto, por isso, peço ao sumo Pai do Céu que tenhas piedade de minha alma.

Ela suplicou a Sir Bernard que escrevesse uma carta elaborada por ela, e disse:

— Quando eu estiver morta, coloque isto em minhas mãos, e me vista com minhas roupas mais belas, e me deite em uma barcaça toda coberta de samito negro, e a conduza pelo rio até chegar à corte.

Então, cheio de tristeza, ele lhe prometeu que assim deveria ser. E, depois que ela morreu, toda a família fez um amargo lamento por ela.

Eles fizeram como ela desejava, e colocaram seu corpo, ricamente vestido, sobre uma cama, dentro da barcaça, e um servo de confiança a conduziu rio abaixo, em direção à corte.

O rei Arthur e a rainha Guinevere estavam em uma janela do palácio quando viram a barcaça flutuando com a maré, e se espantaram com o que poderia estar nela. Eles enviaram um mensageiro para certificar-se e ele logo retornou, solicitando que eles o acompanhassem.

Quando chegaram à costa, eles se assustaram, e o rei perguntou ao servo que conduzia a barcaça o que aquilo poderia significar. Mas ele apenas apontou para a carta nas mãos da donzela. Então, o rei Arthur pegou a carta e encontrou nela escrito: "Ao nobre cavaleiro Sir Lancelot du Lake".

Sir Lancelot foi chamado, e a carta foi lida, em voz alta, por um escrivão, e assim dizia:

"Oh, nobre cavaleiro, Sir Lancelot, agora nos separou para sempre a morte. Eu, a quem os homens chamam de Donzela de Astolat, depositei meu amor em ti, e morri por ti. Este é meu último pedido, que rezes por minha alma e me faças o enterro. Concedei-me isto, Sir Lancelot, pois sois um cavaleiro sem igual.

A estas palavras, a rainha e todos os cavaleiros choraram de piedade.

Então, Sir Lancelot disse:

— Meu senhor, sou culpado pela morte desta bela donzela, e Deus sabe que esse direito eu não tinha, pois ela era tão boa quanto era bela, e muito lhe devia, mas ela me amou além da medida, e me pediu o que eu não podia lhe dar.

— Poderia ter mostrado sua gentileza o suficiente para salvar sua vida – respondeu a rainha.

— Senhora – disse ele – ela só seria recompensada se eu a fizesse minha esposa, o que eu não poderia concedê-la, pois o amor vem do coração e não por constrangimento.

— Isso é verdade – disse o rei – pois o amor é natural.

— Peço-te – disse Sir Lancelot – deixa-me conceder o último pedido, e que ela seja enterrada por mim.

Assim, no dia seguinte, ele fez com que seu corpo fosse enterrado rica e solenemente, e ordenou missas para sua alma.

Então, a rainha mandou chamar Sir Lancelot, e pediu-lhe perdão, por sua ira contra ele, sem causa.

— Não é a primeira vez que assim é – respondeu ele – mas tenho de suportar sempre, e assim te perdoo.

A partir daí, a rainha Guinevere e Sir Lancelot tornaram-se amigos novamente, mas logo ela lhe conferiu uma admiração desmedida, o que, no final, trouxe muitos males sobre ambos e sobre todo o reino.

CAPÍTULO XIV

A Guerra entre o rei Arthur e Sir Lancelot, e a Morte do rei Arthur

Pouco tempo depois, houve uma disputa na corte, na qual Sir Lancelot ganhou o prêmio. Dois dos quais ele derrubou eram Sir Agravaine, o irmão de Sir Gawain, e Sir Modred, seu falso irmão, o filho do rei Arthur com Belisent. Porém, por causa de sua vitória, eles odiaram Sir Lancelot, e procuraram como poderiam feri-lo.

Assim, numa noite, quando o rei Arthur estava caçando na floresta, e a rainha mandou chamar Sir Lancelot aos seus aposentos, eles o espiaram e, pensando em fazer um escândalo e uma briga entre Lancelot e o rei, eles encontraram outros 12, a quem disseram que Sir Lancelot estava nos aposentos da rainha, e que o rei Arthur havia sido desonrado.

Então, todos armados, foram à porta da rainha, e gritaram:

— Traidor! Agora estás cercado!

— Senhora, fomos traídos – disse Sir Lancelot – no entanto, minha vida vai custar caro a estes homens.

Então, a rainha chorou muito e gritou:

— Não faz isso! Não há aqui nenhuma armadura pela qual possas resistir a tantos, por isso, serás morto, e eu serei queimada pelo terrível crime de que me acusarão.

Mas, enquanto ela falava, os gritos dos cavaleiros se intensificaram:

— Traidor, sai, não há outro jeito!

— Melhor vinte mortes de uma vez do que este vil clamor – disse Sir Lancelot.

Então, ele a beijou e disse:

— Senhora muito nobre, suplico-te, como sempre fui teu verdadeiro cavaleiro, toma coragem, reza por minha alma se agora eu for morto, e confia em meus fiéis amigos, Sir Bors e Sir Lavaine, para salvar-te do fogo.

Então, com amargura, ela chorou e gritou:

— Queira Deus que eles me levem e matem, e que tu possas escapar.

— Isso nunca será – disse ele.

E, enrolando seu manto em seu braço, ele abriu um pouco a porta, para que apenas um de cada vez pudesse entrar.

Primeiro apressou-se Sir Chalaunce, um cavaleiro forte, e levantou sua espada para ferir Sir Lancelot, mas ele o evitou, e acertou Sir Chalaunce com um golpe tão doloroso, na cabeça, que ele caiu morto.

Sir Lancelot puxou seu corpo e barrou a porta novamente, vestiu-se com sua armadura e pegou sua espada desembainhada na mão.

Mas, ainda assim, os cavaleiros gritavam atrás da porta:

— Traidor, sai!

— Calai-vos e desisti – respondeu Sir Lancelot – pois estai certos de que não me levareis, e amanhã eu vos encontrarei face a face perante o rei.

— Não terás tal graça – gritaram eles – nós te mataremos, ou te levaremos como prisioneiro.

— Então, salvai a vós mesmos enquanto podei – esbravejou ele.

De repente, Sir Lancelot abriu a porta e correu para eles. No primeiro golpe, ele matou Sir Agravaine e, depois dele, outros 12 cavaleiros, com mais 12 poderosos golpes. Nenhum escapou, exceto Sir Modred que, gravemente ferido, fugiu.

Assim, ele voltou para a rainha, e disse:

— Agora, senhora, vou partir, e se estiveres em qualquer perigo, peço que venhas até mim.

— Certamente ficarei aqui, pois sou a rainha – respondeu ela – no entanto, se amanhã algum mal vier a mim, confio em ti para que me salves.

— Não tenhas a menor dúvida disso – disse ele – para sempre, enquanto eu viver, serei teu próprio e verdadeiro cavaleiro.

Ele se despediu e foi contar a Sir Bors e toda a sua parentela desta aventura.

— Estaremos contigo nesta briga – disseram todos eles – e se a rainha for condenada ao fogo, certamente, a salvaremos.

Entretanto, Sir Modred, com grande medo e dor, fugiu da corte e cavalgou até encontrar o rei Arthur, e contou-lhe tudo o que havia acontecido. Mas, o rei não acreditou nele, até que ele mesmo viu os corpos de Sir Agravaine e de todos os outros cavaleiros.

Então, ele sentiu que tudo era verdade, e com seu luto passageiro, seu coração quase se partiu.

— Ai de mim! – gritou ele – agora a comunhão da Távola Redonda está para sempre quebrada, sim, ai de mim! Não posso, com minha honra, poupar minha rainha.

Foi ordenado que a rainha Guinevere fosse queimada até a morte, porque ela havia desonrado o rei Arthur. No entanto, quando Sir Gawain soube disso, foi até o rei e disse:

— Meu senhor, aconselho-te a não te apressares muito neste assunto, mas mantém o julgamento da rainha por um tempo, pois pode muito bem ser que Sir Lancelot tenha estado em seu quarto sem nenhum mal, visto que ela está muito grata a ele por tantos atos feitos e, talvez, ela tenha chamado-o para agradecer-lhe, e fez isso secretamente, para evitar calúnias.

Mas, o rei Arthur respondeu, cheio de tristeza:

— Não posso ajudá-la, ela será julgada como qualquer outra mulher.

Ele exigiu que Sir Gawain e seus irmãos, Sir Gaheris e Sir Gareth, estivessem prontos para levar a rainha, no dia seguinte, ao local de execução.

— Não, nobre senhor – respondeu Sir Gawain – isso nunca poderei fazer, meu coração não me permitirá ver a rainha morrer, e não desejo que digam que fui teu conselheiro neste assunto.

Então, seus irmãos disseram:

— Podes ordenar-nos que estaremos lá, mas como é contra nossa vontade, ficaremos sem armas, para que não façamos nenhuma batalha contra ela.

Assim, no dia seguinte, a rainha Guinevere foi levada para morrer pelo fogo, e uma poderosa multidão estava lá, muitos cavaleiros e nobres, armados e desarmados. Todos os senhores e senhoras choravam doloridos com aquela visão lamentável. Então, ela foi conduzida por um padre, e os homens chegaram perto para amarrá-la à estaca e acender o fogo.

Naquele momento, os espiões de Sir Lancelot cavalgaram apressadamente e avisaram a ele e a sua parentela, que estavam escondidos num bosque próximo, com vinte cavaleiros. De repente, eles correram para o meio de toda a multidão para resgatá-la.

Alguns dos cavaleiros do rei Arthur se levantaram e lutaram com eles, havendo uma grande batalha e uma total confusão. Sir Lancelot arrastou-se ferozmente aqui e ali entre a multidão, e feriu de todos os lados e, a cada golpe, derrubou um cavaleiro, de modo que muitos foram mortos por ele e seus companheiros.

Em seguida, a rainha foi libertada e foi levada por Sir Lancelot e toda sua companhia para o Castelo de La Joyous Garde.

No tumulto dos combates, Sir Lancelot havia ferido e matado inconscientemente os dois bons cavaleiros Sir Gareth e Sir Gaheris, não sabendo disso, pois ele lutou desordenadamente e não viu que eles estavam desarmados.

Quando o rei Arthur soube disso, de toda aquela batalha e do resgate da rainha, ele sofreu muito por aqueles bons cavaleiros, ficando indignado com Lancelot e a rainha.

Assim que Sir Gawain soube da morte de seus irmãos, ele desmoronou em tristeza e ira, pois acreditou que Sir Lancelot os tinha matado com malícia. Então, quando se recuperou, correu para o rei e disse:

— Senhor rei e tio, escuta este juramento que agora faço a ti, que a partir deste dia não falharei com Sir Lancelot, até que um de nós tenha matado o outro. A menos que te apresses a entrar em guerra com ele, para que possamos ser vingados, eu mesmo irei sozinho atrás dele.

Então, o rei, cheio de ira e dor, concordou, enviou cartas por todo o reino para convocar todos os seus cavaleiros e partiu com um vasto exército para sitiar o Castelo de La Joyous Garde. Sir Lancelot, com seus cavaleiros, defendeu-o poderosamente, mas nunca permitiria que um dos seus saísse e atacasse os exércitos do rei, pois ele estava certo em não lutar contra ele.

Depois de quinze semanas, o exército do rei Arthur tentou, em vão, tomar o castelo, pois ele estava bem fortificado. Por acaso, certo dia, Sir Lancelot estava olhando das muralhas e viu o rei Arthur acompanhado pelo Sir Gawain.

— Sai, Sir Lancelot – disse o rei Arthur com toda a força – e vamos nos encontrar no meio do campo.

— Deus me livre de me encontrar contigo, senhor, pois tu me fizeste cavaleiro – respondeu Sir Lancelot.

Então, gritou Sir Gawain:

— Que vergonha, traidor e falso cavaleiro, mas estejas certo de que recuperaremos a rainha e te mataremos e a tua companhia, sim, que dupla vergonha por matar meus irmãos Sir Gaheris e Sir Gareth desarmados, que te amavam tanto. Por essa traição, tem certeza de que serei teu inimigo até a morte.

— Não pode ser! – gritou Sir Lancelot – pois eu não sabia que tinha matado aqueles nobres cavaleiros e, agora mesmo, me arrependo com um coração pesado. No entanto, diminui tua ira, Sir Gawain, pois sabes muito bem que o fiz por infortúnio, pois os amei sempre como meus próprios irmãos.

— Tu mentes, falso, covarde – gritou Sir Gawain, ferozmente.

Sir Lancelot indignou-se e disse:

— Vejo bem que agora és meu inimigo e que não pode haver mais paz contigo, ou com meu senhor, o rei, senão, eu devolveria, de bom grado a rainha.

O rei cederia ao ouvir Sir Lancelot, pois estava triste com toda aquela situação, e pelos danos ao reino. Porém, Sir Gawain o persuadiu contra isso, e manteve a posição contrária a Sir Lancelot.

Quando Sir Bors e os outros cavaleiros do grupo de Lancelot ouviram as palavras ferozes de Sir Gawain, ficaram indignados e rogaram para sair e se vingar dele, pois estavam cansados de esperar por um combate. Ao que, com o coração pesado, Sir Lancelot consentiu.

No dia seguinte, os anfitriões de cada lado se encontraram no campo, e houve uma grande batalha. Sir Gawain rogou a seus cavaleiros para que se dirigissem, principalmente, a Sir Lancelot. No entanto, Sir Lancelot ordenou a sua companhia que abandonasse o rei Arthur e Sir Gawain.

Assim, os dois exércitos se uniram ferozmente, e Sir Gawain encontrou-se com Sir Lionel e o derrubou. Sir Bors, Sir Blamor e Sir Palomedes, que estavam do lado de Sir Lancelot, realizaram grandes feitos e derrubaram muitos dos cavaleiros do rei Arthur.

Então, o rei se manifestou contra Sir Lancelot, mas este o abandonou e não quis atacar novamente.

Sir Bors partiu contra o rei e o derrubou. Mas Sir Lancelot gritou:

— Não lhe toque com força na cabeça – e, indo ao rei Arthur, ele lhe deu seu próprio cavalo, dizendo – meu senhor, peço-te que não sofras esta contenda, pois ela não pode trazer honra alguma para nenhum de nós.

Assim que olhou para ele, os olhos do rei Arthur encheram-se de lágrimas, enquanto ele pensava em sua nobre cortesia, e disse a si mesmo: "Que tristeza que esta guerra tenha começado".

Mas, no dia seguinte, Sir Gawain liderou o exército novamente, e Sir Bors comandou do lado de Sir Lancelot. Os dois atacaram tão ferozmente que ambos caíram no chão gravemente feridos, e durante todo o dia lutaram, sem parar, até a noite cair. Muitos foram mortos de ambos os lados, mas nenhum deles obteve a vitória.

Agora a fama desta guerra feroz se espalhava por toda a cristandade, e quando o Papa soube disso, enviou uma Bula, e encarregou o rei Arthur de fazer as pazes com Lancelot, e receber de volta a rainha Guinevere, e pela ofensa imputada, a sua absolvição deveria ser dada pelo Papa.

Rei Arthur teria obedecido imediatamente, mas Sir Gawain sempre o exortou a recusar.

Quando Sir Lancelot soube disso, escreveu ao rei:

"Nunca esteve em meu pensamento, senhor, reter de ti tua rainha, mas como ela foi condenada à morte por minha causa, considerei apenas uma parte justa e cavalheiresca resgatá-la, por isso, suplico a tua graça, e dentro de oito dias irei até ti, e levarei a rainha em segurança".

Então, depois de oito dias, como havia dito, Sir Lancelot saiu do castelo com a rainha Guinevere e uma centena de cavaleiros, cada um carregando um ramo de oliveira, em sinal de paz. E assim chegaram à corte, e encontraram o rei Arthur sentado em seu trono, com Sir Gawain e muitos outros cavaleiros ao seu redor. Quando Sir Lancelot entrou com a rainha, os dois se ajoelharam diante do rei.

Sir Lancelot levantou-se e disse:

— Meu senhor, trouxe aqui tua senhora, a rainha, como é de direito, e por ordem do Papa e de ti. Peço que a leves novamente ao teu coração e esquece o passado. Por mim mesmo, nada peço, e por meu pecado, terei tristeza e castigo doloroso, no entanto, gostaria de ter a tua graça.

Porém, antes que o rei pudesse responder, pois estava comovido com suas palavras, Sir Gawain gritou:

— Deixa o rei fazer como quiser, mas esteja certo, Sir Lancelot, tu e eu nunca estaremos em paz enquanto vivermos, pois mataste meus irmãos traiçoeiramente e desarmados.

— Os Céus são minha testemunha – respondeu Sir Lancelot – o fiz ignorantemente, pois os amava e, enquanto viver, lamentarei a morte deles, mas fazer guerra comigo não servirá de nada, pois precisarei lutar contigo se tu me atacares e, porventura, eu poderia matar-te também, o que eu teria razão em fazer.

— Nunca te perdoarei – gritou Sir Gawain – e se o rei concordar contigo, ele perderá meu serviço.

Então, os cavaleiros que estavam perto tentaram reconciliar Sir Gawain com Sir Lancelot, mas ele não quis ouvi-los. Por fim, Sir Lancelot disse:

— Como a paz é vã, partirei, para não trazer mais mal à minha irmandade.

E, assim que se virou para partir, as lágrimas caíram dele, e ele disse:

— Ai de mim, nobre reino cristão, que o amei acima de todos os outros, agora nunca mais te verei! – então, ele disse à rainha – senhora, agora devo deixar-te e a esta nobre irmandade para sempre. E, peço-te, roga por mim, e se alguma vez fores difamada, de alguma forma, permite-me ouvir isso e, como sempre fui teu verdadeiro cavaleiro, no bem e no mal, assim voltarei a ser.

Ele se ajoelhou e beijou as mãos do rei Arthur, e partiu em seu caminho. E não havia ninguém em toda aquela corte, exceto Sir Gawain, que não chorou ao vê-lo partir.

Sir Lancelot e todos os seus cavaleiros voltaram ao Castelo de La Joyous Garde e, Sir Lancelot, em razão de tamanha tristeza, deu a ele o nome de Dolorous Garde a partir daí.

Ele deixou o reino, e foi com muitos de seus companheiros para a França, onde dividiu todas as suas terras entre eles igualmente.

A partir daquele momento, a paz entre ele e o rei Arthur seria selada, mas Sir Gawain não deixou o rei descansar e o convenceu de que Lancelot estava levantando poderosas hostes contra ele.

Assim, no final, sua malícia venceu o rei, que deixou o governo a cargo de Modred, fazendo-o guardião da rainha, e foi com um grande exército para invadir as terras de Sir Lancelot.

No entanto, Sir Lancelot não faria guerra contra o rei, e enviou uma mensagem para manter a paz em quaisquer termos que o rei Arthur escolhesse. No entanto, Sir Gawain encontrou a mensagem antes que ela fosse entregue ao rei, e a mandou de volta, com palavras de zombaria e amargura. Desta forma, Sir Lancelot reuniu tristemente seus cavaleiros e fortificou o Castelo de Benwicke, que logo foi sitiado pelo exército do rei Arthur.

Todos os dias, Sir Gawain cavalgava até as muralhas e gritava a Sir Lancelot, até que, em algum momento, Sir Lancelot lhe respondeu que o encontraria no campo e colocaria sua glória à prova. Assim, foi acordado de ambos os lados que ninguém deveria aproximar-se deles ou separá-los até que um deles tivesse caído ou cedido, e os dois cavalgaram adiante.

Eles montaram em seus cavalos e partiram um em direção ao outro como um trovão, de modo que ambos os cavalos caíram, e ambas as lanças se quebraram. Então, desembainharam suas espadas e se lançaram um sobre o outro ferozmente, com golpes rápidos e dolorosos.

Sir Gawain tinha, através da magia, um grande trunfo pois, todos os dias, da manhã até o meio-dia, sua força aumentava ao poder de sete homens, mas, depois disso, voltava ao natural. Portanto, até o meio-dia, ele deu a Sir Lancelot muitos golpes poderosos, o que ele suportou com muita dificuldade. No entanto, Sir Lancelot estava ciente desse encanto, e o feriu levemente, de modo que até seus próprios cavaleiros se espantaram. Mas, depois do meio-dia, a força de Sir Gawain diminuía rapidamente e, então, com um golpe completo, Sir Lancelot o colocou no chão. Então, Sir Gawain gritou:

— Não te afastes, cavaleiro traidor, mas mata-me se quiseres, ou então eu me levantarei e lutarei contigo em outra ocasião.

— Sir Gawain – respondeu Sir Lancelot – nunca feri um homem caído.

Com isso, eles levaram Sir Gawain gravemente ferido para sua tenda, e o rei Arthur retirou seus homens, pois ele estava a ponto de derramar o sangue de tantos cavaleiros de sua própria irmandade.

Mas, chegaram ao rei Arthur notícias do outro lado do mar que o fizeram voltar apressado. Elas davam conta de que, logo que Sir Modred assumiu o trono, ele havia forjado notícias de que o rei havia sido morto em uma batalha com Sir Lancelot e, por isso, ele havia se proclamado rei, e havia sido coroado na Canterbury, onde havia realizado uma festa de coroação durante quinze dias. Depois, ele havia ido para Winchester, onde a rainha Guinevere residia, e ordenado que ela fosse sua esposa, o que, por medo e grande perplexidade, ela havia fingido consentimento, mas, sob pretexto de se preparar para o casamento, havia fugido apressadamente para Londres e se refugiado na Torre. Lá, ela teria se defendido de Sir Modred e respondido a todas as ameaças dele dizendo que preferiria matar-se a ser sua rainha.

Assim foi escrito ao rei Arthur, então, com grande ira e pressa, ele navegou com todo seu exército em direção à Inglaterra. Assim que soube disso, Sir Modred, deixou a Torre e marchou com toda sua tropa para se encontrar com o rei em Dover.

A rainha Guinevere fugiu para Amesbury, para um convento e lá se vestiu com roupas simples e passou seu tempo rezando pelo rei, em boas ações e jejum. Naquele convento ela viveu arrependida e de luto por seu pecado e pela ruína que trouxera a todo o reino. E lá, a rainha morreu.

Quando Sir Lancelot soube disso, abandonou sua armadura de cavaleiro, despediu-se de todos os seus parentes, peregrinou por muitos anos e viveu como um ermitão, até sua morte.

Quando Sir Modred chegou a Dover, ele encontrou o rei Arthur e seu exército, e lá eles travaram uma batalha feroz e sangrenta, e muitos grandes e nobres cavaleiros caíram de ambos os lados.

Mas, o exército do rei teve a vitória, pois ele estava fora de si, movido pela força e pela paixão, e todos os seus cavaleiros o seguiram tão ferozmente que, apesar da grande quantidade ao lado de Sir Modred, eles os expulsaram com feridas e massacres temíveis, e dormiram naquela noite no campo de batalha.

Sir Gawain foi ferido por uma flecha na ferida que Sir Lancelot havia lhe dado, causando sua morte. Ele foi levado para a tenda do rei, e o rei Arthur se entristeceu por ele como se fosse seu próprio filho.

— Que tristeza! – disse ele – em Sir Lancelot e em ti eu tive a minha maior alegria terrena, e agora tudo se foi.

E Sir Gawain respondeu, com uma voz fraca:

— Meu senhor e rei, sei bem que minha morte chegou, e por minha própria vontade, pois estou ferido no local em que Sir Lancelot também me feriu. Tenho sido a causa de toda esta guerra, pois, sem mim, tu estarias, agora, em paz com Lancelot, e então Modred nunca teria feito esta traição. Peço-te, portanto, meu caro senhor, que estejas de acordo com Lancelot, e lhe diga que, embora ele tenha dado minha ferida de morte, foi através de minha própria busca. Suplico-te que voltes à Inglaterra, e aqui visita meu túmulo, e reza por minha alma.

Ao terminar, Sir Gawain entregou-se, e o rei chorou por ele.

Então, lhe disseram que o inimigo tinha acampado em Barham Downs, para onde, com todas as suas tropas, ele marchou imediatamente, e travou novamente uma batalha sangrenta, derrubando Sir Modred completamente. No entanto, ele levantou mais um exército e, recuando sempre diante do rei, aumentou seu número à medida que ia, até que, no extremo oeste de Lyonesse, mais uma vez, ele tomou uma posição.

Na noite de Domingo da Trindade, na véspera da batalha, o rei Arthur teve um sonho com Sir Gawain, em que ele o advertiu para não lutar com Modred no dia seguinte, caso contrário, ele certamente seria morto, e pediu para que ele esperasse, até que Lancelot e seus cavaleiros viessem para ajudá-lo.

Assim, quando o rei Arthur acordou, ele contou a seus senhores e cavaleiros essa visão, e todos concordaram em esperar a vinda de Sir Lancelot. Um arauto foi enviado com uma mensagem de trégua a Sir Modred, e um tratado foi feito para que nenhum exército atacasse o outro.

No entanto, quando o tratado foi acordado e os arautos voltaram, o rei Arthur disse a seus cavaleiros:

— Cuidado, para que Sir Modred não nos engane, pois não confio nele e, se espadas forem desembainhadas, estejais prontos para o confronto.

E Sir Modred também deu uma ordem, que se algum homem do exército do rei sacasse sua espada, eles deveriam começar a lutar.

Enquanto caminhava, um cavaleiro do lado do rei foi mordido por uma víbora, no pé e, apressadamente, puxou sua espada para matá-la. Ao vê-lo, Sir Modred imediatamente ordenou a todo seu exército que atacasse o rei.

Ambos os lados correram para a batalha, e lutaram ferozmente. Quando o rei percebeu que não havia esperança de vitória, ele agiu nobremente, se enfureceu, como um animal selvagem, e matou na mão direita e na esquerda, até que seu cavalo ficasse atolado no sangue. Assim, durante todo o dia, eles lutaram e muitos cavaleiros nobres foram mortos.

O rei passava triste ao ver seus fiéis cavaleiros mortos, de todos os lados. E, por fim, restaram apenas dois ao seu lado, Sir Lucan, e seu irmão, Sir Bedivere, mas ambos estavam gravemente feridos.

— Estou chegando ao meu fim – disse o rei Arthur – mas, eis que o traidor Modred ainda vive, e eu não posso morrer até que o tenha matado. Dá-me minha lança, Sir Lucan.

— Senhor, deixa-o viver – respondeu Sir Lucan – pois, se passares por este dia infeliz, estarás bem vingado dele. Meu bom senhor, lembra-te bem de teu sonho, e do que o espírito de Sir Gawain fez para avisar-te.

— Amparai-me a vida, amparai-me a morte – disse o rei – agora que o vejo ali sozinho, ele jamais escapará de minhas mãos, pois, em melhor posição, jamais o terei.

— Deus te cuide – disse Sir Bedivere.

Então, o rei Arthur segurou sua lança em ambas as mãos, e correu em direção a Sir Modred, gritando:

— Traidor, agora é chegado o dia da tua morte!

Quando Sir Modred ouviu suas palavras, e o viu chegar, desembainhou sua espada e ficou em pé para encontrá-lo. Então, o rei Arthur feriu Sir Modred através do corpo. E quando Sir Modred sentiu que tinha sua ferida de morte, ele se empurrou com toda sua força até o fim da lança do rei Arthur, e feriu seu pai, Arthur, com sua espada, sobre a cabeça, atravessando tanto o capacete quanto o crânio.

E, assim, Sir Modred caiu morto, e o rei Arthur caiu também..

Sir Lucan e Sir Bedivere vieram e o levaram para uma pequena capela à beira-mar. E lá, Sir Lucan afundou com a hemorragia de suas próprias feridas, e caiu morto.

O rei Arthur ficou deitado e, quando voltou a si, encontrou Sir Lucan morto ao seu lado, e Sir Bedivere chorando sobre o corpo de seu irmão.

Então, o rei disse a Sir Bedivere:

— Chorar não servirá mais, senão eu choraria para sempre! A comunhão da Távola Redonda está dissolvida para sempre, e todo o meu reino, que tanto amei, está despedaçado com a guerra. Mas, o meu tempo é curto, por isso, pega a Excalibur, minha boa espada, e vai até lá e atira-a para o outro lado da água, e me traga notícias do que vir.

Assim, Sir Bedivere partiu, porém, quando olhou para a espada, cravejada de pedras preciosas, ele disse a si mesmo: "Se eu agora atirar esta espada na água, de que adianta?". Então, ele a escondeu entre as árvores, e voltou ao rei.

— O que viste? – disse ele a Sir Bedivere.

— Senhor – disse ele – não vi nada mais que vento e ondas.

— Tu não falas a verdade – disse o rei – por isso, volta devagar e atira-a para o mar, e não a poupe.

Sir Bedivere voltou até a espada, segurou-a, mas, ao olhar para ela, pensou que seria um pecado e uma vergonha jogar fora algo tão nobre. Por isso, a escondeu mais uma vez, e voltou para o rei.

— O que viste? – disse o rei Arthur.

– Senhor – respondeu ele – não vi nada além da água que fluía e refluía.

— Oh, traidor! – gritou o rei – Duas vezes me traíste. Tu és chamado cavaleiro nobre, e me trairias por uma espada com joias? Agora, portanto, vai de novo, pela última vez, pois tua demora me colocou em perigo de vida, e temo que minha ferida tenha esfriado, e se não o fizeres desta vez, pela minha fé, me levantarei e te matarei com minhas mãos.

Sir Bedivere correu rapidamente e pegou a espada, desceu até a borda da água, amarrou a cinta ao redor do punho e jogou-a longe na água. E eis que um braço e uma mão saíram acima da água, pegaram a espada, brandiram-na três vezes, e desapareceram.

Então, Sir Bedivere foi novamente ao rei e lhe contou o que havia visto.

— Ajuda-me a partir de agora – disse o rei Arthur – pois temo demorar muito.

Sir Bedivere tomou o rei em seus braços, e o levou à beira da água. Junto à margem, viram uma barcaça com três belas rainhas, todas vestidas de preto que, ao verem o rei Arthur, choraram e lamentaram.

— Agora, coloca-me na barcaça – disse ele a Sir Bedivere, que ternamente o fez.

As três rainhas o receberam, e ele colocou sua cabeça sobre o colo de uma delas, que gritou:

— Querido irmão, por que demoraste tanto tempo, pois tua ferida esfriou?

Com isso, a barcaça foi colocada no mar, e quando Sir Bedivere a viu partir, soltou um grito amargo:

— Meu senhor rei Arthur, o que será de mim agora que partiste?

— Acalma-te – disse o rei Arthur – e sê forte, pois não poderei mais ajudar-te. Vou ao Vale de Avilion para curar-me de minha grave ferida e, se não me vires mais, reza por minha alma.

Então, as três rainhas se ajoelharam ao redor do rei, choraram e lamentaram, e a barcaça seguiu para o mar, lentamente, para além da vista de Sir Bedivere.